論集 泉鏡花

第四集

泉鏡花研究会編

和泉書院

目次

1

泉鏡花『朱日記』論

——幻想生成の〈場〉としての雑所——

川原塚瑞穂

泉鏡花『朱日記』（「三田文学」明44・1）は、次々あらわれる超自然的な火事の予兆と、それに呼応するかのような城下を焼き尽くす大火事が描かれた作品である。テクストの大半は、数々の予兆を目にした小学校の教頭心得である雑所の語りが占めている。全身真赤な猿の大群、赤合羽を羽織った坊主の「城下を焼きに参るのぢや」（五）という言葉、少年浪吉を通して伝えられる「姉さん」の火事の予告、一週間前からふと朱で書き綴った日記など、さまざまな事象が雑所の火事への不安を煽っていく。思案に余った雑所は、小使の源助を呼び出して相談するが、焦るばかりで結論が出ないまま、正午に火事が発生し全市を焼き尽くした。

この大火事は、城下を焼きに行くと告げる坊主と、自分が身を任せないことへの面当てとして「あるもの」が火事を起こすと述べる「姉さん」の存在によって、「女の操」をめぐる超自然的な火事という様相をみせている。さらに「姉さん」の、「殿方の生命は知らず、女の操と云ふものは、人にも家にもかへられぬ。……と私は然う思ふんです。然う私が思ふ上は、火事がなければなりません。」（七）という論理は、火に対する主導権を逆転させる。[1]このような構図により、『朱日記』は、女が身を任せねば火を生じさせるという「男性原理」に対する、女の操は何ものにもかえられないという「女性原理」の勝利の物語であり、[2]この大火事は「妖女となった女が新しい、独自の論理に基いた世界を創り出すために起こるカタストロフ」[3]であるとされてきた。

その一方で、『朱日記』が雑所の物語であるという指摘もなされている。藤澤秀幸氏は(4)『朱日記』を、「合理主義的立場にいる教師でありながら合理的に説明不可能な現象を信じようとし、合理と非合理の境界域を徘徊する〈雑所〉が、ついに非合理の世界へ越境してゆく反《近代》の物語」であるとした。つまり現実界の存在である雑所を、非合理なものごとの認識主体として捉えたのである。確かに『朱日記』は、雑所の超自然的出来事に対する反応が描きこまれた小説という一面を有している。雑所が主要な語り手となっているために、火事発生に至る因縁とともに、雑所の火事への不安が前景化されてくるからである。そもそもこのテクストは雑所が徐々に火事への不安を高めていき、それが極まったときに火事が発生する、というストーリー展開である。火の実質的な支配者とも言うべき「姉さん」が直接登場することなく、その存在自体が非常に曖昧なこのテクストにおいては、むしろ雑所こそ注目すべき登場人物であることは間違いない。本稿は藤澤氏の視点を受け継ぎ、雑所に注目して『朱日記』の幻想を考察しようとするものである。

しかし雑所は最終的に非合理を信じ、向こう側へと越境していったのであろうか。そうではなく、近代的解釈も非合理的解釈も受け入れられずにためらい続ける雑所の反応こそ、幻想を生み出しているのではないか、というのが本稿の仮説である。雑所の下にさまざまな事象が集まることで、「女の操」をめぐる火事という物語が浮かび上がり、さらに受容者であった雑所が行為主体となったとき、雑所自身が火付け人となるもう一つの物語が発動する。超自然的出来事の受容者として設定された雑所に注目することで、異界／現実界という対立する空間があらかじめ存在しているのではなく、雑所によって幻想が生み出されるというテクストの動的な構造を明らかにしたい。

一、雑所の「ためらい」

超自然の日常世界への侵入を描いて、合理的な説明をとるべきか、超自然的な説明をとるべきか、読者に絶えず

「ためらい」を強要することが幻想文学の構造的特性であるとトドロフは述べている。(5)『朱日記』において、自然／超自然という二項対立の中でためらい続けるのは雑所である。本節では雑所の「ためらい」が物語の主軸となっていることを明らかにしたい。「ためらい」のないところに幻想は生じない。そのことを明らかにするために、まずは、物語世界外の語り手の描写を確認しておこう。火事の最中の場面である。

屋根から屋根へ――樹の梢から、二階三階が黒烟《くろけむ》りに漾《たゞよ》ふ上へ、飜々《ひら〳〵》と千鳥に飛交ふ、真赤な猿の数を、行く〳〵幾度も見た。

足許には、人も車も倒れて居る。

唯《と》ある十字街へ懸つた時、横からひよこりと出て、斜《はす》に曲り角へ切れて行く、昨夜の坊主に逢つた。同じ裸に、赤合羽を着たが、是《これ》ばかりは風をも踏固めて通るやうな確《しか》とした足取であつた。

が、赤旗を巻いて、袖へ抱くやうにして、聊《いさゝ》か逡巡の体して、

「焼け過ぎる、これは、焼け過ぎる。」

と口の裡《うち》で呟いた、と思ふと最《も》う見えぬ。顔を見られたら、雑所は灰に成らう。(八)

それまではあまり前面に出ることなく、雑所と源助の対話の様子を淡々と伝えるのみであった語り手が、超自然的な存在であるはずの、真赤な猿や赤合羽の坊主を語りはじめる。しかし、出来事を淡々と写し取っていく語り手の描写には、自然／超自然という区別は見られず、当然超自然的なものに対する驚きや恐怖は存在しない。また火事の超自然的な原因には言及せず、「此の日の大火は、物見の松と差向ふ、市の高台の野にあつた、本願寺末寺の巨刹《おほでら》の本堂床下から炎を上げた怪し火」(八)と報告されるのみである。この語り手は判断や意味付けを排除して目に見える出来事を描写していく、いわばリポーター的機能なのである。そのため物語世界外の語り手は、超自然の日常世界への侵入は語っていないのであり、そこには「女の操」をめぐる火という幻想も存在していなかった。

それでは次に、具体的に雑所の「ためらい」をみていこう。さまざまな火事の予兆に接した雑所は、火事が起こることを予感しながらも、それを積極的に認めることができずにためらい続けている。真赤な猿や赤合羽の坊主に遭遇した雑所は次のように語っていた。

夢だらう、夢でなくつて。夢だと思つて、源助、まあ、聞け。……実は夢ぢやないんだが、現在見たと云つても真個《ほんと》にはしまい。（四）

話に成らん。苟《いやしく》も小児《こども》を預つて教育の手伝いもしようと云ふものが、宛然《まるで》狐に魅《つま》れたやうな気持で、……家内にさへ、話も出来ん。（五）

このように現実か夢かためらう雑所は、源助を呼んで相談するが、それを意味付けることができないうちに火事が発生してしまう。雑所の「ためらい」は、藤澤氏[(6)]も指摘しているように、小学校の教頭心得という設定に起因するものである。数々の予兆を前にして、雑所は源助に「第一然やうな迷信は、任として、私等が破つて棄てて遣らなけりや成らんのだらう。」（八）と語っていた。『教育大辞書』[(7)]には「然らば迷信は如何にして除去せられ得べきか。これ教育に於て極めて重要なる問題に属す。（中略）小児が蒙昧の民と異る所は後者は何等指導者を有せざるに反し相当なる指導者を有する点にあり。」という記述が見られる。教師には「迷信」を排除する指導者という役割が期待されていたのである。

『草迷宮』（明41・1、春陽堂）に登場する訓導は、「苟《いやしく》も学校のある土地に不思議と云ふ事は無い」と豪語していたが、結局は怪異に出会い腰を抜かすという道化の役割を負わされていた。それに対して雑所は、わざわざ「故老」といわれる源助を聞き手に選ぶなど、怪異を頭から否定したり、怪異を信じることに対して軽蔑の念を持っているわけではないことがうかがえる。雑所の場合、怪異を信じないのではなく、近代的教育の行われるべき学校の教師として、そのような「迷信」を排除する立場にあることに常に自覚的であるがゆえの「ためらい」なのである。

雑所の自己認識は、「苟《いやしく》も父兄が信頼して子弟の教育を委ねる学校の分として、婦《をんな》、小児《こども》や、茱萸《ぐみ》ぐらゐの事で、臨時休業は沙汰の限りだ。私一人の間抜《まぬけ》で済まん。」（八）という発言によく表れている。(8) このような教師という立場の自覚こそ、雑所が怪異の受容者としてもつ特徴であり、雑所に「ためらい」をもたらす要因なのである。

　超自然的出来事に対する「ためらい」は、このテクストの中では雑所に特徴的なものである。唯一「姉さん」に接している浪吉は、そもそも雑所が「此も変だらう」というような不可思議なことを認識していないので、そもそも超自然に対する反応は見られない。そして聞き手である源助は、火事を確信し、その原因をも「城下の寿命」と推定するなど、彼にとってはすべて説明可能な必然であって、そこに「ためらい」の余地はなかった。また「皆な私より偉いには偉いが年下だ。校長さんもづツとお少《わか》い」（八）とされるほかの教師は、合理的説明によって「迷信」を否定する存在であると考えられる。超自然的説明であれ、合理的説明であれ、雑所以外の人物はためらうことなくそれらを解釈するのである。雑所の語りが大半を占める『朱日記』は、雑所の超自然的出来事に対する「ためらい」を中心に展開する物語と位置付けることができるだろう。

二、〈場〉としての雑所

　城下を焼きに行くという坊主は、雑所に「物見から些と見物なされ」（五）と呼びかけていた。火事に巻き込まれてしまう被害者というよりも、傍観者、目撃者的な役割が、火事を起こす坊主によってあらかじめ雑所に与えられていたといえるだろう。そのような雑所の下に、火事の予兆はまるで引き寄せられるかのように集まってくる。そして雑所の下に集約した物語切片からは、「女の操」を守る火事という物語が浮かび上がってくる。

　小森陽一氏は「聴き手論序説」(9) において、「因果論的な時間の継起性から自由になった諸物語切片が、それこそそれぞれの触手を延ばしあい触れあいしながら、相互に縁をつくっていくような関係性を、「聴き手」の記憶の場は支えている」として、「聴き手」の機能を、異質な物語切片が「聴き手」のもとに集約することでひとつらなりの物語を浮かび上がらせることにみている。『朱日記』における雑所も、ここでいう「聴き手」と同様の機能を担っていると考えられる。

雑所は全身真赤な猿の大群に出会い、同時に坊主に火事を宣言され、また「姉さん」の火事の予告を伝え聞いた。これらを照合し、当て嵌めていくことではじめて、「姉さん」が身を任せない面当てに坊主が火事を起こすというプロットが発生する。しかしそれらを結びつける根拠は存在せず、それぞれは異質な物語切片でしかない。「姉さん」は火をつけるのが「あるもの」としか言及していないのであり、坊主も城下を焼くということ以外発言していないのである。坊主と「姉さん」に直接的な接点のないまま、これらの出来事が結びつけられるのは、まさにこれらの事象が雑所という記憶の〈場〉に集約したからこそである。

当然坊主と「姉さん」を無関係と捉える読み方も可能である。例えば雑所が坊主と遭遇した時の場面をみてみよう。城下を焼きに行くという坊主が赤い旗で指し示すと、物見の松は「松明《たいまつ》を投附けたやうに㸌《ぱっ》と燃え上」ったが、近くに行くと「丁《ちょう》ど、赤い旗が飛移つた、と、今見る処に、五日頃の月が出て蒼白い中に、松の樹はお前、大蟹《おほがに》が海松房《みるぶさ》を引被《ひつかづ》いて山へ這出た形に、しつとりと濡れて薄靄《うすもや》が絡《まと》つて」（五）いたという。この場面は、火＝男性原理に対する水＝女性原理の優勢を示す場面として捉えられてきた。[10] 確かにそのとおりではあるが、雑所に「物見から些《ち》と見物なされ」（五）と呼びかけた坊主に、そもそも物見の松のある見晴らしを燃やす意図はあっただろうか。わざわざ「姉さん」と結び付けなくとも、坊主は火事を見物できる安全な場所を指し示しただけであり、火が燃え移ったように見えたのはその魔力のあらわれであるとみることも可能なのである。また、「姉さん」について考えてみると、火事の最中に坊主が目撃されているのに対して、「姉さん」は最後まで浪吉以外の前へ姿を現すことはない。火の主導権を手中にすること、茱萸を食べると煙に巻かれないこと、火の粉が「桜の露」のように降り懸かることなど、どれも現実に起こったことと辻褄が合うのだが、すべては言葉によって語られたに過ぎない。浪吉から伝えられる言葉のみをもってその存在を示す「姉さん」は、不思議な力を持った超自然的存在というよりも、論理そのもの、解釈コードの擬人化ともいうべき存在なのであって、坊主と相対する存在である必然性はないのである。

「女の操」をめぐる異界の男女の対立から生じる超自然的な火事という物語は、記憶の〈場〉として機能する雑所の存在によってはじめて浮かび上がるものであった。そのような機能に注目するならば、「雑所」という名前に重要な意味を見出すことができる。さまざまな出来事の集積する、まさに〈場〉としての機能がこの名前に表されていたのである。このような面から見れば、雑所は鏡花の幻想小説によく見られる傍観者的な存在―例えば『春昼』の散策子や『草迷宮』の小次郎法師など―と同様の役割を担う人物として位置付けることが可能であろう。しかし、『朱日記』における雑所は単なる受容者、物語を浮かび上がらせる装置としてのみ存在しているわけではない。さまざまな事象の集積する場において、雑所自身が行為主体となったとき、物語は新たな様相を示し始める。

三、行為者としての雑所

ここまで雑所の受容者としての性質、〈場〉としての機能についてみてきたが、次に、雑所がより積極的に超自然に関わっていく様子を明らかにし、『朱日記』におけるもう一つの物語を明らかにしたい。

赤合羽の坊主に遭遇し、「姉さん」の話を伝え聞いた雑所は、「天窓《あたま》を引抱へて」じっと考え始める。そのときにふと目にとまったのが日記である。雑所が何気なく一週間前から朱で記し始めた学校での日記は、ばらばらとめくると「一ちぎれの赤い雲が卓子《テエブル》を飛ぶ気勢」がし、また書かれた内容もさまざまな符合を見せていた。

此の前の時間にも、（暴風）に書いて消して（烈風）を又消して（颶風《ぐふう》）なり、と書いた、矢張り朱で、見な…

⋮
然《しか》も変な事には、何を狼狽《うろたへ》たか、一枚半だけ、罫紙《けいし》で残して、明日の分を、此処へ、これ（火曜）としたぜ。（八）

書き換えられる大風、そして火という文字、これらが雑所の不安を煽っていく。しかしそれにはとどまらず、雑所はさらに、小使いが水を汲む行為を火の用心と邪推したり、それが実は火傷の用心と知ってまた考え込んだりしている。雑所はここで、自ら外界に火事の記号を読みとろうする姿勢を見せているのである。もはや雑所は単なる怪異の受容者ではない。火事発生の確証を得ようと、外界を積極的に解釈する能動的存在へと変貌しているのだ。

雑所のこのような姿勢も、やはり「ためらい」ゆえにもたらされたものである。もしも雑所が怪異を頭から否定するのならば、じっと考え込んだりすることはなく、朱の日記は見過ごされていたであろう。また源助のように信じるのならば、日記などに予兆を見出す必要はそもそもない。火事が起こることは既に「事実」だからである。火事が起こるのではないかと疑うからこそ、雑所は次々と予兆を自ら見出していくのである。このような態度は不安を煽る一方である。どんなに火事の予兆を数多く見出したところでそれが確信にいたることはない。しかし数が多いほど不安は増す。不安が増せばさらに予兆を探してしまう。雑所はこの悪循環の中に囚われてしまったのである。

そして思案に余った雑所は源助を呼び、「何《ど》う思ふ、何《ど》う思ふ、源助、考慮《かんがへ》は。」（八）と源助に判断を委ねるのである。怪異を認めることができない雑所に代わって、源助は積極的に意味付けを行っていく。雑所が坊主と遭遇した「真昼間も薄暗い、可厭《いや》な処」は「名代な魔所」（四）と言い換えられ、坊主は「緋、緋の法衣《ころも》を着たでござります、赤合羽ではござりません。魔、魔の人でござります」（八）と名付けられる。源助にとって雑所の周りに起こった不可解な出来事は、すべて「城下の寿命」によって説明可能な出来事である。源助は、「姉さん」とは異なる新たな解釈コードを導入して、火事を不可避なものとして示し、雑所の不安をより一層高める聞き手なのである。二人の対話は火事に対する不安を共有・増幅していくものなのだ。そのような対話の中で、二人は「人」という文字の朱書きへと至る。源助は次のような故事を持ち出してきた。

昔其《そ》の唐《から》の都の大道《だいだう》を、一時《あるとき》、其の何でござりまして、怪しげな道人が、髪を揃《さば》いて、何と、骨だらけな蒼い胸を岸破々々《がばがば》と開けました真中へ、人、人と云ふ字を書いたのを掻開《かつぱだ》けて往来中駆廻つたげでござります。何時《いつ》かも同役にも話した事でござりまするが、何の事か分りません。唐の都でも、皆な不思議がつて居りまする

と、其日から三日目に、年代記にもないほどな大火事が起りまして。（八）

この故事は清代の志怪小説『食耳録』第三巻所収の「市中小児」に出典があることが既に指摘されており(11)、ほぼ原典どおりの内容となっている。両乳首が左右の点の役割を果たし、「人」という文字とあわせて「火」という文字が形成されるというわけである。この故事の意味を問いかける雑所に対して、実際に見るのが早いと、源助は自分の胸をはだけて差し出した。続く場面を見てみよう。

雑所も急《せき》心《ごころ》に、ものをも言はず有合はせた朱筆を取つて、乳を分けて朱い人。と引かれて、カチカチと、何か、歯をくひしめて堪《こら》へたが、突込む筆の朱が刎《は》ねて、勢《いきほひ》で、ぱつと胸毛に懸ると、火を曳《ひ》くやうに毛が動いた。

「あ熱《つ》ゝ！」

と唐突《だしぬけ》に躍り上つて、とんと尻餅を支《つ》くと、血声《ちごえ》を絞つて、

「火事だ！同役、三右衛門、火事だ。」と喚《わめ》く。

「何だ。」

と、雑所も棒立ちに成つたが、物狂はしげに、

「何故、投げる。何故茱萸《ぐみ》を投附ける。宮浜。」

と声を揚げた。廊下をばら〳〵と赤く飛ぶのを、浪吉が茱萸《ぐみ》を擲《なげう》つと一目《ひとめ》見たのは、矢を射る如く窓硝子を映《さ》す火の粉であつた。

途端に十二時、鈴《りん》を打つのが、ブン〳〵と風に響くや、一つづゝ十二ヶ所、一時に起る摺半鉦《すりばん》、早鐘《はやがね》。

（八）

雑所が「人」という文字を源助の胸に書いた途端、まるで火がついたかのように源助は騒ぎ出し、半鐘が鳴りはじめる。「胸に「人」という文字を書く行為が、火事をおこすための一種の公式となっていることを意味している」と指摘されているように[12]、雑所の朱書きが火を発生させたのである。これは明らかに「女の操」をめぐる火とは無関係の火であろう。雑所は「女の操」をめぐる火事を暗示するような、数々の超自然的な予兆に翻弄された挙句、自ら火を生み出してしまったのである。こうして、雑所は単なる超自然的出来事の受容者というだけではなく、自らが行為者として幻想を生成してしまうという面を見せる。「女の操」をめぐる超自然的な火事ではない、もう一つの火にまつわる幻想とは、火事への不安に怯える雑所が火を起こしてしまったという物語である。

四、雑所の書記行為

ではなぜ雑所にこのような火付けが可能となったのであろうか。故事では「人」という文字を胸に書いた人物が町中駆け回った三日後に大火事が起こったのに対して、ここでは「火」という文字＝朱墨がそのまま火と変ずるという幻想が生じている。このような文字の呪術性からは、鏡花の文字信仰を指摘することもできよう[13]。しかしそれ以上に、雑所が書くという点に重要なポイントがあると考えられる。

雑所の不安をより一層煽ったのは、自らが朱で記した日記であった。一面に書き込まれた朱の文字、「暴風」から「烈風」そして「颶風《ぐふう》」への書き換え、わざわざ記された「火曜」の火という文字、それらはすべて火事を、大風によって拡大する大火事を予感させるものであった。いやむしろ、わざわざ風の強さを書き換えているところなど、まるで雑所が風を煽っているかのようですらある。朱日記には、大火事が既に書き込まれているのである。過去を記したはずの日記、出来事の記録であるはずの日記が、未来を指し示してしまう。『朱日記』には、雑所が書くことにまつわる幻想も描かれているのである。『朱日記』という題名は、書くことが即ち生み出すことだという雑所の書記行為の重要性をよく表しているだろう。そして、雑所が故事に則って生み出した「火」という文字が火と変じたことも、雑所の書記行為が現実を生み出すというこの法則に当てはまる事象なのである。雑所の火付けは、『朱日記』を支配するこのような法則がもたらした帰結でもあったのだ。

しかしこれだけでは、なぜ「火」という文字が実際の火となり得るのかの説明には不十分であろう。第二節では、雑所がさまざまな事象の集積する〈場〉として機能していることを指摘した。そこは超自然的な出来事だけではなく、「姉さん」の論理や源助の意味付けなど、複数の解釈コードの集積する場所でもあった。そしてそのような〈場〉である雑所は、そこから解釈し意味を見出すことはなく、ためらいつづける。雑所という〈場〉は、一つの意味に還元されることのない多義的な空間なのである。そのような〈場〉から生み出された文字は、もはや一つの意味を指し示すような単純な文字ではありえない。「火」という文字は、そのまま文字でもあるが、赤合羽の坊主との遭遇という雑所の体験に照らせば松に飛び移ったかのように見えた怪し火でもあり、「姉さん」がもたらした茱萸でもある。さまざまな事象の集積する〈場〉に生じた「火」という文字は、何か別のものを伝える透明な媒体ではなく、意味の痕跡でもなく、それ自体が差異を内包してさまざまな意味がせめぎ合う場となるのである。

そのような多義性によって、茱萸と火の粉は置換可能なものと化す。火事が発生した場面で、雑所が「何故、投げる。何故茱萸《ぐみ》を投附ける。宮浜。」（八）というように火の粉を茱萸と見間違えたことや、浪吉が燃え上る木の下で、「枝からばら〳〵と降懸る火の粉を、霰《あられ》は五合《ごんご》と掬《すく》ふやうに、綺麗な袂で受けながら、「先生、沢山に茱萸《ぐみ》が。」」（八）と述べていたのは偶然ではない。雑所という〈場〉における茱萸と火の粉の等価性こそが、『朱日記』のクライマックス、火の粉が茱萸と変じるという幻想を可能にしたのである。

浪吉が茱萸を持ってきた場面で、物語世界外の語り手は次のように語っていた。

青梅も未《ま》だ苦い頃、やがて、李《すもも》でも色づかぬ中《うち》は、実際苺と聞けば、小蕪《こかぶ》のやうに干乾びた青い葉を束ねて売る、黄色な実だ、と思つて居る、恁《か》うした雪国では、蒼空の下に、白い日で暖く蒸す茱萸《ぐみ》の実の、枝も撓《たわ》々な処など、大人さへ、火の燃ゆるが如く目に着くのである。（三）

この時点で既に、茱萸と火は比喩という形で結ばれていた。まるで火が燃えているように見える茱萸の樹から、燃え上がる樹から降りかかる茱萸へ。『朱日記』はこのように、比喩が比喩でなくなったところに生じる幻想を描き出すことを主眼としたテクストでもあるだろう。そしてそこで雑所が火事から救済されたのは、超自然をを信じたからではない[14]。雑所が、火の粉が茱萸であり、そしてまた「桜の露」であるという多義性を可能にする〈場〉そのものであったからにほかならないのである。雑所の「ためらい」は、近代読者の同一化を容易にし、超自然的出来事を語る際の違和感を緩和するという同伴者的機能だけではない。「ためらい」は一元的な意味に収斂されることのない多義的な場を生み出したのであり、そこで茱萸と火の粉が等価となるカタストロフが完成したのだ。

『朱日記』における物語世界内的語り手ともいうべき雑所の語りには、坊主の言葉、姉さんの論理、浪吉の発言など、さまざまな声が内包されていた。そして読者は、最後に源助が新たな解釈コードを持ち込む場面に立会い、火事を目撃する。この火事は一見雑所が付けたように読めるが、坊主が「焼け過ぎる、これは、焼け過ぎる」（八）と逡巡しているところから見ると坊主が付けたようでもあり、火の粉が「雪のやうに」降り懸かるところからすると「姉さん」の力が働いているようにも見える。そのような解釈の多様な可能性に対して、物語世界外の語り手は、「本願寺末寺の巨刹の本堂床下から炎を上げた怪し火」（八）であるという、客観的な事実だけを伝えることで、一つの物語に還元することはない。『朱日記』は、教師であるがゆえにためらう雑所を受容者として設定したことで、多義的な空間に重層的な幻想を描き出すことを可能にしたテクストであったといえよう。

注

（1）脇明子氏（『幻想の論理』講談社現代新書　昭49・9）は「自分がこう思うのだから、火事がおこらねばならないという、この女の論理に注目しよう。火をつけるのが誰であろうと、それを異常な激しさにまで煽るのは彼女である。だからこそ、その火は火の魔であるはずの坊主の思惑を越え、出来事の因果を越えてひろがってゆくのだ。」と指摘している。

（2）佐藤和彦氏「「朱日記」試論」（「立教大学日本文学」昭61・12）など。

（3）平本智子「還元と創造―鏡花文学における「火」と「水」のモチーフ―」（「文学・史学」平1・10）

（4）藤澤秀幸「泉鏡花『朱日記』論―「反近代」に至る個人幻想―」（「国語と国文学」平1・5）

（5）ツヴェタン・トドロフ『幻想文学論序説』（東京創元社　平11・9）

（6）注（4）に同じ。

（7）『教育大辞書』（同文館　大7増訂改版）

（8）石川啄木の『雲は天才である』（明39・7～8執筆）にこれと類似した発言がみられる。

正真の教育者といふものは、其完全無欠な規定の細目を守つて、一豪乱れざる底に授業を進めて行かなければならない、若しさもなければ、小にしては其教える生徒の父兄、また、高い月給を支払つてくれる村役場にも甚だ済まない訳、大にしては我が大日本の教育を乱すといふ罪にも坐する次第で、完たく此処の所が、我々教育者にとつて最も大切な点であらう。

（9）小森陽一「聴き手論序説」（「成城国文学論集」平2・3）

（10）藤澤秀幸氏注（4）など。

（11）須田千里「泉鏡花と中国文学―その出典を中心に―」（「国語国文」昭61・11）

（12）佐藤和彦氏注（2）に同じ。

（13）この点に鏡花の文字信仰が見られることは、佐藤和彦氏注（2）や藤澤秀幸氏注（4）が既に指摘している。なお、野口武彦氏（「泉鏡花の人と作品」『鑑賞日本現代文学3　泉鏡花』角川書店　昭57・2）は鏡花の文字信仰について次のように述べている。

文字それ自体が一箇の呪能をそなえた実在として、おそらくは肌に触知されてくるような感覚を鏡花は所有していたに違いないのである。（中略）鏡花の言語空間にあっては、かならずしも字面にかぎらず、言葉それ自体が喚起してくるものは、しばしば言葉が指示する実在の事物以上の存在であった。ここに、鏡花の小説言語は指示するというよりも喚起するという特性が見出されるのである。

（14）年上の女性による少年の救済という鏡花的モチーフに当てはまる浪吉のみではなく、雑所も火事から救済されたことについて、藤澤秀幸氏注（4）は、「《近代》を象徴する「学校の分」と相容れない関係にある〈雑所〉の生徒たちに対する愛情、優しさが」救済の条件である「美しい血」にあたること、また「〈教師〉でありながら非現実を信じる」ことによると指摘している。

〔付記〕本文の引用は、岩波書店第三版『鏡花全集』（昭61・9〜平1・1）によった。また漢字は新字体に改め、ルビはなるべく簡略化した。

「遊行車」をめぐって
——講談と泉鏡花——

淺野敏文

一　緒論

講談と鏡花との間の関連については、延広真治氏「講談速記本ノート」第四一・四二回[1]及び「鏡花と江戸芸文—講談を中心に—[2]」により具体的に指摘された。

延広真治氏の所説から、二者間に固有の影響関係が認められる事例を摘出すると、小説「湯女の魂」（明33・5）、談話「怪異と表現法」（明42・4）、小説「怪力」（明42・6・同・7）、小説「卯辰新地」（大6・7）、小説「由縁の女」（大8・1—同10・2）、小説「縁日商品」（大8・9）、「泉鏡花座談会」（昭2・8）が挙げられる。その所説によると、「怪異と表現法」及び「縁日商品」は邑井一とその所演の「振袖火事」等に言及。当該読物の風鈴の引事は、邑井一、今村次郎速記「振袖火事[3]」に見える。「怪力」は田辺南龍、今村次郎速記「盲人米市[4]」を典拠の一つとする。小説「楊柳歌」（明43・4・同・6）に「振袖火事」に関する言及。「卯辰新地」及び「泉鏡花座談会」においては、金沢の寄席にて傍聴した講釈師「石川なに斎」所演「振袖火事」等に言及。右座談会席上において鏡花は、「百花園」所載の、邑井一講述（講演）、加藤由太郎筆記（速記）・吉田欽一速記「小夜衣草紙」一四席[5]等を繙きつつ、傍聴の講談について往時を追懐する。以上が延広真治氏の所説から摘出される、二者間の固有の影響関係が立証された主たる事例である。

種村季弘氏『泉鏡花集成』第二巻注(6)は、小説「貧民倶楽部」（明28・7）に桃川如燕に関する直接の言及が見える旨注記する。

相澤修一氏「泉鏡花『由縁の女』における加賀騒動物の影響(7)」は実録・講談・芝居の加賀騒動物と該小説当該部分とを比較、講談から該小説への一定の影響を認めている。

如上の先学の所説に付け加えれば、右の、邑井一、今村次郎速記「振袖火事」の本文は、邑井一講演、今村次郎速記「大島屋騒動」一二七席の第九四(8)—一〇〇席に見える引事の前半部分と概ね同一。但し、一「振袖火事」は、一講演「大島屋騒動」当該引事後半部分、伊達陸奥守綱宗無腰の登城の逸話以下を廃する。

邑井一等、今村次郎編『新撰怪談集』一〇編一冊(9)に、鏡花は序を寄せる。

「泉鏡花座談会」に見える「講釈師の何とか云ふの」に関する鏡花の言及は、痴遊侠生「記臆（ママ）を辿りて(10)」に見える、明治二十八年白梅亭昼席における三代目伊東潮花の逸話を指す。

本論考は、講談及び講談速記類に見える怪猫の読物が鏡花の小説「遊行車」（大2・1）を中心とする作品群の成立過程に関与した可能性について検証するものである。

二　講談と泉鏡花

講談の猫騒動物については、桃川如燕口演、速記法学会筆記『百猫伝巻之一　俳優市川団十郎猫』六回一冊(11)の第一回「苦苛酷於初女脱身　極直言団十郎遇害」に、「扨、私の講じ升るお話ハ、当時俳優の巨孽（ママ）と唱らるゝ、市川団十郎子の先祖、初代並に、二代目団十郎の猫にして、全体猫の講談ハ、私の家の者で、取分け鍋島の猫有馬の猫ハ、現然書籍にも伝はり、諸君《みなさん》も御詳知にて、其外如燕の百猫《ひやくねこ》と申す者ハ、孰れも記録雑書、或ハ、口碑等に伝はる所の、事実を捜索したる者なれバ、中にハ奇怪に渡る、御話しも有ますが、併し乍ら、決して虚談ハ申ません、皆各々本づく所が有つて、殊に勧懲の意を包《か》ねたる者なれバ、先づ成田屋の猫より読始めて、漸々百猫伝《ひやくびやうでん》をバ委しく、講じまする心得で御坐り升が、」と見える。

鍋島の猫騒動については、小説「梟物語」（明31・11）に「『これだけに重い荷が、さう軽々と片付いたといふは、……何か東海道を道中した化猫のやうで当にはならぬ。』」と見える。

歌舞伎狂言「嵯峨奥妖猫奇談」六幕一四場（明13・10、東京、市村座初演）(12)の五幕目東海道三島駅三島明神前の場の筋書に、人足正直三次が浪島家愛妾おさよの方の化粧道具を収めた菰包みの中に怪猫が居ることを見破るもこれを取り逃がす場面があるが、その重量の変化については言及がない。一方、竹柴金作『嵯峨奥妖猫奇談』三巻三冊(13)の下には、同場面の正直三次の台詞に「お化粧道具と札の打た荷物の中で働《うご》くのハこいつアてつきり活物と心を付て来る道も追々に目方が付《つき》化粧か魔性か此中を明れハ忽ち分る事」と見える。

実録『今古実録佐賀怪猫伝』三巻五九節三冊の中巻(14)「小島重左衛門国許へ使者の事　并道中にて不思議ある事」以下に、江戸から佐賀へ下る箱根山中から三島宿、大井川から金谷台菊坂、鈴鹿山の各所で、怪猫が潜む長持の重量が漸次変化する怪異の場面がある。

以下は講談速記類の鍋島の猫騒動の主たるもの。

（ⅰ）松林伯円講演、今村次郎速記『嵯峨廼夜桜』二巻三〇回二冊(15)。

（ⅱ）桃川如燕講演、速記社々員速記「猫塚の由来」四九回(16)。

（ⅲ）神田伯龍講演、丸山平次郎速記、利見新吉復文『佐賀猫退治《さがのねこたいぢ》』一三回一冊(17)、及び、神田伯龍講演、丸山平次郎速記、利見新吉復文『佐賀騒動伊東惣太《いとうそうだ》』一〇回一冊(18)。

（ⅳ）一流斉《ママ》文雅口演、高畠夢香速記『鍋島騒動佐賀猫』一五席一冊。[19]

鏡花の繙読が推定される当該講談速記類としては、田辺南龍「盲人米市」と併載された、清艸舎英昌、今村次郎速記「伊東惣太」が確認される。

伯円講演『嵯峨廼夜桜』第一回には嘉永年間以後の講談の猫騒動の流行の経緯として「其時は丁度只今の桃川如燕が若手の真盛りにて桃川燕国と申し元来此の人は猫が得意《をはこ》でありまして、有馬の猫、佐賀の猫、土浦の猫、秋田の猫新宿の化猫など燕国の百猫《ねこ》と申し猫の方では余程名前が高う御座いますが」との一条がある。如燕講演「猫塚の由来」第一六回に、東海道三島手前の函《ママ》根山中《やまなか》にて人足猩々の三五郎（高木三平）がお豊の方の化粧道具の長持に隠れる怪猫を看破するもこれを発見するに至らない場面があるが、重量の変化については言及がない。伯龍講演『佐賀猫退治』第一二回も同様。一方、文雅口演『鍋島騒動佐賀猫』第六席には箱根山中、三島宿、大井川、金谷台菊坂、鈴鹿山の各所において、お政の方への進物の長持二棹の重量が変化する条がある。即ち「梟物語」の当該部分は、鍋島騒動の芝居・実録・講談に関する言及と認められる。

又、小説「続風流線」（明37・5―同・10）には、電灯が消えた直後に「〇何かは知らず、窓の外から地響きして、暗室の中に物音がした爾時、得もいはれぬ厭な、湿ツぽい、腥い匂がしたので、給仕に侍つた一組の尤物の中には、嵯峨の夜嵐、猫股と、悲鳴を挙げた婦人もあつた。」とある。

灯火が消えた直後に怪猫が出現することは、「嵯峨奥妖猫奇談」の四幕目嵯峨山花見の場及び五幕目本陣上段の間の場の筋書、及び『嵯峨奥妖猫奇談』中・下の嵯峨大守夜桜御遊覧の御催しの場面に見える。

実録『今古実録佐賀怪猫伝』中巻「若殿治茂殿庭前の桜を御見物の事　并若殿俄に御不快に成給ふ事」に同様の場面がある。

伯円講演『嵯峨廼夜桜』第九回、鍋島家江戸下屋敷における夜桜の宴の場面に「今まで白昼の如くなる月の光りを俄かに掩ひ、見る見る中に黒雲出で来り、而已ならず、風も吹き出だしてゴーッといふ樹木の音凄まじく、其中に数千の桜の灯篭が山風の為めに一時に消へて暗夜の如く相成つたる、」と見え、同じく第二三回、嵯峨鍋島家桜の御殿における大沢倉之丞と伊東壮太郎による愛妾お豊の方糺問の場面にも同様の場面が見える。如燕講演「猫塚の由来」第四七回の梅の御殿お豊の方糺明の条、伯龍講演『佐賀猫退治』第六回の鍋島家上屋敷夜桜の宴の条、文雅口演『鍋島騒動佐賀猫』第九席の佐賀城中の桜狩の宴の条、英昌「伊東惣太」に同様の場面が存する。

即ち「続風流線」の当該部分は、鍋島騒動の芝居・実録・講談に関する言及と認められる。

「由縁の女」の加賀騒動の逸話部分については、実録『今古実録佐賀怪猫伝』下巻「小森伊藤宿直の事 幷両人怪異を見る事」の信濃守治茂の寝所に愛妾お政の方に似た怪女が訪れる場面に、宿直の侍が坐睡すること、及び怪女等が小森半太夫及び伊藤惣太に対して「能こそ宿直致せしぞ各々大儀なり」と述べ「高笑ひ」をする条がある。伯円講演『嵯峨廼夜桜』第二〇回以下に嵯峨大領の寝所に愛妾お豊の方、実は怪猫が伺候する場面に、「彼の婦人は多くの侍衆の寝て居るのをみて莞爾と片頬に笑を含みしが是冷笑を致したることゝみへる程なく御前に近づかんとする様子」と見える。如燕講演「猫塚の由来」第四〇回以下、文雅口演『鍋島騒動佐賀猫』第一一席以下、英昌「伊東惣太」、伯龍講演『佐賀騒動伊東惣太』第四回以下に同様の場面が存する。

即ち「由縁の女」の加賀騒動の逸話部分には、鍋島騒動の実録及び講談の内容が一部摂取されたものと認められる。

有馬の猫騒動については、小説「新通夜物語」（大4・4）に「『あゝ、其の拍子木が、頬被の、それが矢張り業だつたのさ。有馬のお天守ぢやないけれど、夜廻りの火の番が持つてゐるのを金の爪で引掻いといちや、猫だか、其の狐だか、攫つてね、逢へない晩も心ゆかし、私はそれを聞いて楽んで居るんだわ。聞いてる方は洒落てるけれど、夜ぴて、お妾の塀のまはりを、カチ〳〵廻る方は大儀だね。第一寒いわね、あ、寒い。』」と見える。又、小説「雪柳」（昭12・12）には「講談、俗話の、佐賀、有馬の化猫」に関する言及が見える。

歌舞伎狂言「有松染相撲浴衣」七幕一八場（明13・5、東京、猿若座初演）[20]の筋書等には、怪猫が拍子木を取る逸話はなし。

実録『今古実録高櫓力士誉』三巻二六節三冊[21]の「妖怪時廻りの者を威す事　幷妖怪再度小野川を欺く事」以下に、有馬家中間及び力士小野川喜三郎が怪猫に拍子木を奪われる一条。

講談速記類の有馬の猫騒動としては、桃川如燕講演、今村次郎速記『百猫伝内小野川真実録』八席一冊[22]の第七席に、力士小野川喜三郎が怪猫に拍子木を奪われる一条がある。

伊東陵潮講演、今村次郎速記『小野川猫』二一編四八席[23]の第四編第八席及び第二一編第四八席に拍子木を奪われる逸話が見える。

右速記本文を底本とする再版本、伊東陵潮講演、今村次郎速記『有馬猫騒動』上編二二席後《ママ》編二六席二冊[24]の上編第八席及び後編第二六席に拍子木を奪われる逸話がある。以下本論考は当該本文を使用する。

同じく、伊東陵潮講演、今村次郎速記『有馬猫騒動』二二席一冊[25]の第八席に拍子木の逸話。右の盛陽堂本上編と比較して、序と口絵見開二葉は同版であるが本文内容は一部節略が施され行数・字詰も異なる異版。

一立斎文車口演、翠雨生速記「小野川喜三郎」三席[26]の第三席に同様の逸話。

即ち「新通夜物語」の当該部分は、有馬の猫騒動物の実録・講談に関する言及と認められる。

陵潮講演速記は、複数の猫の講談を引事として挿入する。盛陽堂本後編第一四・一五席加古川の猫、同第一六・一七席番町の猫及び岩沼の猫、同第一八席両国魚屋金八の猫、同第一九席薄雲の猫、同第二〇―二五席初代市川団十郎の猫。

陵潮講演速記盛陽堂本後編第一四―二五席部分の紙型は、小林紫軒講演、伊藤勝次郎速記『怪猫奇談』一六席一冊[27]の第一―一二席に転用された。該書の内容は、『有馬猫騒動』後編第一四席本文前半、力士水引清五郎・四ツ車大八と火消人足め組との喧嘩の逸話部分を廃して、『怪猫奇談』巻首題、講演者・速記者名、第一席本文冒頭二頁を追加する。さらに各頁柱題（上欄）を変更し、『有馬猫騒動』後編第二五席本文後半、小野川の怪猫退治に渉る部分を廃し、第一三・一四席麻布白金の猫、第一五・一六席本所一ツ目大小路家の猫に接続する。

燕林事坂本富岳等口演『講談落語名人揃』一四編一冊[28]に、小林紫軒講演「怪猫奇談赤壁明神の由来」一節、小林紫軒講演「番町林の猫塚」一節、小林紫軒演講《ママ》「一巖寺の丸の話」一節、小林紫軒講演「金八猫の話」一節が収録される。本文内容は『怪猫奇談』第一―五席所収話と概ね同一。

陵潮講演速記の猫の逸話の成立過程としては、後編第一四席に初代桃川如燕所演「百猫伝《めうでん》」等に言及する。前掲の伯円講演『嵯峨廼夜桜』第一回に言及する初代如燕所演「新宿の化猫」の内容は特定し得ないが、その地名から陵潮講演速記諸本の番町の猫の逸話に近い内容を有した読物と推定される。先行して成立したと推定される初代如燕所演「新宿の化猫」の内容が陵潮講演速記の番町の猫の逸話の成立過程に一定の影響を及ぼした可能性が高い。初代如燕所演「新宿の化猫」の速記類はその存在を確認するに至っていない。

初代如燕所演「新宿の化猫」の成立過程の問題としては、前掲の如燕口演『百猫伝巻之一　俳優市川団十郎猫』第一回に「其外如燕の百猫と申す者ハ、孰れも記録雑書、或ハ、口碑等に伝はる所の、事実を捜索したる者なれバ、（中略）皆各々本づく所が有つて、」とする一条は、初代如燕所演「新宿の化猫」の成立過程に何らかの文献の所伝が関与した可能性を示す。

文献の所伝としては、『天明紀聞寛政紀聞』二冊[29]の寛政十一年の条、及び太田南畝『一話一言』五六巻の巻一四「四谷大番町平岡氏奴僕怪事」がある。

『天明紀聞寛政紀聞』は鏡花の繙読が確認されず、また当該所伝は中間の人名等逸話の詳細部分を欠く。但し、「遊行車」に元二（袖助）の奉公先を内藤新宿新屋敷小普請平岡剛太郎、同家「一軒隣家《となり》」或いは「隣家《りんか》」住人を旗本清水平三郎とする一方、該書所伝は「中間」の奉公先を小普請組阿部大学支配平岡隆太郎、同家「また隣」住人を元御小姓清水平三郎とする。特に清水平三郎の姓名は、鏡花の四作品に先行する文献の所伝及び後述する講談速記類に見えず、該書に固有の内容であることから、該書或いは同系統の内容を有する所伝が「遊行車」の成立過程に固有の影響関係を有するものと確認される。又、該書には、怪異を清水家に「五十年余り蓄置る古猫」の所為と特定する。

『一話一言』から「遊行車」への影響関係は、柴田宵曲「藻塩草」の「随筆雑著」(30)に初めて指摘された。但し詳細についての言及はない。

田中励儀氏「『遊行車』の成立過程―泉鏡花と『一話一言』(31)」は、『一話一言』巻一四「四谷大番町平岡氏奴僕怪事」及び巻三八「草履打意趣松田敵討の事」及び巻四二「草履打の実説」及び『一話一言補遺』九巻の巻七「三座明鏡上」の「草履打」の各所伝が「遊行車」(32)の成立過程に及ぼした影響を闡明した。田中励儀氏は、鏡花が該小説執筆にあたって『新百家説林 蜀山人全集』巻四・五所収『増訂一話一言』四八巻補遺九巻を使用した可能性を指摘するほか、相前後して発表された小説「片しぐれ」（明45・1）、小品「一席話」（明45・1）、小説「二た面」（大2・9）と、該小説との間の関連をも詳説する。

以下に、陵潮講演速記の番町の猫の逸話が「片しぐれ」「一席話」「遊行車」「二た面」の成立過程に関与した可能性を検証する。

作中の人名について。

「片しぐれ」は上州瓜井戸の千助、「一席話」は上総国上野郡百姓源五右衛の次男小助、「遊行車」は上総国野上郡百姓源五右衛門の次男元二（変名袖助）、「二た面」は元二。田中励儀氏の前掲論考は「遊行車」の袖助の本名元二を『一話一言』巻一四の吉平の本名源次に依拠するものとする。但し「片しぐれ」及び「一席話」の主人公の命名の問題は残る。陵潮講演速記には、下総国小見川在百姓善助とする。「片しぐれ」千助はこれの濁音を廃した命名と推定される。

主人公の性格については、四作品に見える主人公の人物像は『一話一言』巻一四にその来源を認めることが出来ない。陵潮講演速記後編第一六席には、「丁度二月の事でございましたが善助用事を終つてモウ是から自分の身躰でも磨くのが楽しみで、那の辺ゆゑ湯が遠うございまして一丁半も二丁も参ると松の湯といふのがあつて是へ参つた」とある。

内容について。

「一席話」において小助が上京の途次、瓜井戸の原にて猫と糸車の怪異に遭遇する場面。陵潮講演速記では、上京の途次、小金ケ原における善助の投石が猫の怨恨の原因となる。又、該小説の題名は舌耕芸からの影響を示唆したものである。

「遊行車」においては平岡家乳母お関が浅草東漸寺参詣の供をさせて元二（袖助）を糺問する。陵潮講演速記では林家隠居三斎が向島の花見の供をさせて善助に質す条がある。

「二た面」において元二が上京の途次、瓜井戸の原にて猫と糸車の怪異に悩まされる場面は「一席話」に同じ。該小説に元二が瓜井戸の宿、井戸川端で黒猫に投石すること及び一膳めし屋で喫飯する場面は、陵潮講演速記の善助が茶と菓子を購った茶店において川端の猫に投石する場面に酷似している。右の内容はいずれも『一話一言』巻一四に見えない。

桃川如燕講演（口演）、社員速記「百猫伝《ひやくめうでん》」三二八席[33]の第二六五―二六七席、及び、当該逸話について右と概ね同一の本文を有する、斯波南叟校訂『怪猫奇談赤壁明神』一二〇節一冊[34]の第五七―五九節に「番町の猫塚」の逸話が確認される。内容は陵潮講演速記に近いが、中間善助について五十歳を越す「老爺《おやぢ》」とする点、猫に対する投石の場面の内容を大幅に省略する点から、これらを鏡花の四作品の成立過程に固有の影響関係を有するものとしては認められない。

三遊亭小円朝口演、桃川如燕講演、桃川若燕講演、浪上義三郎速記『実説怪談恋物語』五編一冊[35]に収録される、桃川如燕講演「怪談上総猫塚の由来」が、「片しぐれ」以下四作品の成立過程に関与した可能性について検証する。該書の構成は、三遊亭小円朝口演、浪上義三郎速記「牡丹灯篭」三節、桃川如燕講演「怪談上総猫塚の由来」三節、桃川如燕講演「尾上菊五郎の幽霊」一節、桃川如燕講演「大岡政談夢の仇討」一節、桃川若燕講演「四谷怪談お岩稲荷の由来」三節。

如燕講演「怪談上総猫塚の由来」の成立過程としては、当該講談速記には初代如燕及び当該読物の成立過程に関する言及は見えないものの、伯円講演『嵯峨廼夜桜』第一回に言及の見える初代如燕所演「新宿の化猫」がその成立過程に一定の影響を及ぼした可能性が高い。

一方、当該講談速記に見える、お春を除く作中の人名及び地名、及び逸話の内容等から、『一話一言』巻一四がその成立過程に直接的或いは間接的に関与した可能性が高い。但し当該講談速記に見えるお春の人名と恋の歌に関する策略の逸話は、典拠の存否も含め未詳。

以下に当該講談速記が鏡花の四作品の成立過程に関与した可能性を検証する。

作中の人名について。

「一席話」にはお秋、「遊行車」及び「二た面」にはお春が登場する。講談速記類諸本においてお春の人名は如燕講演速記に固有の内容である。

同じく「一席話」には小助の父を上総国上野郡源五右衛、兄を元《げん》太郎。「遊行車」には元二（袖助）の父を上総国野上郡源五右衛門、兄を元《もと》太郎。一方、如燕講演速記には源次郎（吉平）の父を上総国夷隅郡金置村源兵衛、兄を源太郎とする。又、「一席話」「遊行車」に主人公の嫂の人名をお艶とし、その父を同国一ノ宮の百姓喜兵衛とする。後者の人名は如燕講演速記に見えるお春の父・金置村名主喜兵衛に一致する。「一席話」のお秋、「遊行車」のお春の父は、ともに九兵衛とする。親族の人名に関する記述はいずれも如燕講演速記に固有の内容である。

「片しぐれ」に千助の請人を本所林町家主惣兵衛店伝平、「遊行車」に元二（袖助）の請人を四ツ谷御狩屋横町家主五郎兵衛、「二た面」に元二の請人を本所林町家主惣兵衛店伝平とする。陵潮講演速記には善助の請人を人入安右衛門とする。如燕講演速記第二節には源次郎（吉平）の請人を人入稼業四ツ谷御仮屋横町上総屋五郎兵衛とし、「遊行車」と概ね一致する。

「片しぐれ」に千助の奉公先は、本所南割下水大御番役服部式部。「遊行車」に元二（袖助）の奉公先は内藤新宿新屋敷小普請平岡剛太郎。「二た面」の元二の奉公先は本所南割下水大御番役服部式部。『一話一言』巻一四には小普請組阿部大学支配四ツ谷大番町平岡劉太郎とする。陵潮講演速記には表三番町お納戸役林三右衛門、如燕講演速記には四ツ谷新宿新屋舗平岡強太郎。「遊行車」のそれは特に如燕講演速記のそれと音が等しい。

又、「片しぐれ」に服部家家老山田宇兵衛、「遊行車」に平岡家用人山田作太夫、「二た面」に服部家家老山田宇兵衛の姓名が見える。『一話一言』巻一四にこれに類する人名はなし。陵潮講演速記には林家用人山口半助。如燕講演速記には平岡家用人山田作太夫とする。如燕講演速記に対し、「片しぐれ」及び「二た面」は姓、「遊行車」は姓名が一致する。「片しぐれ」及び「二た面」に共通して見える服部家用人関戸団右衛門は未詳。

主人公の性格については、如燕講演速記第一節に源次郎（吉平）に関して「此奴百姓家に生れながら農業が嫌い、常に手爪先《つまさき》を奇麗にして小博奕杯(ママ)を打、遊惰な者でムり升ゆへ村内の者も忌み嫌つて居りまする、」と見える。

内容について。

「片しぐれ」に見える女性に恋の歌を書かせる奸計に関する逸話は如燕講演速記にない。但し如燕講演速記第一節に源次郎（吉平）が恋敵高橋鎮太郎を欺いて詠ませた和歌を利用し、名主喜兵衛娘お春を地蔵堂の闇中に侵窃する逸話がある。該小説の歌は「思ふこと関路の暗のむら雲を、晴らしてしばしさせよ月影。」及び「思ふこと関路の暗の、むら雲を晴らしてしばしさせよ月影。」、如燕講演速記の歌は「思ふ身は関路の闇の村雲に晴らして少しさせよ月影」。

「一席話」に見えるお春が入水自殺することとその怨念を猫が晴らそうとすることは、如燕講演速記第一節に一致する。

「遊行車」に元二（袖助）が自ら願い出て夜詰の門番の定詰定請取となることは如燕講演速記第二節に、お春が入水自殺することは如燕講演速記第一節に各々一致する。但し該小説に猫の復讐の逸話に関する明確な言及は見えない。又、該小説に中間部屋を訪問した怪女の着衣について「玉の膚に緋鹿子縮緬、縞縮緬が身に着いて、障子を圧する戸外の暗に、重いほど色が沈んで、そして、帯の模様の蝶々のひら〳〵とあるのばかりが、乳房を透いて響くかと、行灯の仄明りに、白く浮上つて見えたのである。」とする。一方、如燕講演速記第二節に新宿中田圃で源次郎（吉平）が邂逅したお春の着衣を「鼠縮緬にすがぬい蝶々の紋衣類は緋鹿の子と黒の腹合の帯」とする。又、同場面の源次郎（吉平）の回想に、上総国夷隅郡金置村お春の着衣も「鼠縮緬すがぬい蝶々紋の衣類」とする。

「二た面」にはお春の死因を「身投げ」とするのみ。又、お春の怨念を飼猫黒が晴らそうとすることが見える。該小説には「片しぐれ」と同様、女性に恋の歌を書かせる策略に関する逸話がある。歌も同じく「思ふこと関路の暗のむら雲を晴らしてしばしさせよ月影」。

右はいずれも如燕講演速記に固有の内容が「片しぐれ」以下四作品の成立に影響を及ぼしたと推定される点であ

る。

如上の検証の結論として、陵潮講演速記の番町の猫の逸話に見える善助と「片しぐれ」の千助との間の人名の類似、及び如燕講演速記に見える和歌と「片しぐれ」に見える和歌の類似、同じく如燕講演速記に見えるお春及び源次郎（吉平）の父源兵衛及び兄源太郎と、「一席話」のお秋及び小助の父源五右衛及び兄元太郎との間の人名の類似等を、講談速記類諸本と「片しぐれ」以下四作品との間の固有の影響関係の存在を立証する最も先行する事例として確認することができる。

一方、田中励儀氏前掲論考に『一話一言補遺』巻七等に依拠するものとされる「遊行車」に見える芝居の配役に関する内容は、鏡花の四作品に先行する講談速記類諸本には見えない。

同様に「遊行車」の乳母お関の原型は『一話一言』巻一四に事件糺明に携わった「乳母」にあると見られる。又、該小説に元二（袖助）が乳母お関に同家屋敷内外に変死した娘がないか尋ねる条、及び同人に鹿狩の槍と諏訪社の札が貸与される条は、『一話一言』巻一四に源次（吉平）が乳母に「当長屋にて女子抔相果候哉」と尋ねる条、同人に「鎮守八幡宮之札並石尊の御太刀御鹿狩之節持参仕候竹槍」が貸与される条に各々一致する。これらも講談速記類諸本に見えない。

従って、該書巻一四の所伝から「遊行車」の成立過程への関与の可能性が再確認される。文献の所伝と講談速記類に見える類似の素材の発見と作品への摂取の過程は、延広真治氏により闡明された「怪力」の成立過程に近い。

如上の結論の補足として。伯龍講演『佐賀猫退治』第一回に「世に百猫《ひやくべう》と称へまして、我々社会にて随分怪猫《くわいべう》の講談も数多ございますが、先づそのうちにてお家騒動にてはこの鍋島騒動が第一に算へらるゝ物語でございませう、これに引続きまして、彼の力士小野川喜三郎が、有馬侯の火見櫓に於きまして、退治を致しました久留米のお家騒動、これなどは随分お家を騒がしましたものでございます、その他一二席ぐらゐで読切に相成りまするものは所沢の勘七猫、市川団十郎猫、按摩玄哲猫、熊谷駅《じゆく》の鍋提猫、本所の服部猫、播州の赤壁猫、浦賀の唐茄猫、薄雲小紫猫、千本のおみわ猫、品川の猫酒店《ねこざかや》、京都の樫本猫など、申して、世にさま〲なるお話しがございまするが」との一条が確認される。

右の「本所の服部猫」の内容及び講談の読物としての成立過程は未詳ながら、その地名及び関連する登場人物のものと推定される服部姓は、「片しぐれ」「二た面」に見える主人公の奉公先に一致する。右二作品は請人伝平の名及び服部家家老山田宇兵衛の姓名、同用人関戸団右衛門の姓名において一致する。講談速記類諸本にはこれに該当する事例はない。

従って、就中「片しぐれ」「二た面」の成立過程に、講談「本所の服部猫」、及び同講談速記類が関与した可能性が確認される。

三　結　論

本論考は、伊東陵潮講演速記諸本に見える番町の猫の逸話、及び桃川如燕講演「怪談上総猫塚の由来」が、「片しぐれ」「一席話」「遊行車」「二た面」の成立過程に関与した可能性を確認した。

但し、第一に『天明紀聞寛政紀聞』寛政十一年の条及びこれと同系統の内容を有する所伝から「遊行車」の成立過程への関与の可能性、第二に初代桃川如燕所演「新宿の化猫」から講談速記類諸本及び鏡花の四作品の成立過程への関与の可能性、第三に講談「本所の服部猫」から「片しぐれ」「二た面」の成立過程への関与の可能性について、いずれも留保が付せられる。

最後に、講談の受容の問題として、「泉鏡花座談会」等から判断される鏡花のそれは、主に寄席における傍聴及び速記類の繙読により構成される。舌耕芸としての講談の内容は、現存の速記類等により類推するほかはなく、その一回性への遡源は厳密には不可能である。傍聴により受容した内容から作品の成立過程への関与の可能性に関する判断は困難とせざるを得ない。

注

（1）「民族芸能」第二三〇・二三一号、昭60・6・同・7。
（2）「国文学　解釈と教材の研究」第三〇巻第七号、昭60・6。
（3）「文芸倶楽部定期増刊　講談落語古今美人揃」第一二巻第一四号、明39・10・15、博文館。国立国会図書館所蔵。
（4）「文芸倶楽部定期増刊　武勇鑑」第一五巻第六号、明42・4・15。国立国会図書館所蔵。
（5）第一六八―一八六号、明29・4・20―同30・1・20、東京、金蘭社。国立劇場所蔵。
（6）平8・4・24、筑摩書房（ちくま文庫）。
（7）「金沢大学国語国文」第二六号、平13・3。
（8）「毎日新聞」明38・9・18―同39・2・25。当該部分は明39・1・17―同・同・24。
（9）明40・4・吉日、鏡花序、同・5・10、東京、すみや書店・鹿塩亀吉。
（10）「娯楽世界」第一四巻第一一号、大15・11・1、東京、娯楽世界社。日本近代文学館所蔵。
（11）明18・10、筆記者序、同、東京、傍聴速記法学会・坂部只次郎。大売捌所は東京、金桜堂・内藤加我等。国立国会図書館所蔵。
（12）「歌舞伎新報」第九八―一一一号、明13・9・26―同・11・26、東京、歌舞伎新報社。
（13）（無署名）序、明13・10・20御届、東京、栄久堂・山本平吉。整版。国立国会図書館所蔵。尚、竹柴金作『演劇脚本』二巻二冊（明27・9・21・同・12・1、東京、竹柴金作。国立国会図書館所蔵。）所収本の五幕目同本陣宿屋の場にも同様の内容が見える。
（14）明16・9・17御届、東京、栄泉社・山内文三郎、広岡幸助。国立国会図書館所蔵。
（15）鱠家の主人図盆団福楼序、明26・10・5、東京、日吉堂・菅谷与吉。国立国会図書館所蔵。

(16)「中央新聞」明27・6・16—同・8・12。東京大学大学院法学政治学研究科附属近代日本法政史料センター明治新聞雑誌文庫所蔵。

(17) 明32・9・30、大阪、田村熙春堂・田村九兵衛。国立国会図書館所蔵。

(18) 大4・11・20第一〇版、大阪、中川清次郎。発売所は大阪、中川玉成堂。国立劇場所蔵。

(19) 里暁小史序、明39・6・20譲受発行、同40・11・25第一七版、東京、春江堂・湯浅粂作。

(20)「歌舞伎新報」第七四—八三号、明13・5・19—同・6・27。及び、吉村新七『演劇脚本』二巻二冊（明21・11・30・同27・6・21、東京、吉村いと。国立国会図書館所蔵）。尚、「歌舞伎新報」（第六四号、明13・3・11。）の猿若座に関する記事に、同座帳元何某宅における如燕所演「百猫伝」傍聴を「一二の作者」に依頼した旨見える。

(21) 明17・6・23御届、東京、栄泉社・山内文三郎、広岡幸助。国立国会図書館所蔵。

(22) 明26・5、掃月庵の主人捿鳳居士序、同・6・12、東京、九皋館・鈴木源四郎。表題右に「講談百種　第一冊」とする。国立国会図書館所蔵。

(23)「毎日新聞」附録、明31・11・27—同32・4・24。第六編第一一・一二席、第一八編第三九—四一席、第二〇編第四五・四六席は未見。刊記は、吉沢英明氏『講談関係文献目録—明治・大正編—』（昭51・1、吉沢英明氏。）により補う。

(24) 呑鯤主人序、上編明32・6・16・後編同・6・10、東京、盛陽堂・鈴木与八。国立国会図書館所蔵。

(25) 呑鯤主人序、明32・7・18、東京、銀花堂・野村銀次郎。国立国会図書館所蔵。

(26)「文芸倶楽部定期増刊 相撲講談櫓太鼓」第七巻第二号、明34・1・15。国立国会図書館所蔵。

(27) 金龍山下鶯里山人序、明35・8・11、東京、鈴木与八。発売所は東京、盛陽堂。同版本として、小林紫軒講演、伊藤勝次郎速記『怪猫奇談』一六席一冊（金龍山下鶯里山人序、明35・1・5初版、同41・12・5再版、東京、聚栄堂大川屋書店・大川錠吉。国立劇場所蔵。）が確認される。表紙絵、口絵、第二—一二席の各席首の席数の記載、頁付等に異同が存する。

(28) 明44・初冬、文学士伊蘭臣吾序、同・12・20、東京、大川錠吉。発売所は東京、聚栄堂及び東京、大洋堂。国立劇場所蔵。

(29)『未刊随筆百種』第四巻、昭2・7・20、米山堂。
(30)「日本古書通信」第二四巻第一〇号、昭34・10。
(31)「文林」第一六号、昭56・12。
(32)明40・9・20・同41・8・10、東京、吉川弘文館・吉川半七。国立国会図書館所蔵。
(33)「毎夕新聞」明40・8・28―同41・10・2。国立国会図書館所蔵。当該部分は明41・7・20―同・7・22。
(34)明43・春日軒端に猫の恋を聞きつゝ、桃川燕二序、同・3・7、東京、元治館・三溝斐雄。国立国会図書館所蔵。
(35)明43・10・上浣、風羅坊序、同・10・13、東京、国華堂書店・山崎暁三郎。国立国会図書館所蔵。

〔付記〕　本論考は、泉鏡花研究会主催第三九回泉鏡花研究会大会（平15・7・12、於昭和女子大学）における研究発表の内容に基づくものである。同研究会において御指導を賜った諸先生に改めて衷心より御礼申し上げる。又、講談に関する浩瀚な御研究の恩恵に与った吉沢英明先生に厚く御礼申し上げる。
　鏡花作品の本文は、『鏡花全集』岩波書店第二版（昭48・11・2―同51・3・26）を使用した。又、文献等の引用に際して、漢字・仮名は現在通用の字体に概ね改め、ルビは適宜省略した。

「陽炎座」の子供芝居
――お伽芝居との関連から――

森井マスミ

一、はじめに

泉鏡花作「陽炎座」は、大正二年五月『新小説』に「狸囃子」として掲載され、『弥生帖』（大正六年四月、平和出版社）収録にあたって、そのタイトルが改められた。(1) 先の「狸囃子」が示しているように、七不思議で知られる本所を舞台とするこのテクストは、空家の筵舞台で演じられる子供芝居を作中劇としてはめ込んでいる。「陽炎座」という響きからは何かしら夢幻的な世界が連想されるが、その由来と思しき次の一文は、そうした期待を見事に裏切る。

「正面前の處へ、破筵を三枚ばかり、じと〳〵したのを敷き込んだが、日に乾くか、怪しい陽炎と成つて、むら〳〵と立つ、其れが舞台」。つまり「狸囃子」というのどかさを含んだ江戸以来の怪異に代わって、テクストの看板として掲げられた「陽炎座」とは、実のところ臭気さえ漂わせるような、粗末な芝居小屋に過ぎなかったのである。そしてこの「陽炎座」では、十九の初厄に死んだお稲の因果話が、美しい少年女形《をやま》によって演じられている。

先行研究としてはまず種田和加子が、(2)「カーニバル的言語世界がたちあがる「陽炎座」の物語装置を、禁忌と侵犯の弁証法の構造」として論じており、本所界隈の「都市の周縁性」に着目している。また笠原伸夫は、(3)「〈移動、圧縮、劇化、象徴〉」の過程を経て組み立てられる、「夢語りの世界」との類似からテクストを読み解いており、ここには「明治三十年代に大流行をきたし」た、「子供芝居」(4)についての言及がある。

これまで「陽炎座」の子供芝居は、作中劇という性格上、テクストに閉ざされて論じられてきた傾向がある。つまり子供芝居は、村芝居や土御門家の巫女の口寄せなどとの関連から、周縁的あるいはフォークロア的なものとして枠付けられてきたのである。しかし本稿では、明治三十年代後半からさかんになるお伽芝居と、この子供芝居を対比させることによって、テクストを時間軸の中で、捉え直してみたいと思う。

それは近代になって演劇が蒙った変化と、近代的な子供らしさの要請が交差する地点に、子供芝居を見出すことになる。そして演劇におけるもうひとつの近代ともいえる、子供芝居からお伽芝居へという流れは、「陽炎座」というテクストの輪郭を、より一層明瞭にしてくれるはずである。こうした展望のもと、次の章ではまず小説として書かれたテクストと、作中劇の関係から見ていくことにする。

二、子供芝居のドラマツルギー

「陽炎座」において子供たちが演じる芝居は、髪結に端を発したある噂話を脚色したものといってよい。読者はまず、「死んだ迷児」を捜す三人連れと饂飩屋の茶番や、雪女と大入道、そして異類異形まで繰り出す、荒唐無稽な舞台を見せられる。だが、子供女形《をやま》の扮する雪女が、その年の二月に亡くなった、「居周囲《いまはり》の細君女房連が、湯屋でも髪結でも尚《ま》だ風説を絶さぬ、お稲ちゃんと云つた評判娘に肖如《そつくり》」なのを、見物の松崎春狐が認めたところから、舞台と噂話との関係は次第に解きほぐされていく。

お稲というのは、身内の利欲で縁談を破談にされ、その心痛が原因で死んでしまった初厄の娘である。すでに食も細り、「狂気《きちがひ》に成つた」とまで噂されていたお稲は、元婚約者の法学士が、品子という妻を迎えたことを耳にして、とうとう入院してしまう。お稲の気持ちを知らずにいた法学士は、入院によってはじめてすべての事情を知り、お稲を思うあまり妻である品子に向かって、「お前は二度目だ。後妻だと思つてくれ。お稲さんとは、確に結婚したつもりだつて――」と告げることになる。しかしお稲はそのまま死んでしまう。

この話を春狐は女房から聞いており、その女房は隣の女房から、またその隣の女房は髪結本人から聞いている。つまりこの髪結が、お稲に法学士の結婚を知らせた張本人であり、結局のところそのひと言が、お稲の死の引き金となったのである。

このように、作中劇としてテクストにはめ込まれたお稲の死には、無数の女の声が関与している。お稲を死に追い込んだのが女の声ならば、それを噂話として伝播させ、忘れさせないようにしているのも女の声である。こうして女たちは、テクストにおいて声として機能しており、その声は作中劇を取り囲み支えている。

一方、女形の少年が仮構の身体をもって、その声の容物となっていることは、これと対をなしている。(5) また最後までその姿を現わさず、舞台裏から子供たちを操る声だけの存在が、作中劇に配されていることを考えれば、この子供芝居自体を、舞台裏の声の傀儡と見ることも可能である。この声の主については、それが巫女であるという点については、どの論者も一致しているが、子供たちに芝居をさせているのが、彼女であるかどうかという点については、意見が二つに分かれている。

まず亀井秀雄は、「陽炎座」を解説した一文(6)において、松崎が「霊の来つた状《さま》」を「デフォルメして演じたのがこの芝居だった」と述べている。つまり、松崎が子供芝居を仕組んだと亀井は見ているのである。また、ここで「霊の来つた状」というのは、「うら少《わか》い娘の余り果敢《はか》なさに、亀井戸詣の帰途《かへるさ》、その界隈に、名誉の巫女《いちこ》を尋ねて、其のくちよせをきいたのであつた」という、結末部分にある巫女の口寄を指している。一方種田は、巫女が「陽炎座」の芝居の仕掛人」であるとしており、また赤間亜紀(7)も、「すべてを松崎に収斂させること」を否定して、後者の見方をとっている。

実際のところテクストには、巫女の関与を判断させる箇所がいくつかあり、後者をとるのが妥当といえる。たとえば例を挙げるなら、「「役者は役をしますのぢや。何も知りませぬ。貴女がお急ぎであらばの、衣装をお返し申すが可い。」／と半ば舞台に指揮《さしず》をする」とあるように、子供の台詞の覚束なさに度々登場してきた舞台裏の声が、単なる後見ではなく、舞台を「指揮」するものであることが、テクストには明示されているのである。そして松崎が最後に訪れた、「其の界隈」つまり「亀戸詣の帰途」にある「名誉の巫女」の口寄せが、子供芝居に採り入れられていることについては、三者とも相違はない。

郡司正勝は『地芝居と民俗』（一九七一・二・五、岩崎美術社）において、次のように述べている。

もと、巫覡《ふげき》より出て、生き身の憑巫《よりしろ》となった点にその（俳優の：引用者注）本質がある。心中、殺人、犯罪などで死んだ人物を、舞台に招きよせ、みずから憑巫となって、その因果の業を、語り、くどく技術が俳優であったとすれば、世話物は、と言うより、劇は、そこから出発し、その底流にそれが、つねに流れていることになる。

ここで指摘されているのは、巫覡と俳優の連続性である。そして先の引用にあったように、役者が役をするだけで何も知らない「陽炎座」の子供芝居では、役者は神や霊の声を代行する巫覡と極めて近いものになっている。つまり「陽炎座」というテクストでは、巫覡と俳優の連続性によって、テクストの展開が規定されているのである。

ひとつ例を挙げてみると、舞台裏の声が「お稲の芝居は死骸の黒髪の長いまでぢや」という箇所がある。これは子供芝居によって演じられるのが、死者の世界であることを示しており、死者を代弁する者としての役者のあり方が、ここには示されている。だからこそ舞台裏の声の主、つまり巫女であるこの芝居の仕掛け人は、その神通力をもってしても、お稲が亡くなったあとの「後妻の芝居」については、何ひとつ知ることができなかったのである。

品子に向かって投げられた「朧気ぢや、冥途の霧で朧気ぢや。はつきりした事が聞きたいなう」ということばは、そうした巫女の限界を示すものである。

一方でこうした子供芝居の構造は、生者である品子の声を拒絶せずにはおかない。品子は見物でありながら、途中より劇に介入して、「後妻」という「男に取替へられた玩弄《おもちや》」にされてしまった自分の身上と、お稲の兄への復讐[8]を語り出す。そして法学士やお稲の兄を「女の仇」といって非難し、お稲のことを「魔道の酌取、枕添、芸者、遊女」といって憚らない声の主に対して、「女はね、そんな弱いものぢやない」と反撥する品子だが、死者／生者、男性／女性、因果／論理のうち前者を優位とすることによって成り立つこの子供芝居のドラマツルギーが、その声を舞台に定着させることはない。

その上、抗議と屈辱を以て一切の経緯を語り終えた品子に向かって、「扨ぢや、此方の身の果ては何う成るのぢや」となお問いかけることを止めない舞台裏の声は、品子が「身の果て」、つまりはそうした因果に取り殺されて死者の姿となることを要求している。結局のところそれは品子が、因果に取り殺された怨念の声となることを要求しているのであり、こうした舞台裏の声は、死者の声しか代行しない、子供芝居の劇構造を如実に示している。

しかしその一方で「陽炎座」には、作中劇と相容れない要素も書き込まれている。まず、お稲の劇に反撥する品子の声がそれであり、次章ではテクストが明示しつつ隠蔽する、子供芝居と土御門家とのつながりについて見ていくことにしたい。

三、村芝居と土御門家

松崎が最後に訪れた「その界隈」、つまり「亀戸詣での帰途」にある「名誉の巫女」の口寄せが、子供芝居に採り入れられていることについて、従来の見解は一致している。だがそれが、土御門家の巫女[9]であることの意味については、これまで言及されていない。しかしここに土御門家が配されていることは、「陽炎座」と子供芝居の関係を解く鍵でもあり、挿話以上の意味をもっている。

村芝居と土御門家の関係は、近世にまで遡ることができる。守屋毅『村芝居　近世文化史の裾野から』（一九八八・七・二五、平凡社）には、十八世紀を通じて土御門家が、諸国陰陽師支配を着実に進行させていたことが記されている。これは幕府の公認を得たもので、特定の職能集団に対する身分的な支配であり、また経済的な搾取の関係ではあったものの、そこには支配される側の利点もあった。それというのも各地の祈祷・雑芸者の集落は、土御門家の公認を得ることで、より広範囲な芸能活動を可能にすることができたからである。

例えば播磨の高室の場合は、土御門家に許された職掌である陰陽師と万歳のみならず、「土御門家出入りの立場を最大限に利用して、場合によっては法度の対象ともなる歌舞伎興行に、新たな活路を開いた」とあり、幕府の政策を逆手にとった、土御門家と役者の隠れた共犯関係(10)を、そこに読みとることができる。このように土御門家は、祈祷・雑芸者を掌握しその権威を高める一方で、それ自体が村芝居に対する禁制の脇道となって、芸能の活性化を促していたのである。

しかしこうした土御門家も、明治政府の太陽暦採用に伴って、その地位の降下は著しい。これについては種田の論文にも詳しいので、ここでは要点だけを記しておく。明治三年八月二十五日天文暦道局は星学局と改称され、十二月十九日に土御門和丸が、「大学出仕星学御用掛被差免」となることで、天文暦道は完全に土御門家の手から離れる。百姓人別外の取扱いも廃止され、天社神道そのものも神祇官では認めないことになる。禁中における祭祀祈祷の一切も取りやめとなり、公の場からは姿を消した土御門家であるが、しかし清明霊社祭が行われるなど、依然明治期を通じて陰陽道関係者の息吹が残っていたことは、遠藤克己の『近世陰陽道史の研究』（平6・11・20、新人物往来社）に示されている。

また、こうした土御門家と村芝居（「陽炎座」）の関係については、テクストにも記述がある。それは芝居小屋の世話をしている古女房が、地元の見物の男を無視して松崎たちにだけに椅子をすすめたため、男が腹を立てて小屋を出て行く場面であり、そこでは男が「状《ざま》あ見ろ、巫女《いちこ》の宰取《さいとり》。活きた兄哥《あにい》の魂が分かるかい」といって、古女房が子供芝居と土御門家の巫女を仲介していることを、明らかにしているのである。

しかしその一方で、松崎から芝居の筋を尋ねられた古女房は、「子供が出たらめに致しますので、取留めはございませんよ。何の事でございますか、私どもには一向に分りません」と答えている。そしてそれが、古女房の嘘だといえるのは、土御門家の存在を隠蔽しなければならない、次のような事情があるからである。

明治六年一月十五日、神道方面の改革に乗り出した明治政府は、「梓巫市子並憑祈禱狐下ケ抔ト相唱玉占口寄等ノ所業ヲ以テ人民を眩惑セシメ」ることを、禁じる法令を発布した。こうした禁令は、地方のものも含めて翌年以降再々発布されており、巫女の呪術が民間の深部まで浸透していたことを物語っている。松崎が聞いたのも、こうして禁じられた口寄せであり、古女房の対応は、その危険性を裏付けている。つまり口寄を聞くことが、禁令に触れる危険な行為だったからこそ、古女房は子供がでたらめにやっていることを強調して、巫女の存在を隠蔽しようとしたのである。

しかし禁止に触れるという危険さよりも、むしろここで注目したいのは、禁令が十分に機能しない、公権力が志向する近代と庶民の生活レベルでの実感の落差が、作中劇の書かれた時点で、存在していたという点である。こうした落差が存在したからこそ、髪結いの声や巫女の声、そして女形という仮構の身体を結集させた、「陽炎座」というテクストが成立したのであり、言い換えれば、一時期大流行しながらも廃れてしまった子供芝居を、劇中劇として描くことによって、テクストはそうした落差を浮きぼりにすることを可能にしているのである。

先程見てきたように、近世において村芝居は、土御門家の権威によってその活動の自由を確保することができた。

しかしここでは逆に、公的には禁じられながらも民間の根強い信仰をもつ土御門家が、子供芝居の中に身をひそめながら、その影響力を保持していた様子がうかがえる。明治政府は「愚昧ノ惑ヒ」として、卜占や口寄せの類を禁じたが、これらは庶民の感情をすくい上げるものとして、民間のレベルでは依然機能し続けていたのである。

だからこそ太陽暦が採用された後も、陰陽道由来の俗信は、庶民の日常生活を左右し、厄年に関わる因果話がリアリティーを失うことはなかった。そして迷信、俗信、因果話の類が、そうした落差をくぐりぬけて、巫女の口寄せや髪結の口、そして噂話といった女の声によって伝播、増幅され、さらには芝居にかけられることによって浸透していく様子が、「陽炎座」には捉えられていたのである。[11]

だがやがてこうした「陽炎座」という場は、「子供らしさ」という新たな概念を担ったお伽芝居の登場によって、駆逐されていくことになる。次章では子供らしさを軸に、子供芝居からお伽芝居への流れを見ていくことにしたい。

四、子供芝居からお伽芝居へ

日本でお伽芝居が紹介されたのは、巖谷小波の「独逸のお伽芝居」（『歌舞伎』明36・1）がはじめてである。[12]同十月三日には、「狐の裁判」と「浮かれ胡弓」（共に作巖谷小波、脚色岩崎蕣花、於本郷座）が川上音二郎一座によって演じられており、これが日本で最初の公演となる。そして明治三十七年十月には、各地の子供たちにお伽芝居を見せることを目的とした「お伽倶楽部」[13]が発足し、また明治四十二年一月からは有楽座の子供日（毎週土日と祭日のマチネ）がはじまる。さらに明治四十三年六月からは、川上一座の帝国座でも、毎土日曜日にお伽芝居が上演されるなど[14]、明治四十年代は子供芝居の流行に代わって、お伽芝居に関わる動きが活発になる。

「児童と演劇」（『少年界』明38・4）と題された土肥春曙の文章にも、「数年前盛んに流行した子供芝居即ち日本在来の歌舞伎劇を子供役者が演じ、若しくは素人の子供が、それを模倣するといふやうな物では全然無くて」という断り付きで、自らの「奨励する」「子供の演劇」、つまりお伽芝居が論じられているように、この時期子供芝居とお伽芝居の差異が浮上してくる。

お伽芝居がなぜ必要なのかという点については、土肥のことばを借りるなら、「大人は大人に相当し、子供は子供に相当する娯楽を」ということになり、また小波は、外国では「芝居寄席といふやうな處へは、決して親が（子供を：引用者注）連れて行かない」で、「その代わりに、小供の為には、また専門の催しが種々あ」るということを挙げている。そしてこの小波の文章が、「独逸の小供は、日本人の小供と違ひ、全く小供らしく取扱れてゐるので」という前置きから始められているように、お伽芝居への注目は、子供らしさへの認識と同時的である。

ただし、団十郎が「子役を子供芝居へ出さんは絶対的不可なり、強いて老成人に扮せしむるが為め他日大人芝居に於て子役を務むる時子供らしき自然の調子を失ひ、且つ成長して何となく舞台の小さくなる弊あり」（『歌舞伎』明33・1）と語っているように、旧劇である歌舞伎においても、子供らしさというものへの配慮が全くなかったわけではない。

しかし劇評を見ればわかるように、「小若の弥陀六は元来子供には無理な役だが感心によく演て居た」（「新富座の少年演劇」『歌舞伎』明33・8）、あるいは「実太郎の原田甲斐、片倉小十郎二役共によく腹を更へて、子供業とハ思はれぬ老巧なもので」（読売「浅草座の京阪子供芝居」明34・6・16朝刊4面）といったように、その評価は大人の芸を基準に下されている。つまり、旧劇において曖昧にされていた子供と大人の区分けが、お伽芝居の出現によって、明確に意識されるようになったのである。

明治三十年代に流行した子供芝居について、笠原伸夫は次のように述べている。

もちろんこれらは専門の歌舞伎役者の係累に繋がる者たちで、「陽炎座」の子供芝居　のようなフォークロア空間のそれとは異質である。

「陽炎座」の子供芝居は華やかな格式をもつ小芝居とは無縁の、怪しくいかがわしい　夢表象の世界である。神社の境内で行われた神楽や素人芝居と同じ枠組みをもっている。

だが、子供らしさを認識することで成立するお伽芝居をここに加えてみると、問題は右に指摘されているような、子供芝居と地芝居の差異であるよりも、むしろ歌舞伎と地芝居との共通性ということになってくる。たとえば、村芝居で演じられるのは歌舞伎の演目であるが、お伽芝居はそうした内容を、子供にはふさわしくないものとして否定していくのである。

小波は、「濡場、殺場の如きは決して小供に見せてはならぬ」といっており、春曙は「青年男女を柔弱遊惰に誘ひ導くやうな卑猥な種類の物(15)」といって、歌舞伎劇的な内容を否定している。そしてこうした点からすれば、「魔道の酌取、枕添、芸者、遊女のかへ名」といわれる「雪女」が、「糸も掛けない素の白身《はくしん》」で登場する「陽炎座」の作中劇は、まさに子供にはふさわしくない内容のものということになる。

またお伽芝居は基本的に、子供のために大人が演じるものであるが、子供自身が演じる場合には、演技する子供の側にも、子供らしさというものが要求されている。つまり従来の子供芝居のように、大人が演じる脚本をそのまま子供が演じるといったあり方も、お伽芝居では否定されているのである。

芹影女は有楽座の子供日《こどもデー》を観て、「何故こんな可愛い柄のお子さんにあんな大人びた白を言わせるのかと不思議で堪らぬ。何故もつと自然に、もつと子供らしい言葉を用《つか》はせぬのであらう」（「お伽芝居拝見」『歌舞伎』明44・3）(16)という感想を述べている。そして「陽炎座」にも、「紅蓮、大紅蓮の地獄に来つて」という難解な台詞をど忘れし、目をきょろつかせる子供役者の姿が書き込まれており、芹影女が問題にした、子供が大人の台詞をそのまましゃべることの齟齬といった点については、テクストにも同じく捉えられている。

また、お伽芝居がさかんになるのとほぼ同時期に、女優養成所（明41・9・5）と俳優養成所（明41・11・28）が開場していることは、単なる偶然ではない。歌舞伎だけを見ているとわかりにくいが、子供らしさという観点から、お伽芝居への流れを追っていくと、女形の問題がそこに重なっていることが見えてくる。つまり子供芝居の女形とは、声と身体とのずれを、大人と子供、女性と男性という二重のレベルで負っている。しかしこれのずれを消滅させることによって、お伽芝居は成立するのであり、演技上の写実の要請によって、女優／俳優／子役の区分けが一気にもたらされたことを、ここからは読み取ることができるのである。

また、さらにこうした子供芝居の女形が、村と切り離すことのできないものである点にも注目が必要である。なぜなら、近代になってもたらされた役者の声と身体との一致が、俳優と巫覡の連続性を失わせる原因であることが、そこから見えてくるからである。つまり子供芝居を導入して、旧劇から新劇への移行を見ることによって、歌舞伎が失ったものが、より明瞭にそこに浮かび上がってくるのである。

「陽炎座」においてお稲を演じているのは、「知つては居ても、其れが男の児とは思はれない」「十一二の男の児」である。そして女形の有無は、子供芝居とお伽芝居を分けるひとつの指標であり、さらには他の村芝居と比較してみても、子供芝居の女形は、稽古から舞台まですべて女人禁制の若衆制度によって取り仕切られているように、村の運営形態と切り離すことができないものである。

こうしたことから考えて、近代的な子供らしさの要請が、子供芝居を駆逐しようとするとき、同時に否定されていくのは、ひとつは歌舞伎的な女形であり、またもうひとつは村という共同体だということになる。結局のところここで起こっているのは、近代が目指した村的なものとの切断であり、歌舞伎と地続きでありながら、認知されることのなかった子供芝居の方に、公の認定を受けることで消えてしまった歌舞伎の要素が、畳み込まれていったといえるのである。

柳田国男の「昔話解説」（『方言覚書』所収、一九九八・八、『柳田国男全集13』筑摩書房）には、「集合教育の始まる以前」の「前代の共同体」における子供、つまり子供らしさが認識される以前の子供の姿が記されている。そこでは、「小児が成人の事業に加入しようとする要求が、現在の集合教育の始まる以前は、遥かに今よりも強烈に且つ早期であつたこと」や、「前代の共同団体に於て、児童に課せられたる分担事務の可なり重要なものであつたこと」などが記されている。ここには巖谷小波のいう、「日本では兎角悪い弊があつて、大人も小供の大人らしいのを好けば、小供も早く大人がらうとする」という認識との、明瞭な落差を見ることができる。(17)

柳田はまた、「祭や物忌や家々の儀式などに、彼等（子供等：引用者注）をして舞ひ又は語らしめたことは、決して彼等でも間に合ふからといふだけの、簡単なる便宜主義からではなかつた。特に穉い者の声を借り挙動を透かして見なければ、有難い又はめでたい大昔以来の民族的感情を、蘇らせることの出来ぬ場合が多かつたからである」と述べており、前代の共同体において、子供が子供にしかない能力を認められ、大人との連続性の中に置かれていた様子がよくわかる。

そしてこれらを一方に置いて見たときに、「子供の高尚な、無邪気な趣味の多い娯楽物として」、お伽芝居を「一般の子供社会に流行させたい」とする春曙らの思惑は、単に子供たちを無邪気さの中に囲い込み、「高尚な審美的な教訓」（小波）によって、馴致しようとするものでしかないように見える。

もちろん「陽炎座」の少年は、柳田が示す子供に近い役割をもっている。少年女形は自らを憑巫《よりしろ》とすることによって、怨嗟や因果といった「大昔以来の民族的感情」を蘇らせようとしていたのである。しかし「陽炎座」のテクストは、全体としては子供芝居を描くことによって近代的なものを批判し、柳田的なものを懐旧的に取り戻そうとしているわけではない。むしろテクストは逆に、お伽芝居という参照項を用いることによって、村芝居のレベルで子供を通じて維持されてきた、共同体的な信仰が否定され、旧劇的なものが無効になっていく有様を、浮かび上がらせているのである。

もう一度くり返せば、子供らしさという観点から、子供芝居からお伽芝居への流れを見ていくと、子供に対する認識の近代化が、ただそこだけにとどまらず、子供芝居に付随する共同体的な信仰の崩壊をも引き起こしていることが見えてくる。そしてそれは女優を登場させたのと同じ、写実という近代の要請の一環であり、「大昔以来の民族的感情」や怨念、呪詛といった、写実的ならざるものの一切が、舞台から放逐させられていくことになるのである。

近代における旧劇から新劇への流れについては、これまで歌舞伎や女優の観点から様々に論じられてきたが、ここでは子供らしさを軸にして「陽炎座」を読むことによって、お伽芝居がもつ近代的な子供らしさの観点が、子供芝居を過去へと追いやる中で達成された、演劇におけるもう一つの「近代」を示してみた。少年であり、女形であるという二重に仮構された身体が、死者の怨嗟の声を代行するという「陽炎座」のドラマツルギーは、お伽芝居の登場によって、いったんは無効にされる。しかし歴史性としての子供芝居は、女たちの声や、少年女形の身体のリアリティーをうしなうことなく、「陽炎座」というテクストの中に封じ込められていたのである。

五、結び

本稿では、これまで顧みられなかったお伽芝居に注目し、子供芝居との比較において「陽炎座」を再読した。そして明らかになったのは、これまで個々に解釈されてきた子供芝居や巫女にまつわる要素が、すべて関連し合いながら、子供らしさ以前の子供の姿を重層的に編みあげていたということである。またそこには、子供を焦点として、共同体における近代への移行が、なし崩し的にもたらされていく様子を垣間見ることができた。

巌谷小波によってもたらされたお伽噺は、児童の心情の解放を時代に先立って提唱するものであった。しかし同時にそれが、日清及び日露の時局に寄り添うようにして、忠君愛国的な国民教育の理念を補完するものでもあった(18)

ことも確かである。そうした中、明治四十三年に刊行された、小川未明の処女童話集『赤い船』によって、「小波の「お伽噺」を止揚する近代童話の前兆」が示されたのであり、その頃「「お伽噺」というものが、次第に「童話」から「児童文学」へと移り変わっていく機運にあった」ことは、巖谷大四の『波の跫音』（昭49・12・5）が記している。そしてそうした流れが決定的なものとなるのは、大正二年、実業之日本社から刊行される、『愛子叢書』シリーズ[19]によってであり、それとまさしく同じ年に、「陽炎座」は発表されている。

劇界を見てみると、大正二年に市村座は、三ヶ月の休演をはさんで「七月から新規蒔直して小供芝居から始める」（大2・6・22、読売新聞朝刊）と発表している。しかし、子供芝居の公演がその後に続くことはなく、一方で有楽座の子供芝居が、「クリスマス子供日」などを含めて定期的な公演を続けていく。また、大正三年十月十二日の読売新聞朝刊に、「子供芝居を見る」という見出しで、有楽座の子供日の感想が載せられていることからも推測できるように、子供芝居とお伽芝居は混同されながら、次第に子供芝居に代わるものとして、お伽芝居が一般に浸透していくのである。

以上がお伽芝居を軸としてみた、大正二年の状況である。鏡花はこの年「陽炎座」につづいて、七月に戯曲「紅玉」（『新小説』第十八年第七巻）を発表しているが、これは子供芝居を扱った「陽炎座」とは、全く異なる趣きのものである。それというのもお伽芝居が、小波のいうように「大々的夢幻劇であるから」「衣装の穿鑿も入らず、道具も思い切つて、趣向を凝らすことが出来」、「鳥の精といへば、鳥の形にな」（前出、巖谷小波「独逸のお伽芝居」）るようなものだとすれば、「顔黒く、嘴黒く、鳥の頭して真黒なるマント様の衣《きぬ》を裾まで被りたる」鳥たちが登場して踊り出す「紅玉」は、極めてこれに近いものだといえる。つまり、ドイツの子供たち向けに、童話を脚色して上演された、Marchen－Spiel《メールヘン・シュピール》の「メールヘン」の要素を、「紅玉」は多分に含んでいるのである。

「紅玉」がそうであるように、鏡花はお伽芝居的な要素を自らの戯曲に表している。しかしその一方で、お伽芝居的なものの登場によって、前時代的なものとして追いやられてしまう子供芝居や子供の姿を書き残していることは、一見矛盾する事柄であるかのように思われる。しかし、「陽炎座」が小説として書かれたものであり、お伽芝居という補助線を加えれば、そこには子供を軸とした演劇の変遷を読み取ることができるということは、すでにみてきた通りである。つまり、鏡花によって同時期に書かれた、戯曲と小説テクストは、演劇における近代化の流れを、補完的に捉えていたのである。

またこの前後に鏡花は、「夜叉ヶ池」（大2・2）「海神別荘」（大2・12）「天守物語」（大6・9）といった戯曲を発表している。そして小波が「ハウプトマンの「沈鐘」の如きも、畢竟お伽芝居の一種に過ぎない」といっているように、「古来のお伽噺や、口碑から」材料をとっていることが、お伽芝居の条件となるならば、鏡花のテクストの中には、「夜叉ヶ池」はもとより、お伽芝居に数えることのできるものが、多く存在することになる。

このように大正期の鏡花の戯曲は、お伽芝居という観点から整理し直すことができるものであり、これは鏡花における「近代」を探るにあたって、新たな視点となるものである。またこのことは、新派劇と区別されて、単に幻想劇として括られてきた一連の戯曲群を、演劇史の中でもう一度捉え直す作業となるはずであり、これについては稿を改めて論じたい。

注

（1）　これまでに刊行されていた、春陽堂版および岩波書店版の各全集は、初出の『新小説』の本文にもとづいたものである。『弥生帖』を底本としたものは、『新編　泉鏡花集　第四巻』（岩波書店、平16・8・31）がはじめてであり、章立ての大幅な異同などについては「解題」に詳しい。重要な論点ではあるものの、本稿執筆時に『新編　泉鏡花集』が未刊であったため、残念ながらそれらについては触れることができなかった。

（2）　種田和加子「「陽炎座」論―都市・音・鏡―」『論集　泉鏡花　第二集』（平3・10・10、有精堂）

（3）笠原伸夫「「陽炎座」―黒髪と朱鷺色の椿」『論集　大正期の泉鏡花』（平11・12・10、おうふう）

（4）明治二十九年五月の浅草座の旗揚げを皮切りに、大人の役者の興行成績を圧倒する勢いとなったことが、三宅三郎『小芝居の思い出〈歌舞伎資料選書・5〉』（昭56・1・30、国立劇場調査養成部芸能調査室）には記されている。

（5）江戸幕府が女役者の廃止とともに、遊女を統括するようになったことは、「陽炎座」における女の身体を考える上でも、象徴的な出来事である。女が演ずることに対する抑圧の代替として、過剰（＝空虚）な身体としての遊女と、空虚に仮構された（＝過剰な）身体としての女形が認知されていくのである。

テクストには芝居小屋へ向かう道すがら、遊女たちの屋号が昼行燈に描かれて木賃宿の軒先に列なす様子が、捉えられている。「一寸柳が一本あれば滅びた郭に斉しい」と形容されるこの空洞の昼行燈は、二重の意味で空虚な遊女の身体を指し示しつつ、さらに女形の少年の身体の空虚さと対をなすように、テクストには書き込まれている。

（6）亀井秀雄「「陽炎座」のからくり」『国文学』（平3・8）

（7）赤間亜紀「方法としての芝居―泉鏡花「陽炎座」論―」『日本近代文学』（平9・5）

（8）品子とお稲の兄が連れ立っているというのは、一見奇妙である。しかしそれには事情がある。法学士に「お前は二度目だ」と告げられた品子は、後妻と云ふなら「其の（お稲：引用者注）うまれ代わりに成りませう」といい、お稲の兄に対しても、「妹分にして下さい」と申し出て、毎日互いの家を往き来するほどの懇意になっていた。だがそれこそが復讐の企てであり、「兄さん、兄さんと、云ふうちには、屹と袖を引くに極つて居るんです。然も奥さんは永々の病気の處、私は其が望みでした」と、品子は子供芝居の見物の前で明かしている。

（9）前半の芝居小屋への途次の描写が、荒涼とした軒並みとは対照的な「土御門家一流易道」の看板を殊更に印象付けていたのは、最終部分の「その界隈」の「名誉の巫女」の記述とあわせて、それが土御門家の巫女であることの、伏線であったと見ることができる。

（10）他に例を挙げると、長野県の禰津村（現・下伊那郡大鹿村）は、「農作物のあまり獲れない貧乏村」であるにもかかわらず、仕掛けのある立派な舞台を二つも持っており、またこの村が巫女村を抱えている事が、郡司正勝『地芝居と民俗』には挙げられている。村における芸能の活発さの背後にある、巫女との結びつきの深さをうかがわせる事例である。

(11)　梳風子「女髪結」(『文芸倶楽部』第八巻第二号）には、髪結いの由来は「安永年間に江戸深川で女形役者の山下金作といふものが、他人の髪を結ふことが上手であつたから、時の浮気者等が争つて結つて貰つた」のがはじまりとある。女形役者が女髪結いのはじめであったというのは、両者の見えない繋がりがテクストに忍び込まされている点でも興味深い。また髪結いの流行は、「良家の女房や娘を淫風に導いて閨門の紊れを招く媒介とな」ったことや、明治になってからも「桂庵の手間取りや意外橋渡しの周旋やに黙々とした金儲をする奴もあ」ったことなどが記されている。こうした記事を見ても、女髪結という存在のいかがわしさと、淫靡なものを媒介するというその性格がよくわかる。あるいは「巫女の宰取」といわれた古女房は、女髪結ではなかったかという推測もここに成り立つ。

(12)　年譜的な事項は、『児童演劇図書年表』(昭10・12・30、児童芸術教育研究所)、『日本児童演劇の歩み』(一九八四・三、(社）日本児童演劇協会）を参考にしている。

(13)　高尾亮雄『大阪お伽芝居事始め』(一九九一・八・一、関西児童文化研究会）には、「各地に商業的興業でなく、子どもたちに「お伽芝居」を見せる素人劇運動「お伽倶楽部」ができ」とあり、それが「今日の児童演劇運動の源流」であること、さらには「子どもにむけての文化運動のすべての源がこの「お伽芝居」であった」ことが記されている。

(14)　市内の小学生を招待するもので、無料の公演であった。二年間継続されたが、これは川上の負債を膨らませる要因ともなった。

(15)　一方お伽芝居の内容には、「父兄姉妹を相手に演じても、毫も差支無い、家庭的の極めてサツパリしたもので、其中に多少の教訓的寓意なぞもほの見えているものが多い」とされている。

(16)　有楽座の子供日の観劇評である。『小楠公』で正行を演じる「可愛い栗島すみ子」の、「イヤサ夢のやうな事しやと申すのぢや」という台詞が、「どうしても大人の台詞を真似たとしか見られない」ことを取り上げている部分である。

(17)　土肥春曙の「子供をして強ゐて大人の娯楽のお相伴をさせるやうな、現今の悪習慣を打破して仕舞いたい」という意見が、「殊に夜話の席などでは、独り彼等（子供等：引用者注）が聴衆たることを許したのみならず、兼て最も細心なる観察者であり、又記録者なることをも認めて居た」という記述に、真っ向から対立しているのもこれと同様である。

(18)　続橋達雄「巖谷小波のお伽噺」『日本児童文学研究　叢書近代文芸研究』(昭49・11・1)、三弥井書店所収

（19）島崎藤村「眼鏡」、田山花袋「小さき鳩」、徳田秋声「めぐりあひ」、野上弥生子「人形の望」など、純文学の作家たちによって書かれた童話が収められている。

＊ テクストの引用は、すべて岩波版『鏡花全集　巻十五』（昭50・12・2）による。適宜正字は新字に改め、ルビは省略した。

「紅玉」論
――仮装・メーテルリンク――

市川祥子

1

泉鏡花「紅玉」は大正二年（一九一三）七月、「新小説」[1]に発表、同年一二月には作品集『紅玉』[2]に収められた。この年、鏡花は相次いで戯曲を発表している。「夜叉ケ池」（大二・三）、「公孫樹下」（大二・四）、「紅玉」（大二・七）、「海神別荘」（大二・一二）、「恋女房」（〃）。この内、論及、上演されてきた頻度は「夜叉ケ池」「海神別荘」が圧倒的に高い。理由の一端は、これらが、鏡花戯曲で最も完成度が高いとされる「天守物語」（大六・九）につながる構造を有している点にある。そこには妖怪界と人間界との対立があり、前者は恋・愛を至上とし愉楽を行動原理とし、後者は女を見世物紛いの雨乞いの犠牲にするために捕らえに来る村人や、欲に目が眩んで娘を生け贄に差し出す親や、鷹をそらした鷹匠に切腹を命じる殿様とその命令で友人を斬り殺しに来る家来といった、人間性が疎外される社会のことさら類型的な人物ばかりで構成されている。そして結末部で、感性を等しくする人間・恋人たちが選ばれて妖怪界に移動することでその勝利が謳われ、そこに人間界の荒廃した精神への批判も読み取れるのである。また、妖怪界は池、海の水底にあり、「天守物語」でも精霊の源である獅子頭は洪水を起こして天守五層に祀り上げられており、水の力を威力の根源とする点でも通じている。地上に縛り付けられている我々にとって、水の世界は、畏怖と憧憬との相反する感情の対象である。台詞の美しさなり衣装の絢爛たる色彩なりといった要因もさることながら、現代においてこれらの上演が続くのは、一見明解なテーマとワンパターンとすらいえる安定した構造に負うところが大きいのだろう。(3)(4)

このパターンが鏡花最初の戯曲「深沙大王」(明三七・一〇)に既に顕れていることは早くに指摘されている。その十年後「夜叉ケ池」において、迫害された恋人たちの恋の成就、妖怪界の勝利は再び描かれた。しかし、同じく恋愛をめぐる筋立てで妖怪が登場しながら、「紅玉」はこの構造を持たない。この戯曲を理解するためには、それらとは異なる視点が必要なはずである。(5)

「紅玉」では、例えば「夜叉ケ池」において村人と争っている只中に百合が自害し晃も後を追うというような、恋愛に関する劇的な出来事が舞台で繰り広げられるわけではない。戯曲通りに上演したとすれば、貴夫人と少紳《わかき》士との恋愛の経緯は、密会の準備をする侍女が老紳士に脅されて白状した台詞の中でのみ語られ、当事者は舞台に上がらない。経緯を聞き出した老紳士は〔邸を横行する黒いものの形を確《しか》と見覚えて置かねばならん。躍《をど》れ。衣兜《かくし》には短銃《ピストル》があるぞ〕と言って侍女とともに舞台を去る。妻と間男とを殺しに行くようだ。しかし最後まで銃声すら聞こえない。その後は、正体なく倒れている画工を後目に三羽の烏の妖怪の会話が続き、最後に一度だけ貴夫人と少紳士の揃った姿が舞台深くを過ぎる。これを、夫に見つかる前の逢瀬を楽しむ二人とするか、殺された後の彼らの魂とするかは解釈によるのだが、いずれにせよ恋愛の行方については、恋に殉じようとする女の薫りは高い、肉の味も格別だろうと語る、腐肉にたかる烏そのままに久しぶりの死骸を待つ妖怪たちの言葉から、二人の死を想像することになるのである。恋愛をめぐる筋立てでありながら、恋愛は演じられない。注目すべきはこの奇妙な構成であろう。(6)

2—1

鏡花が「もし『天守物語』を上演してくれたら、謝礼は要らぬ。こちらで、お土産を贈るのだが……」と洩らしたという逸話は有名である。「天守物語」初演は没後の昭和二六年（一九五一）一〇月を待たなければならない。このため鏡花の妖怪劇の上演は発表と隔たる、ひいては、妖怪が舞台を闊歩する戯曲は発表時には理解されなかったとの印象を与えがちであるが、「夜叉ケ池」は大正五年（一九一六）七月に上演されており、「深沙大王」は上演の予定の下で、「水鶏の里」を下敷きに書かれた戯曲であった(7)（ただし、実際の初演は大正三年（一九一四）四月）。「夜叉ケ池」初演で蟹や鯉の精である妖怪たちはどのような姿で舞台に上がったのだろうか。演芸写真(8)によれば蟹の精は、手にはさみ風の手袋を付けてチョキの形にし、顔には隈取りに似た化粧を施している。現在でも多くの上演で見られる類の装束である。「紅玉」も発表間もない大正二年（一九一三）一一月に野外劇として上演された。演芸写真(9)によれば烏の妖怪は、黒いたっぷりとしたインバネス風の装束で首から足までを覆い、同じ布で作った烏に見えなくもない頭《かしら》で顔までをすっぽりと隠している。観劇した楠山正雄の「野外劇を観る記(10)」はこの姿を〈ふと薄闇に透かして見ると、「先代萩《せんだいはぎ》」の床下の鼠の着るやうな縫ぐるみを着た異様な人間が四人、小供達の群に交つてまご〳〵してゐるやうです〉と記している。「伽羅《めいぼく》先代萩」で連判状を盗んだ鼠、「床下」の場で仁木弾正が忍術を使って変身していたとわかるその姿は、俳優が鼠の縫いぐるみを着たものである。楠山は野外劇の烏の妖怪をそれに類するものと感じた。江戸時代以来、歌舞伎上演は人間外のものを舞台に上げることに工夫を重ねてきた。烏の妖怪が、楠山をはじめとする観客によって歌舞伎の妖怪の姿に模して受け取られるのはごく自然な行き方であろうし、幾分かは、鏡花も同じ感性の中にいると考えられる。

この時期、鏡花が妖怪の登場する戯曲を執筆するにあたっては、上演の実現性があったこと、妖怪の姿は人間が蟹風の装束・化粧で象徴的な小道具を付けたり、布で作った動物の縫いぐるみを着たりする類が想像されたこと、そして観客にとっては、それらの姿が劇中の妖怪、妖怪劇のそれとして了解される安定した形態であったことを確認しておきたい。

2—2

「紅玉」の侍女は烏の仮装をしていた。その姿で外へ出て通りかかる者を驚かそうというのだ。ただしこれは嘘であったことがわかる。実は、烏の落とした指輪を拾った少紳士が、烏にならば返すと言ったのに応じて、貴夫人が装束を誂えており、この時も侍女は密会の準備をしていたのである。侍女の仮装の言い訳は〔先達つて、奥様がお好みのお催しで、お邸に園遊会の仮装がございました時、私がいたしました、あの、此のこしらへが、余りよく似合つたと、皆様が然《さ》うおつしやいましたものでございますから〕というものだった。

これは突飛な設定なのだろうか。仮装といえば吉原の仁和賀や鹿鳴館が思い浮かぶ。明治二〇年（一八八七）四月二〇日、伊藤博文は首相官邸で大仮装舞踏会を催した。ここでの伊藤の軌道を逸した振る舞いが報道されて鹿鳴館外交への批判は増大し、この試みは終わりを迎える。しかし、仮装行列はその後も、日清・日露の戦勝祝賀、花見、運動会、大正天皇の御大典の奉祝と、祝祭の余興の定番として何かにつけて行われてきた(11)。近くは大正二年（一九一三）一〇月、芸術座が第一回公演の成功を祝って仮装会を開いている(12)。特に女優を募集し彼女らの存在の新しさが注目される劇団では、披露も兼ねて仮装会が催された。同年七月の小説「女優(13)」は、劇作家が募集に応じてきた女優の卵に手玉に取られる筋であるが、そこには劇団主催の仮装会の様子が描かれている。〔仮装会の夜が来た、之は座主が誕生日を祝する為めに行ふので、一つは稽古所にある女優を座の関係者＝株主へ知らせん為めの催しとも謂はれた〕。女優たちは手古舞姿の者、木遣節を唄う者、紙雛に扮する者。問題の女は〔懸想文売になつた若い女優と打連れだつて官女の姿になつて〕という具合である。〔赤毛布をすつかり頭から冠つて達磨に扮して来た〕客もある。「紅玉」の烏の装束はそれと似た質感であろうか。そもそも仮装をして驚かすというのは女優を連想させる悪戯であった。桑野桃華『女優論』(14)（大二・五）には、帝劇女優の楽屋での行動を並べた中に以下のようなエピソードがある。〔それは去年の秋頃の事で、女優の便所に不思議な事が続け様に起つた。或日の夕方東日出子が用を済して、扉を排して出やうとすると、其の眼の前に髪をおどろに振り乱した白装束の幽霊がヌッと現はれたので、それを見ると日出子は呀《あっ》と叫んで気絶して了つた。〔略〕／処がそれから四五日経つた或日の事、例の半鐘山の今板額村瀬蔦子が、矢張り便所を出て手を洗はうとすると、色の真黒な大入道が目の前に現はれたので如何に今板額でも流石は女、あれえとばかり悲鳴を挙げて楽屋へ逃げ込んだ。一度ならず二度までも斯く妖怪変化が現はれたとなると帝劇でも捨ては置けない〕、便所を調べると青竹に棕櫚の皮を結び雑巾を下げたものや紅や白粉のついた手拭いが落ちているので、〔聞いて見ると幽霊や大入道の正体は正しく此の宇治龍子と判明した〕。この時期、仮装と女優とは結びつけられやすい。貴夫人たちはいくらか女優のイメージを帯びている。

貴夫人を女優と定める必要もないが、大家の邸であってみれば、園遊会の仮装をもう一度という言い訳はさして奇矯ではなく装束も順当に思い浮かべられるもので、彼女がそれを作らせたとしても不自然ではない。この戯曲は、この点では、観客に現実の生活で起こり得ると了解されるであろう筋立ての内で出来ているのである。

2―3

舞台に登場した時、観客にはそれが侍女とはわからない。〔時に、樹の蔭より、顔黒く、嘴《くちばし》黒く、烏の頭《かしら》して真黒なるマント様の衣《きぬ》を裾まで被りたる異体のもの一個顕れ出で、小児《こども》と小児の間に交りて斉《ひと》しく廻る〕。それは黒い布を纏い嘴のある頭《かしら》を着けた〔異体のもの〕である。次にそっくりの装束で三人が登場する。〔続いて、初《はじめ》の黒きものと同じ姿したる三個、人の形の烏。樹蔭より顕れ、同じく小児《こども》等の間に交つて、画工の周囲を繞る〕。三個の〔人の形の烏〕、彼らは烏の妖怪だがこの段階では先の一人との差はさだかではない。侍女が烏に仮装した姿と、烏の妖怪とは〔同じ姿〕とされている。冒頭の指定にも〔――別に、三羽の烏。（侍女と同じ扮装）〕とあった。先に登場していた画工は、子供たちが〝青山、葉山、羽黒の権現さん〟と歌いながら廻る輪に入って憑かれたように踊り狂い、四人もそれに加わる。続いて〔木の葉落つる中に、一人の画工と四個の黒き姿と頻《しきり》に踊る。画工は靴を穿いたり。後の三羽の烏皆爪尖まで黒し。初《はじめ》の烏ひとり、裾をこぼるゝ褄紅に、足白し〕と、侍女の烏は人間の女性の美しさを象徴するかのような白い足、妖怪の烏は黒い足であることが示される。この時舞台には、足の色だけで弁別の可能な、同じ姿をした二種類の烏が並んでいる。

　観客は、黒ずくめの烏風の〔異体のもの〕四人を見て、人間が仮装をした役なのではないかと推測する。人間の背丈で、一人は普通の調子で言葉を話し、妙な格好をしているが仮装会を思えば事情があって装束を着けているのだろうと。そして〔あゝ、玉が溶けたと思ふ酒を飲んだら、どんな味がするだらうねえ。（烏の頭《かしら》を頂きたる、咽喉の黒き布をあけて、少《わか》き女の面を顕し、酒を飲まんとして猶予《ためら》ふ）あれ、こゝは私には口だけれど、烏にすると丁ど咽喉だ。可厭《いや》だよ。咽喉だと血が流れるやうでねえ。こんな事をして居るんだから、気に成る。よさう。まあ、独言を云つて、誰かと話をして居るやうだよ……〕という台詞と動作とによって、この一人は人間・侍女が仮装した姿だと確信する。同時に、彼女には他の三人が見えていないと知り、それらの理由が明かされるのを待つことになる。

　一方他の三人は、足の色と動きの質は異なり無言だけれども、立ち混ざっているので侍女と同類なのかと判断を保留する内、ある時点で侍女が彼らに気づいたと知る。三人が自らの存在を知らしめようとしたらしい。三羽の烏は侍女の目に影のごとく映じ始め彼女は驚愕する。〔（時に、はじめてフト自分の他に、烏の姿ありて立てるに心付く。されどおのが目を怪む風情。少しづゝ、あちこち歩行《ある》く。歩行くに連れて、烏の形動き絡ふを見て、次第に疑《うた》惑《がひ》を増し、手を挙ぐれば、烏等も同じく挙げ、袖を振動かせば、斉しく振動かし、足を爪立つれば爪立ち、踞《しゃが》めば踞むを透し視《なが》めて、今はしも激しく恐怖し、慌しく駈出す)」。上演時には大変印象的な場面になるはずだ。これによって観客は彼らが妖怪変化の類だと確信する。合理的には、変幻自在の妖怪が侍女の仮装に模して化けていたと解釈すべきなのだろう。この時観客には、一人の人間・侍女と三羽の妖怪・烏とが弁別される。

2—4

戯曲の上演では、舞台で俳優がある人物を演じるというコードが最初に了解される。妖怪が登場する場合も、舞台で俳優が装束を着けて妖怪を演じる、彼らを妖怪と見なすというコードが了解される。あれは人間が縫いぐるみを着たものといちいち看破していたのでは妖怪劇は始まらない。人間と妖怪の混在する舞台では、妖怪たちは特異な装束や象徴的な小道具など、人間との差を示す明確な記号を付けるのが穏当なところだろう。蟹の精ならば、はさみ風のチョキの手をこれ見よがしに振り回すように。俳優の演技そのものは別の回路で鑑賞されつつ、その破壊を目的とする戯曲は別として、コードは最初に了解されてしまえばその後意識に上らないのが理想である。「天守物語」の上演では、舌長姥が生首に向かって長い舌を差し出す場面で観客の失笑をかうことがあるが、この時には、妖怪としての了解可能な動作の流れが中断されたために、俳優が演じるというコードが浮上してしまっていることになる。

ところが「紅玉」では、同じに見えていた四人が、劇の途中で人間と妖怪とに弁別される。これは舞台のソデから妖怪然としたものが登場するのとは事情が異なる。それならば、観客は妖怪劇でもあると気が付き、そのコードを付け加えればよい。しかし「紅玉」の場合、舞台に侍女が仮装する烏＝布を纏った「人間」がいると了解していたところに、〔同じ姿〕をした烏の［妖怪］が出現するのだ。烏の［妖怪］の出現は翻って侍女が仮装しているはずの［仮装烏］のあり方を見直させる。〔異体のもの〕の一人が〈［人間・侍女］が仮装する［仮装烏］〉であることを改めて確認した観客は、同時に、［仮装烏］と［妖怪烏］とが同じ姿、質感を持つことによって、残りの三人が〈［?］が仮装する［妖怪烏］〉であることを意識する。［妖怪烏］に仮装しているこの［?］は、舞台上の登場人物ではなく［俳優］という舞台外の存在である。ここでは、仮装という行為が鍵となる。仮装するは舞台の内外の境を越えて行われれば演じると呼んで差し支えない。仮装すると演じるとの内容が近似であることによって、［?］＝［俳優］の仮装するは、演じると認識され直される。この時透明な存在であったコード――俳優が装束を着けて妖怪を演じる――は顕在化し、観客には自動化してしまっていた妖怪劇のコードを組み直す作業が科せられる。この点でこの戯曲は妖怪劇のコードを前景化する、コードに言及的なテキストであるといえる。

それだけではない。烏の［妖怪］を演じるのが［俳優］であると意識され、彼が観客と同じ生身の人間であるとすれば、それは仮装会の女優たちと同じように観客の現実と同じ空間に存在するものである。この時、舞台は観客の現実の空間と地続きになる。現実の空間の存在である［俳優］が、演じることによって、舞台上の登場人物である［人間・侍女］にとっては、彼女を脅かす［妖怪］となる。そこまでの上演の現実らしさを損なわない筋立ての中で、舞台上にもう一つの現実が繰り広げられていると了解しそこに深く没入していた観客、専ら劇中の「人間・侍女」の地平に立って展開を受容していた観客ほど、その枠組みが崩れ、上演が観客の現実を侵犯することによって脅かされる度合いは大きくなるだろう。

妖怪劇としての「紅玉」は、舞台上の、物語の中のような琴弾谷や水底の竜宮の御殿に限って妖怪が出現する戯曲とは異質である。鏡花は妖怪劇の上演が、観客を脅かさず、舞台上の絵空事として完結することを嫌ったのではないだろうか。意図されたのは、妖怪の現れる舞台がいかに観客の現実と隔絶しないものであるかということである。妖怪は観客の現実の空間と地続きの場所に出現しなければならない。

3―1

「紅玉」は大正二年（一九一三）一一月一日、日暮里の佐竹屋敷跡の野原で上演された。画工・井上正夫、侍女・坂東のしほ、老紳士・関根達発、舞台監督・桝本清、演出・山本有三。「夜叉ケ池」初演（本郷座、百合・河合武雄、晃・伊井蓉峰）、「深沙大王」初演（明治座、お俊・喜多村緑郎、松三郎・藤沢浅二郎）が鏡花物を得意とする新派のスタッフによるのとは大きく異なる。

この上演は、「穴」の試演劇場での上演[15]、「歌舞伎」への掲載[16]で劇作家として出発し自らの道を模索していた山本有三が、新時代劇協会の挫折によって煩悶の内にあった井上正夫に働きかけて井上会を興し[17]、そこが企画した野外劇場の第一回試演であった[18]。山本はこの上演と同時に「野外劇場の話」[19]を発表する。その中で、劇場内での演劇を温室の花にたとえ、それに並ぶ自然の野の花の美しさに比すべき演劇が望まれるとし、外国で流行を極めている野外劇場を日本に起こす利点を次のようにまとめている。現在の劇場では、劇場・大道具が立派すぎてかえって演劇が貧弱に映る、大道具が人工に堕し機械仕掛け・電気応用がはびこるのでそちらに刺激を奪われて観客に内容が伝わらない。野外劇ならば、幕切れのために無理な工夫をする必要がない、俳優の声が反響せず自然で生き生きとした声が伝わる。自然が背景なので俳優の技芸もそれに合わせて誇張の弊を脱する。〈俳優の技術なり、脚本なりいふ芸術が、自然としつくり調和した所に野外劇場の大なる価値は存する〉のであって、〈日本の野外劇は、背景となるべき土地が日本なのだから、其《その》上場する脚本は当然日本の作物が適する〉。その点で創作界を刺激し国粋の発揚に貢献する。山本は「野外劇場」[20]でも、安芸の宮島の芸術的建築が背後の海・山の自然と調和して感嘆を誘うことを挙げて、野外劇に対する批判――脚本・俳優の技芸という芸術と自然そのものの背景とが不調和だ、まるで活動写真の撮影のようだ、芸術の世界に自然そのものを入れるのは芸術に対する侮辱だ――に応えている。[21][22]この、日本の自然には日本人の作品を、との思想から鏡花の「紅玉」は選ばれた。[23]〔府下郊外の原野〕の野原と邸の庭という、すべてが屋外で演じられる設定は、自然との調和を表現するのにふさわしく、野外劇としての上演も容易だと考えられたのかもしれない。

この上演は、野外劇を行ったことに一定の価値は認められるものの、準備・練習不足、粗雑の印象を拭えないものであったらしい。失敗と断じる評もある。[24]一方、山宮允「井上会の野外劇を観て」[25]は、従来の商売の芝居を逃れた芸術としての演劇の可能性を見出す。屋外での上演に接して、演技が自然に行われていたこと、自然がもたらす演劇外の実感、仮想が邪魔をするのではないかという危惧が払拭されたことを挙げて、自然と人間との調和という理想を垣間見させたとするのである。

3―2

山宮の評には〔野外劇は又他の条件として勢地方的でならなくなる。従つて野外劇の所演に先立つて日本に優れた劇作家が出来て素撲な思想感情に充ちた精の劇を書かなければ駄目である。然るに順序を代へて日本にはメーテルリンクやイエーツの様な優れた劇作家が居ないのに演劇の運動が先に起つたのである〕ともある。この評が鏡花に、〔イエーツの如く、書くべき神話と伝説を持たしめたならば〕と求めている点には既に言及があるが、[26]望まれるのはメーテルリンクでもあった。明治三〇年代半ばから日本の演劇界はメーテルリンクの象徴劇を積極的に受容し、その影響下に多くの戯曲が執筆された。[27]山本の「穴」もそうした一つである。[28]特に山本は「野外劇場の話」で、評価し範とする野外劇として「ペレアスとメリザンド」[29]を挙げていた。〔野外劇が最も芸術的に取扱はれたのはメーテルリンクの邸宅で行なはれたものを挙げねばなるまい。此時は確かペレアス、アンドメリサンドを上場したと記憶してゐる。無論夫人ルブランが出場したので、あの古城の跡なる邸宅でやつたのだから宜かつたに相違ない。入場料は馬鹿気て高く確四十フランと聞えてゐた」。野外劇を企図した者の間で、この作に通じる何ごとかが鏡花の「紅玉」に見出されたのではないだろうか。両者には共通する点が多い。

「ペレアスとメリザンド」の翻訳は正宗白鳥による梗概の紹介（明三五・一一、「新声」）をはじめ桐生悠々訳（明三七・一二、「新小説」）、千葉掬花訳（明四一・一～四、「明星」）があるが、「紅玉」発表の前年には出隆訳（明四五・三、「シレエネ」）、竹友藻風訳（大一・一一～一二、「芸文」）、島村抱月訳（大一・一一、「早稲田文学」）と集中して三種が出ている。明治四四年（一九一一）のノーベル文学賞受賞によってメーテルリンク熱に拍車がかかった形である。鏡花と悠々には交流があるわけだが、悠々の完訳（題「痴情」）の載った「新小説」第九年第一二巻には、雑報欄に〔清華生／鏡花〕と鏡花が名を添えた「攫徒《すり》の話」もある。この号が鏡花の手元にあった可能性はあろう。また、抱月の完訳の載った「早稲田文学」第八四号は〔ハウプトマン・マアテルリンク誕生五十年祈年号〕。ハウプトマン「沈鐘」の翻訳（明四〇・五～六）がある鏡花が同号を手にし、「ペレアスとメリザンド」を読んだと空想するのも強ち外れてはいまい。この作は以下のような粗筋である。

兄・ゴロー（ゴロウド）と弟・ペレアスはアルモンド国の王子、アルケル王の孫。ゴローは猟に出て迷った森の中の泉のほとりで、どこかの城から逃げてきたらしい不思議な美しい少女・メリザンド（メリサンド）に出会い、求婚する。年の離れた結婚である。六ヶ月後、老王の許しを得てゴローは彼女を城に連れ帰る。そこでメリザンドはペレアスと出会い宿命的に惹かれ合う。〝盲人の泉〟で二人で話していた時、メリザンドは指輪をはずして高く弄び、泉の底深く落としてしまう。ゴローはこれ以降、その子イニョルド（イニヨールド）を交えてはいるものの、二人が語らったり無邪気に遊ぶのを見て、その仲への疑いを深める。ペレアスが友人の見舞いのために城を去る日に二人は〝盲人の泉〟で口づけをし、それを目撃したゴローは追いつめられてペレアスを殺す。続いて城門の前でメリザンドを刺し自分も死のうとして果たせなかった。身籠もっていた彼女は子を産んで間もなく死ぬ。深い傷ではなかったが死ぬべき運命にあったのだ。

3―3

「ペレアスとメリザンド」と「紅玉」とは、妻が他の男と恋に落ち夫が二人を殺す、殺そうとするという筋立てが共通している。アーサー王伝説――アーサー王と湖の騎士ランスロット、ランスロットと一目で恋に落ちる王妃グイネヴィア――に代表される型通りの悲劇であるが、両者の類似はむしろ細部に著しい。

指輪が失われること、その象徴性。「紅玉」では、貴夫人が空に翳していた紅玉《ルビー》の指輪を烏が攫って庭の外に落とし、それを拾うことで少紳士の元へ指輪が運ばれた。〔侍女「略（虹が庭の池に映って大鳥に見えたものを）」けれども、虹には目がないから、私の姿が見つからないので、頭《かしら》を水に浸して、うなだれ悄れて居る。どれ、目を遣らう――と仰有いますと、右の中指に嵌めておいで遊ばした、指環の紅い玉でございます。開いては虹に見えぬし、伏せては奥様の目に見えません。ですから、其の指環をお抜きなさいまして。／紳士　うむ、指環を抜いてだな。うむ、指環を抜いて。／侍女　そして、雪のやうなお手の指を環に遊ばして、高い処で、青葉の上で、虹の膚へ嵌めるやうになさいますと」。夫は指輪が外されたことにこだわらずにはいられない。言うまでもなく指輪が結婚を象徴する品だからであり、外すことに妻の不貞を見るからである。戯曲の構造上でも指輪の移動は、貴夫人の愛情の、夫から少紳士への移動を示している。「ペレアスとメリザンド」では、メリザンドは指輪を泉に落とす。(30)〔ペレアス　気をおつけなさい！気をおつけなさい！落ちますよ！手で弄んでゐらつしやるのは何です？／メリザンド　貰つた指輪ですよ・・・・「略」ペレアス　日を受けて光るぢやありませんか！そんなに高く上げちやいけません・・・・／メリザンド　お、！／ペレアス　落ちましたか？／メリザンド　水の中へ落ちました！・・・」。故意に捨てたわけではなさそうだが、それを知ったゴローは真夜中でも探しに行くよう命じる。彼にとっては宝物である以上に指輪であることが問題なのだ。彼女は失った場所を偽っており見つかるはずもない。指輪が泉に落ちた瞬間、夫は別の場所で、急に暴れ出した馬から落ちて大怪我をしており、戯曲の構造上でも指輪の紛失は、夫との関係の破綻という展開を先取りして示している。

　門が開かれること、その象徴性。「紅玉」では、妻の密会という破滅につながる出来事は裏の木戸から入ってきた。長く閉ざされていた木戸は、このために赤錆びた鍵を壊して開けられ、少紳士を招き入れる扉となった。老紳士はそれを知り、木戸が開けられたことの不吉を強調する。〔侍女［略］烏は其のまゝ塀の外へ又飛びましたのでございます。丁ど其処が、裏木戸の処でございます。あの木戸は、私が御奉公申しましてから、五年と申しますもの、お開け遊ばした事と云つては一度もなかつたのでございます。／紳士　うむ、あれは開けるべき木戸ではないのぢや。俺が覚えてからも、止むを得ん凶事で二度だけは開けんければ成らんぢやつた。が、其とても凶事を追出いたばかりぢや。外から入つて来た不祥はなかつた〕。〔侍女　それから日を極めまして、同じ暮方の頃、其の男を木戸の外まで呼びましたのでございます。［略］奥様が御自分に烏の装束をおめし遊ばして、塀の外へ――でも、ひよつと、野原に遊んで居る小児《こども》などが怪しい姿を見て、騒いで悪いと云ふお心付きから、四阿《あづまや》へお呼び入れに成りました。／紳士　奴は、あの木戸から入つたな。あの、木戸から〕。「ペレアスとメリザンド」では、第一幕第一場「城の入口」は、これまで開けられたことのなかった軋む城門を女中が開かせ、門前に水を流して掃除をする場面から始まる。〔女中一同　明けてお呉れ！明けてお呉れ！／門番　待つて居な！待つてゐな！俺にその戸が明けられるか、分らないよ。‥‥ついぞ明けた事が無い戸だ‥‥［略］／第一の女中　あゝ！あゝ！明いて来た！少しづゝ明いて来た！／門番　何てきい〳〵言ふ音だらう！家中を起こして了ふ‥‥〕。ゴローとメリザンドを迎える準備である（二人の出会いは第二場「森林」で時間を遡って演じられる）。城では盛大なお祝いが待っており、二人はこの門から入る予定だ。そしてメリザンドはペレアスと出会い、悲劇が生まれるのである。破滅につながる出来事は、長く閉ざされ、このために開けられた城門から招き入れられた。

夫の行動。「紅玉」では、老紳士は妻の密会を疑い、旅行と偽って邸を空け現場を押さえるべく見張っている。〔紳士 〔略〕（自ら嘲ける口吻《くちぶり》）汝《きさま》たちは、俺が旅行をしたと思ふか。〔略〕／紳士 俺の北海道は、すぐに俺の邸の周囲ぢや。〔略〕／紳士 俺の旅行は、冥土の旅の如きものぢや。昔から、事が、恁《か》う云ふ事が起つて、其が破滅に近づく時は、誰もするわ。平凡な手段ぢや。通例過ぎる遣方ぢやが、為《せ》んと云ふ事には行かなかつた〕。「ペレアスとメリザンド」では、猟に出たゴローが帰らないと思い、幼いイニョルドを交えて二人が語らっていると、彼が突然帰ってくる。〔ペレアス 〔略〕 夜が更けた、もう兄は帰つて来ないだらう（戸を叩く音）誰だ？……お這入り！……（イニヨールドが戸を明けて這入る）あんなに叩いたのはお前かい？……戸を叩くにあんな風にするものではないよ。何か変事でも起こつたやうだ〕。〔イニヨールド 窓から何か見えたの！（ペレアスとメリサンド窓の方へ走せて行く）〔略〕／イニヨールド あそこに、あそこに！……もうゐなくなつたの。〔略〕／イニヨールド（窓に向いて）お父さまがあそこに！お父さまがあそこに！／ペレアス（窓に行つて）さうだ、兄がちやうど庭へ這入つた所だ〕。猟から戻っていたゴローは、密かに邸の中の二人の様子を窺っていたのではなかったか。猟に出てすらいなかったのかもしれない。その後も彼は、メリザンドの髪に戯れるペリアスを目撃するなどして二人の仲への疑いを深め、庭に隠れイニョルドを使って邸の中をのぞき見る。〔ゴロウド 声を立てるな、私が窓まで差し上げてやるから。私の背でも窓が高すぎる……（子供を差上げる）少しでも声を出してはいけないよ、お母さんがびつくりして恐がるから……見えたかい？――内にゐるかい？／イニヨールド え丶……お丶！明るい！／ゴロウド お母さんひとり？／イニヨールド え丶……い丶え、い丶え、叔父さんも居るの。／ゴロウド あれが！……〕

妻の思想。「紅玉」では、老紳士は、貴夫人は見張られるのを知りながら露顕を覚悟で密会を続けるのだと言う。

〔又、汝等《きさま》とても、恁《か》う云ふ事件の最後の際には、其の家の主人か、良人か、可《え》えか、俺がぢや、或手段として旅行するに極つとる事を知つて居《を》る。汝は知らいでも、怜悧な彼《あれ》は知つて居る。汝とても、少しは分つて居《を》らう。分つて居て、其の主人が旅行と云ふ隙間を狙ふ。故《わざ》と安心して大胆な不埒を働く。うむ、耳を蔽うて鐸《すゞ》を盗むと云ふのぢや。いづれ音の立ち、声の響くのは覚悟ぢやらう〕。彼女から漂う薫りを嗅いで妖怪鳥は言う、〔一の烏　鈴ケ森でも、此の薫は、百年目に一二三度だつたな〕。百年に一二三人、鈴ヶ森の刑場に散った女と同じ薫り。ここでは「海神別荘」で公子の大好きな、恋に殉じた幸せな女として語られる八百屋お七を想起すべきであろう。恋愛は、烏の悪戯という外部の力によって始まった。しかし、一旦恋が始まれば〔いづれ音の立ち、声の響くのは覚悟〕で密会を続ける。世俗の倫理の前に恋を諦めるよりは、恋に殉じるのである。「ペレアスとメリザンド」では、メリザンドは接吻を目撃されて次のように言う。〔メリサンド（息のとまつた声で）あゝ！木の後《うしろ》にゐます！／ペレアス　誰が？／メリサンド　ゴロウド！〕。〔ペレアス　お行きなさい！お行きなさい！何もかも見られたのです！…私たちを殺すでせうから！…／メリサンド　いつそ其の方がいゝのです！いつそ其の方がいゝのです！…〕。彼女は恋が露顕し悲劇が結末を迎えることを望んでいるかのようである。

　メリザンドはこの期のメーテルリンクの思想を担った人物である。中村吉蔵がメーテルリンクの著作を引用しつつその思想を分析する言葉(31)を借りれば、作者はここで〔運命と共に、死と恋の秘密を説いてゐる〕、〔婦人の直覚と、婦人の霊魂の常に覚醒せる事を讃美してゐる〕。彼女とペレアスとの出会い、恋愛は運命によるもの、〔ゴローとメリサンドとの一種偶然的な夫婦関係はペレアスとメリサンドとの霊魂的恋愛関係の前に、何等の障壁を築く事が出来ない〕。彼女は関係が深まることを恐れ続けるが、抗うことが出来ない。〔イニヨールド　ゐるの、ゐるの。お母さまは恐がつてゐらつしやるの…／ゴロウド　何ういふ訳で、お前、お母さまが恐がつてゐるといふのかい？／イニヨールド　二人はいつも暗闇で泣いてゐるのですもの〕。そして彼女は、恋愛の先に死すべき、夫によって殺されるべき運命が待っていること、それを受け入れざるを得ないことを知っている。〔メリサンド〔略〕けれど私はもうこゝにゐる事は出来ません。何ぜか私にも分らないけれど・・・私は出て行きたいのです、出て行きたいのです！・・・こゝに留まつてゐたら、私は死ぬでせう・・・〕。〔メリサンド　私自身にも何だか分りません・・・〔略〕何だか私自身よりも力の強いもの、やうです・・・〕。

「紅玉」で描かれなかった恋人たちの心理は、「ペレアスとメリザンド」を参照すればこと足りると言ってよい。思想全体にわたって較べる準備はないが、この時期、こと恋愛と、その運命への女性の視線という点に関してはメーテルリンクと鏡花は接近している。恋愛をめぐってならば鏡花はメーテルリンクに共感したはずである。また、森の泉で見つかり〝盲人の泉〟で語らうメリザンドは水に纏わる女性と言え、鏡花の描く女性たちとも通じている。「紅玉」の老紳士は言う、〔恁《か》う云ふ事件の最後の際には、其の家の主人か、良人か、可《え》えか、俺がぢや、或手段として旅行するに極つとる〕、〔昔から、事が、恁《か》う云ふ事が起つて、其が破滅に近づく時は、誰もするわ。平凡な手段ぢや〕。不貞を疑った時、気がかりな夫は必ず留守と偽り隠れて妻を見張るものなのだろうか。ことが起きるのを恐れながらも見張らずにはいられず、あげくに決定的な場面を目撃して破滅を早めるものなのだろうか。この種の台詞は、登場人物間の遣り取りであると同時に、観客に、劇外の何ごとかの想起を促すサインでもある。もし観客に「ペレアスとメリザンド」を知る者があるとすれば、ここではその想起が期待されている。

3—4

メーテルリンク「タンタジールの死」も「紅玉」と共通する点を持つ。「タンタジールの死」の翻訳は大塚楠緒子訳「をさな児の最期」（明三五・一〜二、「女学世界」）に始まり金子範二訳（明四四・一二、「太陽」）、灰野庄平訳（明四五・三、「歌舞伎」）など数種があるが、よく知られるのは明治四五年（一九一二）四月の自由劇場第六回公演での上演（帝国劇場、併演は郡虎彦「道成寺」）とその試演用台帳の小山内薫訳[32]（明四五・四、「三田文学」）である。迫り来る死の運命を象徴的に描いた「タンタジールの死」には、老女王の命を受けて幼いタンタジールを捕まえに来る三人の侍女がいる。小山内訳の第四幕は次のように始まっている。〔前幕の部屋の前なる廊下。／女王の侍女三人登場。いづれも面《おもて》を包み、長き黒衣の裾を引く。／第一の侍女。（戸の方へ耳を寄せて）もう番はしてゐないやうですよ……／第二の侍女。猶予をする事はなかつたのねえ……／第三の侍女。でも、静かに遣る方が、御意に召すのですから……〕。「紅玉」の三羽の烏の妖怪は侍女に化けていた。侍女であることはもとより、三人という数と、第一、第二と並べられた台詞に形式の類似が見て取れる。そして両者は、何よりも、死をもたらす役割を果たす点が共通している。形式、役割だけではない。戯曲の〔いづれも面《おもて》を包み〕の指定通り、自由劇場の上演における〔死の侍女〕は〔鼠色の長い著物《ママ》を著《ママ》て、頭から鼠色の頭巾を冠つてゐるといふ役ではあつたし[33]〕というものだった。厳粛な死の運命の隠喩にふさわしい姿。黒い布を纏い嘴のある頭《かしら》を着けた烏の妖怪の装束はこれと同じ類である。

4―1

前掲・楠山「野外劇を観る記」には〔しかし新聞の記事に依ると、脚本は泉鏡花さんの「紅玉」それから女役は秀調さんの妻君の志ほさんだと言ふことでした。多分さうなんでせう〕とある。侍女を誰が演じたのかわからなかったというのだ。たしかに装束は顔と身体を隠している。さらに、侍女は酒の準備をする時に〔咽喉の黒き布をあけて、少《わか》き女の面を顕し〕と顔が見えはするが、捕らえられる時には〔紳士其の袖を捉ふ。初《はじめ》の烏、遁れんとして威す真似して、かあ〳〵、と烏の声をなす。泣くが如き女の声なり〕と誰なのか即断できない必要があり、老紳士も〔地を這ふ烏は何と鳴くか〕、〔とに角、汝《きさま》の声は聞えた〕と声で判別したことを強調する。そして一旦面を上げて顔を合わせた後も、〔女郎《めろう》、手を支《つ》いて、静《じつ》として口をきけ〕という命令に従って話すために、台詞も残り少ない〔奥様が、鳥は脚では受取らない、とおつしやつて、男が掌にのせました指環を、此処をお開きなさいまして、（咽喉のあく処を示す）口でおくはへ遊ばしたのでございます〕という部分まで、うち伏したままでもおかしくはないのだ。まして夕暮れから始まる野外劇、演者がわからないとするのも無理ではない。真偽はおいて、そう書くことが意味を持つ上演であったということだろう。楠山はその上で、〔総括して眼に残つてゐるのは井上正夫君の酔つぱらひの身体のこなしです、それからのしほさん（として置きます）の腰元の綺麗な声です〕と、印象に残った点として侍女の声が美しかったことを挙げている。特にこの上演では、鳥の妖怪三羽を男性が演じている（立花貞次郎、田中達夫、森潔）。楠山に強い印象を与えた侍女の声は、ただ一人の女性のものであった。この装束は顔と身体を隠すことで侍女の声のみを際立たせる。そして、その声を引き立てるかのように彼女の動きの抑制が指示されているのである。

4―2

侍女は恋愛の経緯を次のように語る。〔薄紫の頭で、胸に炎の搦みました、真紅なつゝじの羽の交つた、其の虹の尾を曳きました大きな鳥が、お二階を覗いて居りますやうに見えたのでございます。〔略〕――あゝ、綺麗な、此の白い雲と、蒼空の中に漲つた大鳥を御覧――〕。池に虹、藤、躑躅の影が映るのを大鳥と見て、〔頭は私の簪に、尾を私の帯に成るために〕と言う貴夫人は、さらに紅玉《ルビー》の指輪を翳しその目に見立てた。〔其の指に空の色が透通りまして、紅い玉は、颯《さつ》と夕日に映つて、まつたく虹の瞳に成つて、そして晃々《きら〳〵》と輝きました〕。急降下してきた鳥が指輪を銜え去り、塀の外にボトリと落とす。空と雲の蒼と白、虹、藤の紫、躑躅の真紅、夕日を受けた紅玉《ルビー》の紅く透き通る輝き、そこへ飛び込む鳥の漆黒。色彩を重ねたイメージは鮮烈である。鳥の妖怪が二人の恋愛を語る言葉はさらに流麗で鏡花一流の文彩に満ちている。〈得ての、空に美しい虹の立つ時は、地にも綺麗な花が咲くよ。芍薬か、牡丹か、菊か、猿《えて》が折つて蓑にさす、お花畑のそれでなし不思議な花よ。名も知れぬ花よ。雉と虹のやうな花よ〉、〈な、家を忘れ、身を忘れ、命を忘れて咲く怪しい花ほど、美しい眺望《ながめ》はない。分けて今度の花は、お一どのが蒔いた紅い玉から咲いたもの、吉野紙の霞で包んで、露をかためた硝子《ビイドロ》の器の中へ密《そつ》と蔵つて置かうものを。人間の黒い手は、此を見るが最後掴み散らす。当人は黄色い手袋、白い腕飾と思ふさうだ〉。戯曲ならば、イメージの喚起は、第一義的には文字面ではなく、発せられる音声に担われる。頭まで覆う布の装束で顔や身体の繊細な表情を封じられ、動きを抑制された侍女と烏の妖怪。彼らの声に色彩の折り重なるイメージの喚起が委ねられる。舞台にはその声が響き渡らねばならない。観劇した山宮が〈鏡花氏独特の美しい、象徴的な言葉には充ちている〉と特に取り上げたのもこれによるのだろう。

5—1

「紅玉」は、恋愛について、経緯が語られ、当事者は演じないという構成を持つ。経緯を語って伝わるのは出来事のあらましであって、当事者の心理には届かない。そこには「ペレアスとメリザンド」の参照を促すサインが挟み込まれ、一つにはその想起が期待されていた。しかし、真の恋愛のたどる運命が洋の東西を問わず定まったものであるとしたら、むしろ、心理は説明される必要のないものかも知れない。そこに当事者の選択の余地はなく、襲い来る運命を甘受するのみだからである。心理の描写の欠如は、逆説的に、恋愛の運命を雄弁に語っている。

「紅玉」の侍女と烏の妖怪の装束は、「タンタジールの死」の〈死の侍女〉の灰色の布をすっぽりと纏った威圧的な姿と、「伽羅先代萩」の〈床下の鼠〉に代表される縫いぐるみを着た劇中の妖怪の典型としての姿との流れを汲む。問題としているのは「紅玉」がそれらを引用したか否かではなく、それらが鏡花に、上演時に観客がそのように受け取ると期待できる類型を提供し得たという点である。そして、この装束は声のみを際立たせる。「紅玉」は、恋愛の行方を自明なものとした上で、彼らのイメージの喚起を担った声が、恋愛の運命を語って、舞台に響き渡ることを魅力としている。

5―2

子供たちは絵を背負う画工の姿を凧に見立てて見えない糸を引っ張る。貴夫人と少紳士との恋愛は、池に映った虹の影を大鳥と、紅玉《ルビー》の指輪を虹の目玉と見立てることから始まった。見立てるという行為が要求するのは、現在それをめぐって成り立っている文脈を、他の、架空の文脈に置き直すことである。画工は子供たちの凧揚げに興を覚えて遊びに加わった。烏の妖怪は虹の目玉ならば食べてみたいと銜えて去った。「紅玉」は、導入部とメインの恋愛譚に、この架空の文脈に身を投じるというモチーフを置く。〝青山、葉山〟の輪の中で画工は無意識に踊り出し、子供たちはそれを〝魔が来た〟と囃す。画工は魔物に憑かれて踊り狂い、烏の妖怪もその時から登場する。魔物の存在を、ひとまずは現実から離れた架空のものであるとすれば、この時画工は、彼にとっての、現実と架空と思われる出来事との境界線上にある。彼は正体なく倒れるが、これが酔いのためならば現実らしさは確保され、魔物のためならばそれまで架空と思われていた出来事が彼に実現したことになる。この時観客は、そのどちらと解釈するかを保留したまま見進む。

続いて舞台では侍女が語り始め、同時に、観客の画工に関する保留は沈潜する。そして次には、観客にとっての、現実と架空と思われる出来事との境界線が露呈する。つまり、［仮装烏］と［妖怪烏］とが同じ姿であることを用いた、劇中で人間と妖怪とが弁別される仕組みによって、観客の現実・客席のある空間と、戯曲の上演・舞台上の架空と思われる出来事との境界が意識され、そしてそれが揺らぐのである。

末尾に、背負っていた絵に三羽の烏が描かれているのを見て画工は言う、〈俺の画を見ろ。――待て、しかし、絵か、其とも実際の奴等か〉。この台詞によって、画工が目覚めるまでの出来事、特に烏の妖怪の跳梁を彼の夢と解釈するべきだろうか。鏡花の、超自然の出来事を描いた作品がしばしばそうであるように、ここでも妖怪は、展開の現実らしさと交点を持たない。超自然・妖怪を排除する目から見れば、ただ烏の攫った紅玉《ルビー》の指輪がきっかけで情人を作った妻が夫に殺された、通りかかった画工は烏の絵を背負っていたというだけなのである。一方でその現実らしさを確保したまま、平行して烏の妖怪は跳梁し、観客の現実を侵犯する。台詞が、〈絵か、其とも実際の奴等か〉と並置されたまま終わる点を重視すれば、この時には画工にとって、現実と架空と思われる出来事、妖怪界の現実性とが、どちらも決めがたく彼の前にあるということである。観客にとっても、最後に画工が起きあがることで、潜在していた酔いのためか魔物のためかの保留は表面に浮上するが、烏の絵があることによって、前者つまり画工の夢の中の出来事であったと断定も出来ず、現実らしさの合理に全面的には引き戻されることなく、平行した世界の存在が確保されたまま上演は終わる。

「紅玉」には、現実と架空の出来事との境界が頻発に顔を出す。〈お前さんは三ツ脚で、狐狗狸《こっくり》さん、其のまゝだもの。活きてるも同じだと思ふから〉とテーブルをこっくりさんになぞらえる台詞も挟まれていた。「紅玉」は、発表前年のメーテルリンク受容に示唆を受けながら、妖怪の登場する戯曲の上演時のコードそのものを問題とし、戯曲の登場人物にとっての現実と架空の出来事との境界への、さらには、観客にとっての現実と戯曲の上演という架空の出来事との境界への意識を喚起させる作品であった。「紅玉」と同時期、同じく「新小説」に発表された小説「狸囃子」（大二・五、後に「陽炎座」と改題）が未熟な子供芝居という設定を用いて、舞台と観客との境界が越えられる場面を描いていることを考えれば、このテーマが、この時期の鏡花にとって切実なものであったと言うことができるだろう。

注

（1）泉鏡花「紅玉」（「新小説」第一八年第七巻、一九一三・七・一）

（2）泉鏡花『紅玉』（植竹書院・現代傑作叢書第六編、一九一三・一二・五）他に「酸漿」「公孫樹下」「柳小島」「月夜」を所収。

（3）妖怪界の勝利とはいえ、その後も、人里に戻った学円・成金となった親・城の殿様と家臣等の人間界の日々は、妖怪界と平行して営々と続いているのである。この点は、妖怪界と人間界の対立、前者の勝利によるその解消という構造の把握だけでは理解出来ない。

（4）ただし、最近、「紅玉」（遊劇体、大阪・芸術創造館、二〇〇二・一二）、「恋女房」（新派21、紀伊國屋サザンシアター他、二〇〇三・二）と上演が相次いだ。傾向の変化が見られるかも知れない。

（5）奥田久美子は口頭発表「『紅玉』論」（第三八回泉鏡花研究会大会、二〇〇二・一二・一四）において、画工の描いた三羽の烏が、その力によって精霊ともなり人間の運命を操る点を捉えて、「紅玉」に描かれたものを芸術の力とした。

（6）鈴木啓子「有三の野外劇と鏡花の「紅玉」」（『三鷹市山本有三記念館』、三鷹市芸術文化振興財団、一九九六・一一・三）には、恋愛の経緯が、烏の仮装をしている侍女や三羽の烏の台詞によって語られることの奇妙さへの言及がある。

（7）穴倉玉日「本郷座の「高野聖」に就いて—泉鏡花「深沙大王」の成立と上演見送りの背景—」（「国語国文学」第三七号、福井大学国語学会、一九九八・三・二〇）参照。

（8）「演芸画報」第一〇年第八号（一九一六・八・一）「琴弾谷鐘楼の舞台面」と題した写真の中には、〔白瓜提灯を持てる児〕〔南瓜提灯を持てる児〕〔石を持てる児〕の並んだ一枚があり、彼らは濃い色の着物で頭と顔とをすっぽりと覆う尖った頭《かしら》を着けている。「紅玉」の烏の妖怪の衣装と類似しており、原作にないこれらの人物の挿入は、「夜叉ケ池」の上演に「紅玉」の上演を踏襲する意識があったことをうかがわせる。ちなみに、鬼太郎「演芸当座帳」（「文芸倶楽部」第二二巻第一一号、一九一六・八・一）には七月の本郷座について〔新聞小説の書直しに鏡花式の夜叉ケ池。可成根の好いことだ。／新派劇がどうしてもこんな境地から脱し得られないものであるとすると、僕は寧連鎖劇の雑駁なものではあるが、低級なものではあるが、此方を好む。新派劇の理窟《ママ》多くして雑駁な点は甲乙の無いに対して、連鎖劇の理窟《ママ》の無いのが邪気が無くつて面白い」とあって理屈っぽさが厭われており、翌号の同欄（「文芸倶楽部」第二二巻第一二号、一九一六・九・一）には〔本郷座の『夜叉ケ池』の時、河合が抱いて出る人形の着物唯事では納まらず、伊井と二人であれの是れのと詮議の末、態々白絽に模様を画《か》かせて着せたまでは好けれど、偖《さて》舞台へ持出すと、青電灯の薄明りにて、何が何やら看客《けんぶつ》には些とも判からず。それでも自分達には又それが判からずして、何うです此の凝り方はと。役者には時々芝居を見せて置きたし」とある。人形の点だけでなくこの評が上演全体の限界を言い表しているだろう。妖怪劇である以前に、〝芸術〟的で理屈が多い、観客を置き去りに俳優ばかりが凝りに凝るといった、当時の新派の混迷ぶりがそのままあらわれた舞台であったようだ。

（9）「演芸画報」第七年第一二号（一九一三・一二・一）

（10）楠山正雄「野外劇を観る記」（「演芸画報」第七年第一二号、一九一三・一二・一）

（11）明治・大正期の仮装についてはインターネットのサイトを参照した。当時の写真を載せているサイトには、「(財)京都市文化観光資源保護財団／映像に見る近代京都の生活文化」〔弓削商船高等専門学校創基百周年記念資料館／アルバム」〔あるっく／私の都市絵葉書コレクション／運動会〕〔横浜開港資料館／館報『海港のひろば』第81号〕等がある。

（12）閻太郎「演芸大熊手」（「文芸倶楽部」第一九巻第一五号、一九一三・一一・一）には以下のようにある。〔芸術座の仮装園遊会と云ふものがあつたり、当祝を兼ての催しの由、祝つても可いだけの出来が実際の上にあつたるにや、見物の頭を集めたことが芸術座の成功ではあるまい。〔略〕／松井須磨子、男装して来客を迎へたりと。度胸の凄さ、嘆服に余りあり」。

（13）生田葵「女優」（「文芸倶楽部」第一九巻第九号、一九一三・七・一）

（14）桑野正夫『女優論』（三芳屋書店、一九一三・五・一五）引用は「七　華美を極めた女優生活の表裏」より。

（15）試演劇場「穴」上演（高等演芸館、一九一一・二）

（16）山本有三「穴」（〈山本染瓦〉、「歌舞伎」第一二九号、一九一一・三・一）

（17）井上会については以下の記事を参照した。〔井上会設立　桝本清、壬生融両氏発起となり井上会なるものを設立し年三回井上正夫のために観劇をなす事となり既に該後援会を設立したり同会入会希望者は本郷区神明町八三山本方井上会仮事務所に郵券三銭を封入して詳細を承合すべし」（「新小説」第一八年第六巻、「時報」、一九一三・六・一）

(18) 山本有三「井上君と僕」（「演芸画報」第一六年第一二号、一九二二・一二・一）には以下のようにある。〔明治四四年のこと〕〔その後新時代劇が解散になつて、井上君は藤沢浅二郎や木村操なんて連中と北海道に巡業に出掛けましたが、僕もまた丁度夏休だつたので、樺太に旅行したのです。それでうまく函館で落合つたものですから、旅先のことではあり、すつかり近しくなつてしまひました。井上君と親しくなつたのはその時からです〕。〔翌年神明町に一家をかまえる〕〔そんな訳で、井上君の所とは一町も離れてゐなかつたものですから、二人は始終往来しました。それに新時代劇の舞台監督だつた桝本君が加はつて、よく芝居の話に夜をふかすことがありましたが、たうとう野外劇をやらうといふ案が持上つて、田端の白梅園の裏の原つぱで、泉さんの「紅玉」をやつたことがあります。何しろはじめての試みなので勝手が分らないものですから、大まごつきをしました。その時、井上君の扮する落選画家が背負つて出る鳥の絵は、当時英文科の学生だつた久米正雄君が描いたものです。だが、どう見てもたしかに落選しさうな絵でした〕（引用は『山本有三全集』第九巻〈岩波書店、一九四〇・七・一〇〉に拠る）。また、井上・注（22）には、〔此度井上会で野外劇を開く事になりましたが〔略〕実は昨年の夏之を催します筈でしたが、先帝御崩去といふ、国民として最も歎かはしい事に遭遇しましたので、断然中止をする事に〕、他にも〔新時代劇協会は井上正夫再《ママ》び桝本清氏の援助を得て野外劇を開催する事となり本郷区駒込神明町八十三に事務所を設く〕（「歌舞伎」第一五二号、「雑」、一九一三・二・一）とあり、井上会設立の以前の早い時期から野外劇が目指されていたことがわかる。

(19) 山本有三「野外劇場の話」（〈壬生融〉、「演芸画報」第七年第一一号、一九一三・一一・一）

(20) 山本有三「野外劇場」（〈壬生融〉、「新小説」第一八年第一一巻、一九一三・一一・一）

(21) 山本には他にも「独逸の野外劇場」（〈み、ゆ、生〉、「演芸倶楽部」第二巻第一一号、一九一三・一一・一）がある。野外劇場の理念と近年のドイツでの公演の紹介が大半だが、その中で、一九〇三年夏から始まったハルツ・ターレの野外劇場が第六年目にハウプトマン「沈鐘」を上演したことも記している。山本にとって「沈鐘」翻訳者の鏡花は、野外劇と関連づけられやすい存在であったと言える。

(22) 井上の野外劇観も山本と同様のものである。井上正夫「井上会の野外劇に就て」（「歌舞伎」第一六一号、一九一三

・一一・一）には以下のようにある。〔新派劇は演技が不自然という弊風があるので〕〔私も自然の中に這入つて行つたならば、私の悪い癖も直り、芸も幾分自然になりやしないかと、かう思ひましたので［略］野外劇ですと周囲が総て天然物ですから、自然私どもの拙い芸も、何一つ抜目のない天然の教を受けて、誇張的の所がなくなり、落着いた自然の味に多少なりとも近いて行く事が出来やしないかと存じますが、如何なものでせう〕。またここには、〔もう稽古にかゝつてをりますが、脚本は発表しない事になつてをりますから〕ともあり、上演作が伏せられていたことがわかる。

（23）鈴木・注（6）には、山本が鏡花の「紅玉」を選んだ理由について、ハウプトマンへの関心から興味を持った点、「野外劇場の話」にある〔日本の作物〕の必要性が働いた点への言及がある。

（24）この点については以下の評を参照した。〔いくら「日本では始めての試み」だといつて、あの野外劇そのものはあんまり造作無さすぎた、殆んど「試み」と言ふほどの試みもしてゐない、何でもないものでした。［略］／僕はこの頃あんまり無造作に無神経に扱はれた芝居ばかり観せられて、芝居といふものに対して恐ろしく懐疑的になつて来ました〕（楠山・注（10））。〔野外劇場の興味は、生きた自然を背景にする個所《ところ》にある。さうしてその背景の自然に、全く同化する自然の技芸を見せることに、主要なる目的がある。舞台の芝居を、そのまゝ野外に移しただけでは、面白からう筈はない。この度の失敗は、これを理因とする。／脚本の選定を誤りしこと、これが失敗の全部である。鏡花氏の作品には、死んだ神秘がある。造られた不思議がある。これを木の影から空の色まで、生き生きとした力のある自然の背景の前に展開しやうとした無謀は、あまり慌て過ぎてゐる。／野外劇場そのものは、面白い試みである。決して難すべきものでない。わが劇界も一つ位は所有してゐたい〕（孔雀船「演芸無駄話」〈「文芸倶楽部」第一九巻第一六号、一九一三・一二・一〉）。〔烏のお化けが飛び出る為め夜にしたのだらうが、［略］あア闇くツては、何が何やら見物には見えず、只台詞を聞くばかりなら、朗読法を応用した方が、寧ろ興味を増すだらうと思はれ、此の点は是非会員の一考を煩はしたい。第二に其の演技する場所に就いても、脚本に適応するなら格別、あの場所まで強ひて見物を出張させる程の価値は、断じて無かつたらうと思ふ〕（石橋思案「本町誌」八八〈同前〉）。

（25）山宮允「井上会の野外劇を観て」（「帝国文学」第二二九号、一九一三・一二・一）

（26）村松定孝『泉鏡花事典』「紅玉」（有精堂、一九八二・三・一〇）は、山宮・注（25）に〔イエーツの如く、書くべき神話と伝説を持たしめたならば〕とあるのを受けて、鏡花はこれに触発されて伝説を駆使し自らの書くべき神話を描く「天守物語」に向かったのだとしている。山宮・注（25）の発表は一二月、この時既に伝説・神話に関しては「天守物語」と遜色のない「夜叉ケ池」「海神別荘」が書かれており、この指摘がそれほど意識されたのだろうかという疑問は残る。

（27）越智治雄「気分劇の位相」（『明治大正の劇文学』〈塙書房、一九七一・九・二〇〉所収）参照。

（28）福田清人「山本有三」（『十五人の作家との対話』〈中央公論社、一九五五・二・五〉所収）には以下のようにある。〔外国の作家では、イプセン、マーテルリンクを愛読、戯曲の処女作の「穴」など、マーテルリンクの影響があったらしい〕。この点については越智治雄「社会劇論の周辺」（『明治大正の劇文学』〈注（27）〉所収）を参照した。

（29）作品名・人物名は、引用部分を除いて、岩波文庫「対訳ペレアスとメリザンド」（杉本秀太郎訳、一九八八・一〇・一七）に拠る。

（30）「ペレアスとメリザンド」本文の引用は島村抱月訳「ペレアスとメリサンド」（「早稲田文学」第八四号、一九一二・一一・一）に拠る。

（31）中村吉蔵「マアテルリンクとハウプトマン」（「早稲田文学」第八四号、一九一二・一一・一）

（32）小山内薫訳「タンタヂイルの死」（「三田文学」第三巻第四号、一九一二・四・一）

（33）小山内薫「『タンタジイルの死』の追憶」（一九二六・二・七）引用は『小山内薫全集』第六巻（春陽堂、一九二九・九・二五）に拠る。

※〔 〕は引用を示す。泉鏡花作品の引用は岩波書店版『鏡花全集』に拠り、旧字を新字に改めた。

意匠の象徴性
——泉鏡花「日本橋」論——

杲　由美

「日本橋」（大正三年九月十八日　千章館）[1]には、周知の通り朝田祥次郎氏による詳細な注釈[2]があるが、個々のモチーフの作中における意味付けについては、詳細な検討が未だ手薄である。[3]取り分け、朝田氏注釈を含めた先行の緒論においては作品末尾の火事の明確な意味が殆ど論究されておらず、従って火事の必然性は、例えば寺田透氏が〈大団円の火事が唐突〉、〈全体としてこの結末がくつきりした輪郭も力も持たずに終つてゐる〉[4]と述べる様な曖昧な印象に留まってしまうのである。清水潤氏はこの火事を〈登場人物たちの個別の生の原理の帰結点より、詩的なイメージの生気の方が優先されている〉[5]と指摘するが、火事の必然性を本文の叙述の中に探った時、結末の火事場には極めて具体的な素材の反映が看取される。殊にこの火事場が、お孝と葛木の再会の場として物語の最後に用意された事は重要であり、本稿は火事が男女の逢瀬を導く契機である点に着目し、同様に火事を重要な要素とする近世期の実話「八百屋お七」の物語を取り上げ、それに関連する意匠の重要性を検証する試みである。

お七の放火事件と処刑の顚末をいち早く詳細に伝えたのは『天和笑委集』（以下『笑委集』と略す。貞享年間成立か）[6]である。同時期に西鶴が『好色五人女』（貞享三年）にお七の事件を取り上げ、続いて浄瑠璃でも紀海音「八百やお七」（正徳年間成立か）の成立を見ると、以後お七の物語は〈時代を問わず都鄙を問わず、口碑に生き俚謡小唄にうたわれ、小説・歌舞伎・浄瑠璃に色揚げされ（略）その顕現は極めて多彩で、さらに謡曲、説教浄瑠璃、祭文説教、実録、講談、落語・小唄、川柳・雑俳、舞踊劇、新劇、絵画にまで及ぶ[7]〉といった形で巷間に伝播する。斯様に多くの話形が誕生した背景には、お七の事件に関して一切の公式記録が残っていないため史実を特定できないという事情も絡んでいようが、この逸話が人々の心を動かした要因は何よりもそのドラマ性にあると考えられる。

本稿では、冒頭のお孝の着物の意匠がお七のイメージを踏まえたものである事を確認した上で、この意匠に関連する三人の女性の造型について論ずる。併せて、舞台「日本橋」での右の意匠の扱われ方についても考えてみたい。

一　冒頭部の描写をめぐって

「日本橋」は、冒頭部（一～十七）の春の昼下がりと末尾（六十三～六十七）の同日暮れ方の《現在時間》の間に、一昨年の三月四日から数ヶ月間の《過去》の出来事が差し挟まれるという、所謂入れ子型構造を取る物語である。冒頭と結末に五十章以上の構造的間隔はあるものの、冒頭に描かれるモチーフの中には末尾と呼応する形で提示されるものがあり、それが結末の火事を必然的に呼び込む伏線となっている。

まず冒頭部のお孝の衣装について、〈暮から煩つて引いてゐる〉という稲葉家の元主人・お孝が、清葉らの前へ稲葉家の二階に姿を見せる場面は次の様に描かれている。

【図一一】

〈分けて取乱した心から、何か気紛れに手近にあつたを着散したらう、…座敷で、お千世が何時も着る、紅と浅黄の段染の麻の葉鹿の子の長襦袢を、寝衣の下に褄浅く、ぞろりと着たのは、—予ねて人が風説して気象を較べて不思議だ、と言つた、清葉が優しい若衆立で、お孝が凛々しい娘形、—宛然其の娘風の艶に媚かしいものであつた。（十六）〉（注、傍線部の意匠は【図—一】に示した。）

朝田氏注釈ではこの意匠を〈さしずめ主題色・主題模様〉とするも、その具体的な理由は提示されない。この長襦袢は結末で赤熊がお千世を刺してしまう伏線として作品の入れ子型構造を支えるモチーフだが、伏線としての機能のみが重視されるのであれば、その意匠を〈紅と浅黄の段染の麻の葉鹿の子〉に特定する必要性はなく、ましてこの意匠は〈服飾に目の肥えた芸者が感心しそうな柄ではない〉という非難の対象とさえなりかねないものである。それでもこの意匠を敢えて選び取り、作中繰り返し触れもする鏡花の意図は、何に由来するものであったのか。

この意匠は、お七狂言の定型を作ったとされる「其往昔恋江戸染《そのむかしこいのえどぞめ》」（福森久助作、文化六年三月森田座初演）で、お七を演じた五代目岩井半四郎が初めて着たものであり、『歌舞伎年表』文化六年三月三日の項に〈此節、江戸中浅黄ちりめんの鹿子大はやりける故、半四郎のお七引廻しの時、右の振袖をきて出たるより、猶ほ一層流行し、娘、老婆とも浅黄鹿子の半襟又は袖口をせぬはなかりし〉と記される様に、これ以降右の意匠の振袖は歌舞伎・文楽ともにお七役の着付けの定型となる。つまり〈紅と浅黄の段染の麻の葉鹿の子〉とは、取りも直さず《八百屋お七》を想起させる意匠なのである。現行のお七物歌舞伎は「松竹梅湯島掛額」（河竹黙阿弥作、安政三年十一月初演）、櫓のお七[8]の人形振りの場面のみが独立したものだが、例えば大正五年二月上演の「松竹梅湯島掛額」の劇評にも、火の見櫓の場を〈『八百久』の腰障子が開いて、紅と浅黄の麻の葉模様の下着のまゝ黒い縁を取つて同じ模様の平ぐけの帯をだらりと猫じやらしに結んだお七が、雪の中に痛々しさうな素足を運んで出てきた[9]〉とある事から、「日本橋」発表当時にあってもお七役の女形はこの紅と浅黄の段鹿子の衣装を使用していたことがわかる。

お七という娘を想起させる意匠の長襦袢を纏わせる事によって、お孝にお七のイメージを付与する事が鏡花の狙いであったとすれば、次に見る冒頭の叙述もやはりお七との関連において読まれるべきものと考えられる。

清葉とお千世は、お孝を訪問する際の手土産を選ぶため〈小紅屋と云ふ苺が甘さうな水菓子屋（八）〉を訪れる。

先刻乳母と共に小紅屋を訪れた清葉の子供も〈林檎を両個両手へ（八）〉持っていた。〈紅〉〈苺〉〈林檎〉といった赤色を属性とするモチーフが火の暗喩として機能する事は、鏡花作品にしばしば見られる手法である。文字の呪術性や喚起力を重んじる鏡花においては、〈火〉を想起させる言辞そのものが火事を起こす要因として作中に存在するのであり、お孝とお千世の行動の軌跡が繰り返し〈火の番小屋〉を基点として描かれる事もその事と無関係ではないだろう。更に、冒頭（二）で子供達に絡まれ困惑するお千世の様子についても見ておきたい。

〈矮小が、心得、抜衣紋の突袖で、据腰の露払。早速に一人が喜助と云ふ身で、若い妓の袖に附着く、前後にずらりと六人、列を造つて練りはじめたので、あはれ、若い妓の素足の指は、爪紅が震へて留まる。此奴不見手、と笹の葉の旗を立てて、日本橋あたり引廻しの、陽炎揺る、影法師。〉

傍線部は、罪名を記した札を掲げて罪人を連れ歩く〈引廻し〉の趣向に見立てた表現だが、これは『笑委集』のお七引廻しに関する次の記述にも通底する。〈むざんなるかな六人の者共、たか手のいましめ、こ手のなわ（略）紙ののぼりと白木の板に、おのれ〳〵がけみやう実名、とがの次第をあらはし、同じく先に押し立〉、〈みるに身のけよだち、玉しひもくだくる有様、列をしづかに日本橋を引いだし〉という傍線部の類似、殊に〈六人〉という数字の一致は注目される。嘗て縁日でよく歌われた「八百屋お七」の覗きからくり節[10]にも〈江戸橋越えて四日市、日本橋へと引出す、科の次第の紙幟、我れと我が身を捨札は〉という一節があり、冒頭のお千世〈引廻し〉の趣向がお七のそれを踏まえたものであれば、先述の火を想起させる赤色のモチーフの羅列や、〈火の番小屋〉の頻出も、お七に結びつく〈火〉のイメージに導かれた叙述であると考えられる。

「日本橋」という作品は、眼前の事象としての出来事と、それを説明する詞章が喚起するイメージ、双方による重層的な構造を持つ物語である。「日本橋」におけるお七のイメージの内実を検討するに当たって、鏡花にとってのお七像の享受および形成過程を次に確認しておくこととする。

二　鏡花におけるお七像の形成

お七に言及する鏡花作品として、早くは「袖屏風」（『新小説』明治34・11）に〈今時八百屋お七の覗からくり〉という描写があるが、「杜若」（『新小説』明治44・8）はこのお七の〈覗からくり〉を主たるモチーフとする作品である。〈娘振袖恋緋鹿子〉と題する演目で火あぶりのお七を見て、〈可厭なお七だねえ。火の粉の中で振袖で、半鐘を打つた人は、此様なんぢや無くてよ。（略）こんなので火の見へ駈上られますかつて。…火の中から世界中を探して好いた人一人引寄せるんだわ。〉と不満を漏らしたお銀は、機関《からくり》の操り手である親仁に〈屹度来るぜ。火の中で確乎組んな!平生はべたつくもんぢやねえ。囓りつくのは、可いか、火の中に限ると思へ。今度は放すな！〉と唆された通りに放火をしてしまう。同様に「炎さばき」（『女の世界』　大正6・1〜8）にも、火事の様子を映し出す電気仕掛けの覗機関が〈口上のつかない八百屋お七、覗機関と思へば可さね〉と描かれている。

「星の歌舞伎」（『女の世界』大正4・5〜12）では、名女形と謳われた歌舞伎俳優・沢村田之助扮する〈お七〉に対し、〈意気で、婀娜つぽ〉いという賛辞が送られ、女性の魔力が画工を蘇生させる場面での〈月がさしたやうに、腕を揚げて、手が届くと空へ飛んで、欄間の梁へ、うき彫の獅子の頭が紅の色に出るが如くに乗つた〉という描写は一見奇妙な情景にも思われるが、女性が欄間の梁に乗るという設定は、先述「其往昔恋江戸染」の、俗に《欄間のお七》と言われる趣向(11)を踏まえたものである。

更に「黒髪」（『中外新論』大正7・1）には〈錦絵〉の〈お七〉についての言及があり、鏡花贔屓の草双紙中の女性達に並んで作中に〈お七〉の名が見えるのは、鏡花のお七に対する好意の表れと見てよかろう。

鏡花のお七への傾倒は、前出「杜若」にも顕著である。親仁がお銀に対し〈好いた人〉を〈引寄せる〉のは〈火の中に限る〉と主張するのは、〈火〉をお七の烈しい恋情に準えた謂いであり、男に会いたい一念のお七の情熱は、自らが放った〈火〉で象徴される事こそ相応しい。鏡花がお七に惹かれるのもその事件的興味ではなく、お七が見せる恋情の率直な表出や〈好いた人一人引寄せる〉力にこそ由来するのである。

そして鏡花の描くお七の多くが〈覗きからくり〉〈歌舞伎〉〈錦絵〉という視覚的媒体による体験から得られたもの[12]である事は重要であり、先に触れたお孝の〈紅と浅黄の段染の麻の葉鹿の子〉という意匠もまた、鏡花の斯かる視覚体験の中から抽出されたお七像の一側面なのである。「杜若」の〈娘振袖恋緋鹿子〉という外題も浄瑠璃「伊達娘恋緋鹿子」を意識したと思しく、浄瑠璃という視覚芸術のお七物も鏡花の知見範囲であった事を窺わせる。

又、特定の視覚的媒体との関連は指摘できないが、「海神別荘」（『中央公論』大正2・12）における〈其はお七と云ふ娘でせう。私は大好きな女なんです〉といったお七への言及にも、お七への並々ならぬ情愛や〈火〉と恋情の親近性が看取される。「海神別荘」は「日本橋」と発表時期も近く、作中には西鶴『五人女』の一節も引かれている事から、その当時鏡花のお七への関心はかなり高いものであったと考えられるのである。

更に、火事というモチーフとの関連から、講談の影響についても考えてみたい。幼児期から講談に通じていた鏡花が取り分け親しんだ演目が「振袖火事」である事はよく知られている。明暦三年一月十八日（十九日とも）未の刻に出火した明暦の大火は俗に振袖火事と呼ばれ、講談の筋書きは、寺の小姓に恋い焦がれ振袖を抱いたまま絶命した娘の一念が、その振袖を手にした三人の娘の命を次々と奪い、本郷丸山の本妙寺の施餓鬼会でその振袖を焼いたところ、空高く舞い上がった振袖が大火を起こしたという伝承に基づくものだが、無論これは史実ではない。鏡花は「楊柳歌」（『新小説』明治43・4、6）でこの振袖火事を次の様に描いている。

〈一心のおもひが燃えて、天井から振袖の火を降らいて、江戸のありたけを焼きやはつた。——其の、強い、私らが神様のやうな娘はんやかて、お稚児の姿を、三枚橋で見やはつたやないか〉

〈真個に、其の娘はんは、恋に強うてけなりおす。（略）其の一念で、——迚も、其の強い、情の深い、東京の娘

はんのやうに火に成つては燃え得えでも、京の私は水に成る。〉

この娘の情念は、〈江戸のありたけ〉を焼き尽くすという猛火に象徴される凄まじさを持ちながら、そこには些かの禍々しさも感じられない。鏡花は火事に託して娘の恋の一念をひたすら賛美するのである。「卯辰新地」（『文芸倶楽部』大正6・7）でも〈残つて居るのは、こがれ死をした娘の一念、燃えながら天に昇つた紫の振袖です。（略）江戸の娘は豪かつた。唯恋の一念に、三十万の家を焼き、八万の人を焚殺した〉と、火事を起こした娘は擁護される。鏡花にとって振袖火事とは、女性の情愛の象徴として肯定されるべきものであり、その代償としてもたらされる災禍すらここでは正当化されていく。鏡花が放火の大罪を犯したお七という娘に好意を抱く所以も、かかってこの点に認められるのである。

ところで、従来この振袖火事は二十五年後の天和二年に起こった所謂お七火事と混同される事が多く、講談でも総じて二つの火事は併せて語られる傾向にある。(13)振袖火事という名称や伝説の詳細な成立過程は不明で、振袖火事伝説は後年のお七火事の影響を受けて成立したとも言われる(14)が、二つの火事に共通する出火場所（本郷）や原因（娘の恋情）が、後世それらを関連づけて捉える素地を用意したのだろう。管見によれば、講談のお七物の筋書きは旗本のお家騒動がかなりの部分を占めており、お七の登場も後半からで、肝心の放火から刑死に至る経緯についても詳細な説明はない。鏡花のお七像形成に講談が関与した部分があるとすれば、それはお七物の演目より寧ろ「振袖火事」からの影響の方が多く認められるのではないか。鏡花にとっても振袖火事とお七の火事は不可分のものであり、振袖火事伝説に語られる娘の情念はお七のそれに直結するものだったのであろう。

数多のお七伝承は、それを伝える媒体も又極めて多様であり、それ故に鏡花のお七像形成に関与したジャンルや、演目・作品を特定のものに絞り込む事は困難だが、寧ろ鏡花は、様々な媒体を通して得たイメージを統合する形で自らのお七像を形象していったのである。中でも、お七役の定型である〈紅と浅黄の段染の麻の葉鹿の子〉という意匠は、鏡花のお七像形成を視覚面で支えるものであり、その意匠を身に着けたお孝は、作中お七と同等に扱われるべき存在なのだと考える。

三　意匠にまつわる女性たち

①お孝の場合

次に、「日本橋」の作中、件の意匠に関わりの深い三人の女性の造型について考察する。

お孝が〈紅と浅黄の段染の麻の葉鹿の子〉という意匠に拘るのは、本来それが清葉の長襦袢の意匠だった為である。お孝は〈年紀よりは派手なんだけれど、娘らしく色気が有つてまことに可い（二十八）〉と、この長襦袢を着た清葉の事は素直に褒め、葛木は〈彼処へ惚れた〉のだろうと邪推もするが、お孝はそれが〈座敷で躍るんでないと一寸着憎い〉、普段の自分には馴染まないものである事を自覚している。お孝が清葉に対抗して〈同じ柄で頼母しいでせう〉と葛木に見せたのも長襦袢ではなく、〈色気〉に乏しい〈掻巻〉であり、〈張も、意地も、全盛も、芸も固より敢て譲らぬ（十七）〉強気な態度で清葉と張り合ってきたお孝にしてみれば、この意匠は唯一の弱味だと言えよう。つまり清葉にあってお孝にないものとは、〈娘らしく色気が有つてまことに可い〉という属性なのであり、この意匠が自分に似合わない事を知悉しているお孝は代わりに〈口惜いから、此の妓に拵へて着せませう〉とお千世に同じ長襦袢を誂える。言い換えればこの意匠は、お千世のように〈可愛ッちやない〉年頃の〈娘〉にこそ相応しいものなのである。

そして現在、正気を失い夢現の境地にあるお孝が〈乱心にゆかしがつて着て居た〉この長襦袢は、お孝を〈娘風の艶に媚かし〉く見せるものである。今のお孝には往時の全盛の面影は微塵もなく、斯くありたしと願った〈娘らし〉さが、〈病気で失心〉しなければ獲得できないものであったのは皮肉な事であったが、この意匠を身に付けるという事は、ここでは取りも直さずお孝が〈娘〉になる事の暗喩として機能しているのである。

〈長襦袢を見ないで芸者を口説く。…それぢや暗夜の礫だわ（二十八）〉と、葛木の野暮を非難するお孝にとって、嘗て長襦袢は〈芸者〉としての自覚や矜持を示す自己表現の手段であった。だが〈芸者〉としての自覚とは、裏を返せば、芸者という泥水稼業にどっぷりと浸りきる事にも等しく、それは〈娘〉と呼ばれる女性が住む世界とは対極の、良くも悪くも《玄人》の世界なのである。

だがお孝はその自覚の喪失と引き替えに〈娘風〉の佇まいを手に入れた。そして最後にお孝はこの長襦袢を着て葛木に手を曳かれ〈静々と火事場を通〉る。〈裂けた袂も、宛然振袖を着た如く〉という描写は、長襦袢を〈振袖〉つまりお孝の花嫁衣装に見立て[15]たものだが、この〈振袖〉が〈紅と浅黄の段染の麻の葉鹿の子〉である以上、それがお七の〈振袖〉のイメージに繋がる事は言うまでもなく[16]、お孝に付される〈娘〉の属性とは、恋に一途な素人娘・お七のイメージを踏襲するものなのである。葛木の〈腕に縋つて〉〈離さじ、と唯黙つて葛木に縋る〉お孝の姿は、「杜若」に描かれるお七さながらであり、お七が果たせなかった恋人との再会を、お七に成り代わって遂げたかの様な火事場でのお孝の姿には、お七に通底する〈火〉のイメージが付される事になろう。

お孝が〈好いた人一人引寄せ〉〈火の中で確乎縋〉る為にこの意匠は不可欠であり、〈唐突〉とされがちな結末の火事場の必然性も、この意匠の持つ文化的な背景を踏まえる事で説明がつく筈である。

一方、葛木が火事場にやって来るのは火元が〈瀧の家〉と聞いた為に過ぎず、その再会を僥倖と捉えるのもお孝のみであって、〈巡礼に成る〉気で旅に出た葛木が如何なる理由で日本橋へ戻ってきたにせよ、お孝と会う心算は念頭にはなかった。だが葛木が、人を刺したお孝を非難もせず、お孝の自裁まで片時もその傍を離れなかった事は、少なくともお孝にとっては己の恋情を全うした事を意味していよう。お孝の一途さは葛木の心を動かしたかに思われたが、結局葛木はこの後生理学教室に戻り、留学して独逸に渡ったという。どこか釈然としないこの顚末からは、お孝の情愛に応えようとする葛木の意志は明確に読み取れない。お孝をして〈お前さん、惚れ方は巧いのね〉と言わしめた清葉への想いもそれきり途切れたかの様であり、結果的に葛木の身辺には何の変化も訪れない。

曖昧な誤魔化しを容れる余地のないお孝の生き方に比べ、葛木という人物の輪廓は不明瞭な印象が拭えない。お孝にお七のイメージが重ねられるのであれば、一方の葛木の造形は、「海神別荘」において〈大満足で、自若として火に焼かれた〉お七が海の底で〈今も十七で、紅の珊瑚の中に、結綿の花を咲かせて居る〉のに比し、〈存命へて坊主に成つて老い朽ち〉、海月となって〈醜く、ふら〳〵と生白く漾うて失する〉お七の相手の男の姿に、どこか通い合うものがあるのではないだろうか。

②清葉の場合

〈芸者なら旦那が有らうが、何が来て居やうが構はない。それが可厭ならお止しだけれど、極つた人が出来た上は、片時も（略）一つ内へは置けないから、即座帰れ（五十八）〉と言い放つお孝にとって、〈芸者〉である事は引け目や足枷とはなり得ない。こうしたお孝の強さに対し、一方の清葉は〈瀧の家一軒世帯の世話〉をしてもらう事や養母への義理を理由に〈だらしなく意気地なく、色恋も、情も首尾も忘れたやうな空洞に成つた（四十五）〉我が身の不自由を嘆くばかりで、葛木への思慕を仄めかしつつも〈極つた人があれば、果敢ないながら芸者でも操を立てねば成りません（四十二）〉と芸者の〈操〉を主張するが、それは芸者である事をも自己表現の一つと考えるお孝とは異なり、〈芸者の操、貴方お笑ひなさいまし〉という自嘲を伴うものであった。それを清葉の慎ましさという美徳と捉える事もできようが、己を衝き動かす恋情が行動基準の全てであるお孝にしてみれば、清葉の謂いは〈あ、、言ひさうなこつた。御守殿め〉と悪態の一つも吐きたくなる様な体たらくなのである。こうした両者の対照性は諸処に認められるが、注意すべきは、先述の如くお孝には《火》のイメージが付与されるのに対し、一方の清葉にはその対極としての《水》に関わる描写が散見される事である。〈龍の口を捻ると、ザアです。焼けてもびくともなさらない。すつかり青苔を帯びた所が好い（三十五）〉という〈梅ヶ枝の手水鉢〉は、清葉が待合・お鹿に寄進したもので、元は昨年の火事見舞いに貰ったものだという。〈焼けてもびくともなさらない〉のは、火事に遭っても変わらない清葉の全盛ぶりを、満々と水を湛える手水鉢に準えた叙述であり、そのイメージは清葉の本姓や屋号に用いられた〈瀧〉の字が水の縁語である事にも象徴されている。又お千世を叱責する稲葉家の叔母に腹を立てた清葉自身〈駿河台の水車、水からくりの姉さんが、こゝにも一人〉と《水》を自称しており、この他葛木の夢に清葉が水辺の二階家に現れる事や、葛木が川に投げた〈吸口の紅〉のエピソード[17]など、清葉と《水》の親近性は随所に示されている。お孝の様な生き方を〈あゝでなくては不可ません（四十六）〉と羨ましく思う反面、清葉は本来《水》の属性を持つ女性であればこそ、〈燃立つ心を冷まし〳〵〉生きていく事を余儀なくされたのではあるまいか。

　お孝と清葉それぞれのイメージを《火》と《水》とすれば、〈燃え立つ緋と、冷い浅黄（二十八）〉から成り立つ〈段染の麻の葉鹿の子〉は、対照的な二人の女性の視覚的象徴として誠に相応しい意匠である。だが段鹿子の〈燃え立つ緋と、冷い浅黄〉は、そもそも一枚の着物として存在するものであり、それは互いに相容れず反撥し合うのではなく、同源に根ざした表裏一体のものなのである。

　そしてそれを身に纏う女性は《火》と《水》双方の側面を併せ持つ事を、この意匠は暗示しているのではなかろうか。お孝の死後、清葉は〈建つれば建てられた家を、故と稲葉家のあとに引移〉り、嘗てのお孝と同様に〈路地の駒下駄〉を高らかに唄う。清葉が〈稲葉家〉を継ぐ事は全盛の〈芸者〉としての矜持を示したお孝の生き方を受け継ぐ事なのであり、清葉の中に〈冷い浅黄〉のみならず〈燃え立つ緋〉の資質もが生じた事を示唆するのである。

③お千世の場合

お孝に似合わないとされた意匠の長襦袢は、代わりにお千世のものとなっていた。この意匠をお千世が着る事に違和感がないのは、彼女が祖父の姿を見掛けるや、〈見得〉も〈外聞〉も構わず駆け出す様な仇気なさを備えた〈娘〉だからであり、冒頭（一）の描写にもお千世の〈娘風俗〉は印象的であった。幼さを残す体に〈絣〉〈前垂〉を着けたお千世は〈盛の牡丹の妙齢〉ならではの可憐さにあふれた娘なのだが、〈島田髷の縺れに影が映す〉という表現にはその行く末が暗示されてもいる。(18) 稲葉家の〈抱妓〉であるお千世は、お孝や清葉同様いずれ芸者となって〈よく稼いで、可い旦那を取つて〉（六十六）〈くる事を運命づけられた娘なのであり、お千世を溺愛する祖父の甚平が、清葉の身持ちの堅さを褒め〈あやからせた〉いと言うのも、お千世が芸者になる事を前提とした発言であり、お千世がその運命に逆らえない事は予め明白なのである。冒頭でお千世の買い求めた〈紅と浅黄で羽を彩る飴の鳥〉が〈腕白共〉に集られ〈くしやん、と潰れ〉てしまうというエピソードは、お千世にも関わりの深い意匠と同じ色彩の〈飴の鳥〉にお千世の運命を仄めかしたものと見る事もできよう。

だが当のお千世に芸者としての確固たる自覚は未だ芽生えていない。お千世は、枕を一つ渡せばお孝に〈不作法だ〉と言われ、客を取れない事を叔母に罵られ反駁もできずおろおろする、依然うぶな〈娘〉なのだが、この場合お千世の精神的成熟の如何は関係なく、段鹿子の長襦袢を着る事自体が、芸者としての振る舞いに他ならない。

当初お千世はお孝が誂えた段鹿子の長襦袢を着ていたが、座敷の口が掛かった時はそれをお孝が着ていた為、お千世は清葉が寄越した〈同一其の段鹿子〉の長襦袢を着る事となる。それはお千世の後見がお孝から清葉に移った事を意味し、清葉の代の稲葉屋の〈一家の美人十三人〉の中にお千世が含まれている事も想像に難くない。お千世が芸者として如何なる《成長》を遂げるかは未知数だが、彼女がお孝と清葉双方の資質を受け継ぐ芸者として全盛を極めるという推測が強ち的外れなものとも思えないのは、お千世が〈紅と浅黄の段染の麻の葉鹿の子〉という意匠をお孝と清葉の双方から手渡される女性として作中に描かれているからである。

四　新派「日本橋」について

昭和十三年三月明治座の「日本橋」再演を記念して、花柳章太郎が日本橋延命地蔵尊に献納した額絵[19]（【図一二】小村雪岱筆）では、娘風俗のお千世の手に件の長襦袢が大事そうに抱かれている。雪岱の額絵は花柳演じる舞台のお千世を思って描かれたものでもあろうが、先述の如くお千世の身上は〈娘〉特有の可憐さのみならず、お孝や清葉に比肩する芸者となるべき兆しをも内包している点にある。額絵のお千世は〈娘〉と〈芸者〉という双方の資質をその長襦袢の意匠で象徴しているのであり、鏡花文学に対する雪岱の炯眼はこの長襦袢を額絵のライトモチーフとした点にも看取されようが、では小説「日本橋」における斯かる意匠の象徴性は、実際の舞台という視覚的芸術の現場ではどの様に扱われていたのだろうか。

【図一二】『注解考説　泉鏡花　日本橋』より転載

新派劇「日本橋」の初演は大正四年三月四日本郷座（真山青果脚色）、その二年後には初演時の脚本に鏡花が手を入れたものが『戯曲日本橋』（『戯曲選集第四編』大正6・5　春陽堂）として刊行されたが、新派による「日本橋」はその後昭和十三年三月明治座の再演（巌谷三一脚色・久保田万太郎監督）に到るまで、二十四年もの間全く上演を見ないのである。その理由については、〈光小史〉と称する人物[20]（松竹の興行責任者か）の「日本橋再演の真相」に詳しい言及があり、記事によれば大正四年以来上演が途絶えた理由は、①鏡花物の劇化で観客受けしたのは「婦系図」「通夜物語」「滝の白糸」の三つに限られる事、②本郷座の初演は大はずれで、世評も好くなかった事、この二点とされており、再演に当たっても解決すべき問題点は多く、〈通し狂言で、長く〉〈其の鏡花趣味があまりにも強烈で、現在（昭和十三年）の見物に難解〉な点[21]を如何に克服するかが当面の課題となった。

上演時間を三時間程度に短縮[22]し、観客が理解できる芝居を作るために[23]、従来の脚本には相当手を入れる事になったが、〈巖谷氏が泉先生会見の結果、上々の首尾、その脚本構成をまかされた〉とある様に、鏡花はこの改変を快諾しており、後にこの新脚本に再び鏡花が筆を加え〈幽玄きわまりない鏡花世界と化し〉たものが巖谷らの元に返された。初演の呼び物であった瀧の家の火事場[24]をはじめとする場割りの削除についても〈泉先生のカット承知〉であったといい、果たして再演「日本橋」は大成功を収めたが、その要因は原作者鏡花ではなく興行担当や脚色者側の〈観客をして演劇日本橋を判らせようとした必死の努力〉に認められるべきであろう。

従って〈あの豊艶ながら妖奇のただよつた名文章その侭を舞台に再現したのでは見物は眼つぶしを喰つて鏡花の夢の中で、眼をくらまされて了う〉という松竹側の意向が重視された再演「日本橋」は、原作の詞章が醸し出す鏡花世界とは別物であり、舞台「日本橋」に言及するに当たっては、まず初演の形態が明らかにされねばならない。「日本橋」の初演・脚本に関しては、越智治雄氏「泉鏡花と新派劇[25]」にその経緯が詳しく検証されており、繰り返しになるが、ここでは本論の問題提起と関わる部分を整理して記す。

『戯曲日本橋』（以下『戯曲』と略す）の稿本は慶應義塾大学図書館に所蔵されているが、この稿本は完全な自筆原稿ではなくカーボン紙を通して複写した部分をかなり含む。この複写部分の原本となったのが真山青果による「日本橋」初演時の舞台脚本であり、『戯曲』はこの初演脚本に鏡花が改変や書き下ろしを加えて出版したものである。ただし青果作とはいっても、青果の脚本と原作「日本橋」を比較した時その詞章には殆ど違いがない事から、

【図―四】

【図―三】　㈶松竹大谷図書館蔵・原本は緋色と浅黄色の原色で構成されている。

脚本をリードしたのは鏡花の原作や舞台用に執筆した書き下ろし部分であり、『戯曲』刊行の際に初演脚本の大幅な部分を取り入れる事が可能であったのも、斯かる事情によるものと考えられ、従って新派「日本橋」における原作の痕跡は、初演脚本に探るのが妥当という事になろう。松竹大谷図書館には初演の際に赤態を演じた小織桂一郎旧蔵の台本がほぼ完全な形で残っており、以下これを『初演脚本』とし、先述の意匠問題との関わりに言及する。

件の段鹿子が初演の本郷座筋書番付の表紙【図―三】に用いられた事は、これが「日本橋」の基調色である事を一目瞭然たらしめており、同じ番付の図解に見えるお孝とお千世の姿【図―四】にも原作の意匠が舞台で活かされている事を確認できるが[26]、実際の舞台においてこの意匠はどの程度重要視されるものだったのだろうか。次に挙げるのは、『初演脚本』が件の意匠に言及する条である（場割りは『初演脚本』による）[27]。

(1)〈お前さんに見せるものがあるよ（立つて箪笥の上より御誂の畳つゝみ中に長襦袢を入れたるを解く）いつか一石橋のかへりに途中で逢つた時清葉さんがこれと同じのを着て居たらう。〉

（二幕目第三・稲葉家二階（艸冠り）　お孝がお千世に長襦袢を誂える場面。）

(2)稲葉家の二階に長襦袢を着たお孝が立つ場面や、叔母が長襦袢を脱がせようとする場面では、台詞やト書きによる意匠の指示はない。

（四幕目第二　稲葉家表（柳に銀の舞扇））

(3)〈清葉姉さんからのお届けもので厶います（とつゝみを包み座敷着うへした一揃、段鹿の子の長襦袢）〉

（同右　清葉がお千世の為に衣装を一式箱屋に持たせて寄越す場面。）

(4)〈喜平うしろへ廻つてきせかく形極る〉というト書き。

（同右　箱屋がお千世に長襦袢を着せかける場面。）

(5)〈紅と浅黄と段染の麻の葉鹿の子の長襦袢ばかりなる美しき姿あり。お千世なり〉というト書き。

（大詰第一・稲葉家（綺麗な花）　伝吾がお千世を見つける場面。）

(5)以外には具体的な意匠の指定がない為か、『初演脚本』における長襦袢の印象は原作のそれよりも弱い。だが脚本はあくまでも舞台のための手段であって目的ではなく、その性格からして記述に省略があっても不思議ではないが、『戯曲』の方では鏡花は右の(1)～(4)全てに、次の様な具体的意匠をわざわざ書き加えている。

(1)立つて箪笥の上より御誂の畳つゝみ中に長襦袢を入れたるを解く。緋と浅葱段染の鹿の子

(2)一枚しかない長襦袢を、二階に引掛けて置いたのを、おきちどのが、愚に返つて着てるんだもの。（略）お孝の帯を解く。緋と浅葱、麻の葉の長襦袢。

(3)つゝみを解く、座敷着うへした一揃、緋と浅葱、麻の葉の長襦袢

(4)喜平、うしろへ廻つて、被せかく、緋と浅葱、麻の葉の段鹿子の長襦袢にて形きまる。

【図―五】　柳永二郎『絵番付・新派劇談』（昭和41・11　青蛙房）より転載

鏡花にとっては『戯曲』は単なる脚本の焼き直しではなく、小説同様一言一句に拘って描写されるべきテキストなのであり、それを明記する事で鏡花はこの意匠に対する絶対的な拘りを表明したのだと思われる。

だが観客が見るのは脚本ではなく、舞台上の俳優達の演技である。脚本の記述如何に関わらず、効果の程は実際の舞台を見聞しなければ判断できないが、初演時の劇評ではこの意匠は殆ど黙殺されており、それに言及したものでも〈大詰にお孝と間違へられて伝吾に刺されたのは、同じ長襦袢を着てゐたと云ふだけ、近松の世話物でも見てゐるやうな、ものの哀れを覚えました[28]〉という感想どまりで、この長襦袢が見た目の派手さの割に、観客には大した印象を残すものではなかった事がここでは確認できる[29]。

本作の舞台化における構造上の大きな改変は原作の倒叙が時序に組み直された事であり、従って舞台は三月四日の夜、お孝と葛木の邂逅から始まっている。これは〈大衆劇として当然の処理[30]〉ではあったが、その事によって観客の興味は必然的にお孝と葛木の恋のゆくたての方に向けられていく事になろう。先に触れた原作冒頭部のモチーフが登場するのも舞台では五幕目以降となり、狂気のお孝が纏った〈紅と浅黄の段染の麻の葉鹿の子〉という本来ならば冒頭で提示されるべき意匠は、勢い印象の薄いものとならざるを得ないのである。視覚に直接訴えるという舞台の特質がこの意匠にとって必ずしも有利に働くものではないという事実は、舞台と小説それぞれの目指すものが当初から全く別の所にある事を示唆しているのではなかろうか。

意匠の比重のみならず、結末に至ってお孝が正気に戻り清葉に〈遺言〉の内容を明示する事や、お孝の死後の葛木や清葉の後日談が示されない事など、小説と舞台の間には他にも重要な相違点が認められる。葛木がお孝に別れを告げる「生理学教室」の場（初演では三幕目第二）も原作にはない一幕だが、本郷座初演の絵番付【図―五】の中心にはこの場面が描かれている事から、舞台「日本橋」で求心的役割を果たすのは「生理学教室」の一幕であると考えられる。新派という大衆演劇においては観客の興味が多くは男女の恋愛を追う事に向けられるであろう事を勘案すれば、この場は愁嘆場として観客を引きつけるに十分な要素を持っている。筋の上での見せ場を作る事が大衆演劇としての新派に課せられた宿命であるとすれば、原作「日本橋」における意匠の象徴性が舞台では存分に活かされない事も首肯されよう。

原作と舞台初演の相違点について詳細は別稿を期し、ここでは〈紅と浅黄の段染の麻の葉鹿の子〉という意匠の歴史的背景やその意味が、舞台「日本橋」においては捨象されている事を確認しておく事とする。

小説「日本橋」における右の意匠は、実際の舞台では原作と同じ効果を期待できるものではなかったが、それが初演の筋書番付の表紙にも用いられたのはおそらく鏡花の意向を汲み取った結果であり、作者がこの意匠に強い拘りを抱いている事は事実と見て間違いない。そしてそれは鏡花が好意を寄せるお七という娘に関わりの深い意匠である事に起因するものではないだろうか。

意匠を構成する〈紅〉と〈浅黄〉という二つの対照的な色彩は、「日本橋」においてはそれぞれ《火＝お孝》、《水＝清葉》を象徴するものだが、鏡花にとってはそのいずれもが女性の好ましい資質であり、二つの性質は本来一個の表裏をなすものなのである。そもそも鏡花作品においては《火》と《水》は親和性を以て描かれる事が少なくない。(31)〈お、、冷い。…雪やこんこ、霰やこんこ。〉と唄いながら〈雨の如き火の粉の中〉を行くお孝の姿(32)にもその傾向は看取され、「海神別荘」の〈火も水も、火は虹と成り、水は瀧と成つて、彼の生命を飾つた〉というお七の描写や、「楊柳歌」の〈東京の娘はんのやうに火に成つては燃え得えでも、京の私は水に成る〉という振袖火事への言及にも、〈火〉と〈水〉が娘の生命の輝きを讃える形容として同格に用いられる。「日本橋」における〈緋〉と〈浅黄〉も又女性の生命力の強さや美しさの謂いなのであり、従来お孝と清葉という二つの個性の背後に紛れ等閑に付されがちであったお千世の存在も、やはりこの意匠に深く関わる人物として看過されてはならない。

舞台という視覚芸術を必要とするまでもなく、〈紅と浅黄の段染の麻の葉鹿の子〉という意匠は小説テキストの中にあって鮮明な視覚性を伴い立ち現れている。鏡花作品における意匠の問題とは、取りも直さず着物の描写に関わる問題であり、従来それは《鏡花趣味》と退けられ、偏執狂的な細部への拘りという批判的側面から取り上げられる傾向にあった様にも思われるが、着物の描写は人物の内面や作品の主題と同等に扱われるべき重要なモチーフなのである。〈豊艶ながら妖奇のただよつた名文章〉が鏡花の真骨頂である事は言うまでもないが、本来詞章によって説明されるべきものが、それと同等に雄弁な図像によっても読者に提示されるのであり、かかる意匠に女性の生き様を凝縮させた鏡花の表現の巧みさは、小説「日本橋」における視覚的要素の豊饒性を如実に示すものとして注目すべきであると考える。

注

（1）本文の引用は岩波再版『鏡花全集』巻十五による。なお傍点・傍線は筆者が私に付したものである。
（2）『注解考説　泉鏡花　日本橋』（昭和49・9　明治書院）。以下朝田氏の引用はすべて本書による。
（3）近年では、作中で唄われる三つの俗謡に言及した坂井健氏の論考がある（「『日本橋』―三つの俗謡を中心に」『論集　大正期の泉鏡花』所収、平成11・12　おうふう）。
（4）岩波再版『鏡花全集』月報17（昭和50・3）
（5）「泉鏡花「日本橋」論―小説構成を中心に―」（『岡山大国文論稿』26　平成10・3）。
（6）本書の引用はすべて『新燕石十種』第五巻（大正2・10　国書刊行会）による。本書によればお七の事件のあらましは、本郷森川宿の八百屋の娘お七が、天和元年（注、二年の誤りか）暮れの大火で延焼被害を受け、避難先の旦那寺の小姓生田庄之介と恋仲になり、普請済みの実家へ戻った後も庄之介への思慕を募らせるお七は、火事が起これば再び寺へ行き庄之介に会えると考え実家に放火、その罪によって火刑に処せられ、庄之介は出家して高野山に上るというものである。西鶴『五人女』の筋書きも概ねこれに一致する。
（7）竹野静雄「八百屋お七物の輪郭―江戸小説を中心に―」（『国文学研究』85　昭和60・3）
（8）浄瑠璃『伊達娘恋緋鹿子』（菅専助他の合作、安永二年大阪北堀江座初演）以降、お七は放火ではなく、火事を装い町の木戸を開けるために櫓の半鐘（歌舞伎では太鼓）を打つという趣向に変わった。
（9）冴木信一「芝居見たまま」（『演芸画報』大正5・3）
（10）関根黙庵「演芸今昔物語」（『新演芸』大正6・6〜8）には、〈今から二十五六年以前迄は、賽日その外の観世物として、覗機関は無くてはならぬもの、一つ〉であり、中でも〈『八百屋お七』が最も重要なもの〉だと記されている。本論中のからくり節の詞章は、右に紹介される『張文庫』所収のからくり節の一部を引いた。
（11）欄間の梁にある天女の像の代わりに、天女に生き写しのお七を隠し、下女お杉に〈モシ〳〵アノ欄間の上へ上つてゐると、吉三さんに逢はれるわいなア〉（引用は『歌舞伎名作選　第八』昭和31・5　東京創元社）と促されたお七がそこで思いを寄せる吉三に会うという趣向。
（12）「杜若」の覗き機関は月岡芳年の縦二枚続『松竹梅湯島掛額』（明治18）に描かれたお七像に通じるという赤尾勝子

氏の指摘（「『杜若』論　眩惑の方法—操りの糸に引かれて—」『実践国文学』55　平成11・3）も、鏡花におけるお七像が複数の視覚的媒体に描かれたお七を統合させつつ形成されたものである事を示している。

(13)　例えば、明治三十三年『やまと新聞』連載（7・29～9・28）の邑井一口演速記「八百屋お七」第一席に〈振袖火事〉への言及があり、逆に右の連載終了翌日から始まる桃川燕玉口演「振袖火事」の枕は、〈同じ本郷の火事〉であるお七の火事に触れる。大正三年七月の蓁々齋桃葉口演「八百屋お七」（『講談大会』所収、大正6・6　東亜堂書房）にも振袖火事伝説についての詳細な挿話がある。

(14)　黒木喬『明暦の大火』（昭和52・12　講談社）に、天和年間のお七火事の鮮烈な印象が遡って明暦の大火にも何らかの因縁話を求める心情となって人々に働き、振袖伝説を形成していったのではないかとする指摘がある。また多田道太郎『変身放火論』（平成10・10　講談社）は〈江戸の大火事はこの明暦の大火（振袖火事）で代表され、しかも振袖という呼び名で、何となく華やかでロマンチックなものを思わせるので、人によってはそれをお七火事と混同してしまう〉とするが、いずれも推測の域を超えない。

(15)　朝田氏注釈も〈たもとの裂けて垂れたのを、婚礼の振袖と見立てた〉とする。

(16)　《お七》と《振袖》の取り合わせは「杜若」「海神別荘」などにも見られるが、お七＝振袖のイメージは鏡花の独創ではなく近世期に確立したものである。早くは『笑委集』が鈴ヶ森刑場へ引き出されるお七を〈一尺五寸の大ふり袖〉〈さしもあでやかに出立ける〉と伝えているが、史実は明らかではない。

(17)　初対面の際に清葉がくれた吸い付け煙草の吸口を川に流した思い出から、葛木にとって川の水は清葉の面影を宿すものであり、燐寸の火を川に棄てようとした葛木は〈吸口の紅を思つて〉投げ棄てるのを思い留まる（五十五）。赤熊にお孝との別離を迫られた葛木（六十）が気分を害し川に唾を吐こうとするのを止めたのも同じ理由。

(18)　朝田氏注釈はこの描写を〈少女の悲しい境遇の暗示〉とする。

(19)　花柳章太郎『技道遍路』（昭和18・2　二見書房）によれば、「日本橋」初演に際し花柳は自分にお千世の役が回ってくるよう日本橋延命地蔵尊に祈願したといい、このお千世役は結果的に彼の出世芸となった。額絵の奉納は往時の報恩と再演の記念を兼ねたものであるという。

(20)　昭和二十七年四月明治座公演「日本橋」の番付プログラムに収録されたもの。

（21）大江良太郎「「日本橋」随想」（『演劇界』昭和27・5）には、〈初演の〝日本橋〟は、淋しい入りだつた。興行としては成功しなかつた。鏡花著作の中でも、象徴的味をもつ〝日本橋〟で、楽屋が陶然と好みに、酔つてしまつたことが、一方的独善に落ちて、客席への訴へ方に疎通を欠く点も現れた〉と述べられている。

（22）大江良太郎「「日本橋」の初演」（『演劇界』昭和31・11）に〈一本の演目で、タップリ七時間も持たした〉とある様に、通し狂言にしてもこの上演時間は長すぎたのではないだろうか。

（23）〈巖谷氏と鳩首し、鏡花作品の劇化には今日ではもう所々に新訳を加え、観客をその新訳で誘導し、知らず知らずの内に鏡花世界に引入れて了わなければならない事を相談した。〉（前出注（20）「日本橋再演の真相」）

（24）〈殊に大詰の火事場には、是までの舞台に見ない新しい仕掛をお目に掛けます〉（『都新聞』大正4・3・3）

（25）『鏡花と戯曲』所収（昭和62・6　砂子屋書房）。

（26）鏡花自身が初演の稽古に参加していた様子は、花柳章太郎『技道遍路』（前出注（19））に〈泉先生も立合はれてネバリにネバつた稽古の有様〉とあり、当然鏡花の目は舞台衣装にも行き届いている筈である。

（27）初演時の場割については前出注（25）越智治雄氏「泉鏡花と新派劇」を参照されたい。

（28）吉井勇「『日本橋』十人十首」（『演芸画報』大正4・4）。同評は花柳のお千世を〈鏡花さんの書いたお千世よりも、ずつと現実的なところが好いと思ひます。桃園の場の長襦袢の姿などは、かなり艶なものでした〉と評するが、長襦袢はあくまでも役者を引き立てる道具の一つと捉えられている。長襦袢の意匠が重要な意味を持ち始める五幕目以降についても、〈四幕目から先きの気が狂つてからのお孝に就ては、別に云ふ事がありません〉、〈五幕目の火事の場から後は、あんまり多くの感興が起りませんでした〉と記すのみである。

（29）「舞台スケッチ『日本橋』から　本郷座三月狂言」（『演芸画報』大正4・5）にもこの長襦袢への言及はない。

（30）朝田祥次郎「「日本橋」あれこれ」（前出注（2）『注解考説　泉鏡花　日本橋』所収）

（31）平本智子氏「還元と創造―鏡花文学における「火」と「水」のモチーフ」（『文学・史学』11　平成1・10）に〈鏡花の作中火のイメージは実に違和感なく水のイメージと褶合されつつある〉という指摘がある。

（32）お七物の代表作である浄瑠璃「伊達娘恋緋鹿子」や歌舞伎「松竹梅湯島掛額」には、雪に見立てた紙吹雪の中でお七が半鐘（太鼓）を打つという、有名な《櫓のお七》の場面がある。雪と降りしきる火の粉の中を、段鹿子の意匠を着て彷徨い歩くお孝の姿はそれらの舞台をも彷彿させるものである。

図版の掲載・転載にあたり、小村欣也氏ならびに松竹大谷図書館・青蛙房・明治書院の各機関にはご快諾・ご高配を賜りました。記して深謝申し上げます。

「鏡」としての物語
――「眉かくしの霊」論――

野口哲也

一　はじめに

大正期（一九二〇年代）に流行をみる「分身」「自己像幻視《ドッペルゲルガー》」小説を、他作家に先駆けていち早く試みていた（「星あかり（みだれ橋）」明31・8、「春昼」明39・11、「春昼後刻」明39・12）稀有な存在である鏡花の、その大きな達成として評価されるのが「眉かくしの霊」（『苦楽』1―5、大13・5）である。[1]研究史においてこのテーマは、語りの技法、ヒロインの境遇やその存在の重層性・類型性、現実／異界の二元的世界観といった、鏡花が一貫して保っていた「近代小説」に対する距離を測定しうる主要な論点とも結びついている。

特に、冒頭に「筆者」を登場させながら末尾にはその枠を示す指標を持たないまま閉じられる語りの構造は、物語のクライマックスとしてお艶の幽霊が再来する意味をどう読むかということにも関わるものである。画師《ゑかき》の妻に代わって「姦通《まをとこ》事件」の嫌疑を晴らすべく「大蒜屋敷」に出向いた途次、石松の猟銃に倒れたお艶の幽霊が、末尾で境と伊作のいる座敷に登場する作品の論理は、整合的な因果関係ではなく、所々に散りばめられた奇妙な符合・偶然の一致にも見える諸要素の述語的統合にある。[2]そのような論理の支配する語りの構造と末尾の怪異の関係については、伊作―境（―「筆者」）と語り伝えられる語りの構造・時制が破れ、融化する瞬間として早くからくり返し論及され、[3] また新しくはそうした物語を担う男の「欲望の分身化」[4] と捉えられてもいる。
松村友視は、お艶の霊が座敷に出現する理由を、〈物語〉自体がお艶の側、つまり異界に焦点化されるメカニズムとして、次のように説明している。

怪異は、生きられぬまま失われた〈虚の時間〉の回復への意志としてたちあらわれるのであり、境はあたかも複式夢幻能の「諸国一見の僧」のように〈物語〉を享受し〈虚の時間〉を生きられた時間に読み変えることによって魂を救済する役割を担うのである。（中略）とするなら、境と伊作が目のあたりにしているのは、むしろ、生きられなかった〈虚の時間〉の姿とみなければならない。お艶の〈虚の時間〉はまさに伊作の〈物語〉によって生成・回復されたのである。物語が語り終えられた瞬間にお艶の霊が出現するのはそのためである。[5]

この記述で注目されるのは、「物語」の語りと幽霊の出現とを二段階に分けている点である。本稿の目論見は、松村がお艶に焦点化して「〈虚の時間〉の回復への意志」を見出す怪異の出現を語りの構造と対置させ、鏡花における物語の方法の問題として捉え直すことにある。そのためにまず伊作―境（―「筆者」）の語りがお艶―桔梗ヶ池の奥様を重層化／一元化し、その物語自体が末尾に怪異を呼び寄せる経緯を彼らの眼差しに沿って確認したうえで、物語のクライマックスとしてある伊作の自己像幻視について検討する。

それ自体あまり論じられてこなかったが、作中もっとも強烈な印象を残す映像は、お艶／奥様が鏡に見入り、そして振り返る姿ではないだろうか。鈴木啓子は「一般に、白雪姫の継母や不思議の国のアリス等、鏡に向かう女はしばしば狂気や幻想と隣り合わせだが、『眉かくしの霊』がえがく怪異の頂点は、美しからんと全身全霊をかけて鏡に向かう女の怖さにある」と指摘し、「男を恋う女の情念の結晶」を見出している。[6] これに対し予め私見を示しておくならば、鏡に裏切られる白雪姫の継母や、鏡の向こうに越えてゆくアリスの振る舞いには伊作―境の語りに共有されている眼差しとも似通ったところがある。つまり、お艶／奥様の身振りが特権的である所以は、それ自体

「鏡」に見入る姿として描かれながら、結局それが一種の鏡像（＝統合されるべき分身関係）として、しかも一定の奥行きをもった距離に見出され（映し出され）ている点に求められる。松村のいう〈物語〉と、それによって呼び戻される〈虚の時間〉の位相差に注意を向けるならば、お艶を奥様と重ねる語りの論理と、お艶自身が奥様を模倣しようとしたことも厳密には区別されねばならないが、水の面に欲望の対象を「面影」として見出す男の姿は、鏡に向かって化粧をし、自身の「顔」を映しているお艶の姿と象徴的に対照をなすように見えるのだ。

一般に「鏡」が示す両面性・両義性について、メルシオール＝ボネは次のように指摘している。

> 鏡に映った姿からは像と類似という二つの概念がまず問われることになる。つまり鏡に映っているものはモデルを模倣し、モデルから出てきているわけで、このモデルの正確で、かつ不完全な近似形を示している。それでは像はいったいどこに位置しているのだろう。見る者は自分が今いるここにいると同時に別のところにもいて、厄介なことに同時に数カ所にいるとともにどこか奥深いところに見えるから、ある不確かな距離のところにいることになる。人が鏡のなかを見るというよりは、むしろ目の前にあるスクリーンの後ろに像が現れてくるような感じで、その結果、自分の姿を鏡で見ている者は、いったい自分は鏡の表面を見ているのか、それともその表面を通り越してその向こう側を見ているのかと考えてしまう。鏡に映る影は、鏡の向こう側に実体のない一つの後方世界があるという印象を起こさせ、視線に外見を通り越して彼方を見させようとするのだ。（中略）鏡の性質は視線を間接的経路へと導くのであり、この間接的経路が反射と類似を経て、可視のもののただなかに不可視のものの「彼方」があることを証明しているように思われる。(7)

この「鏡」のモチーフは「奥様」「お艶」「境」「私（てまい）」といった呼称の細部にも見出されるが、さらにその機能は鏡花的異界の特質や物語の内／外といった構造をも照らし出し、ひいては小説言語の透明性／即物性といった問題をも明るみに出すように思われる。つまり、「眉かくしの霊」においては、「鏡」「分身」といった要素が物語の構成原理となり、作家の方法論をも示している点にこそ、冒頭に示したような先駆者の達成たる意義があるはずである。本稿の目的は、お艶の物語／男の物語の関係、また末尾の怪異を呼び寄せる「語りの融化作用」といった従来の論点を「鏡」のモチーフに即して捉え直し、改めて鏡花通有の「物語を語る」という問題系に接続させることにある。

二　重層化／神格化の遠近法《レトリック》

「眉かくしの霊」における物語の一面は、伊作―境（―「筆者」）が、桔梗ヶ池の奥様／お艶／眉かくしの霊と出会い、そして語るものである。そこに登場する女たちは種村季弘[8]が形容するような「顔のない美女」として現れるが、お艶が奥様に同化したと見えるのは、まずはこうした形象によるだろう。作中に三度出てくる「似合ひますか」という問いかけは、厳密に同一人物の発するものと断定することはできないものの、読後にそれがお艶という一人の女の言葉であると感ずるようには描かれている。叙述の順に見てゆくと、まず湯殿から帰ってきた境が目撃する場面（三）、その映像は直前に境が、伊作に伴って後方から近づいてくる提灯を「座敷へ振返らずに、逆に窓から庭に乗り出しつつ見て居る事」の非合理から、幻覚あるいは夢であるかのような印象を与える。しかし境のこの体験はやがて語られる伊作の一年前の体験と重なってくるのであり、それは生前お艶がこの離れ座敷に泊った時の現実の映像である（六）。境が湯殿で見た「巴の提灯」も実際には使われていないと説明されるが、伊作が湯上がりのお艶を訪ね、大蒜屋敷への供をしたときにはこれと同じ提灯を持っていた。つまり、境・伊作ともに自分の不可思議な体験を相手が既に体験しているという事態が、物語のヒロインというべきお艶とその背後にある「桔梗ヶ池の奥様」を語る語り（―聴き）を促し、二人がお艶の霊を目撃する結末場面を導いているのである。彼らの目に映った映像が過去の自分、あるいは話し相手の実際の体験によって重ね書きされる構成である。

細部の描写について見ておくならば、四年前の伊作の「桔梗ヶ池の奥様」の視覚体験（四）は一年前のお艶の湯上がりの化粧の場面（六）を重ね書きし、「白い桔梗でへりを取つた百畳敷ばかりの真青な池」と「畳のへりが、桔梗で白いやう」との見立てが行われている。これらが境の見た、面長で色白、藍鼠の着物を着て煙管を手に、鏡に向かって化粧をし、懐紙で眉を隠しながら「似合ひますか」と振り返るお歯黒の女にかぶさることとなる。さらに、これら全て「白」「雪」といったイメージによって、「雪を枕に」「乱れ棲の友染」で倒れたお艶の死の映像と重なってもいる。こうした符合が彼らの内面を脅かし、結末場面の心象的な映像を幻覚としてもたらしたのだという説明も、一応はつくだろう。

以上のように、物語の語り手─聴き手の体験が二重化する過程においてお艶が奥様と重ね合わされてゆくが、こうした重層化のレトリック（言葉の共示面による述語的統合）は至る所に用いられている。たとえば東郷克美は、芸者の口─バスケットの蔦─お艶の銃殺の血、三という数字の反復、三条の水─細谿川─三条の血、湯殿の女─鷺の音といった「「不思議な縁」で結びつくエピソードの連鎖」が「日常と非日常の境を無化」してゆき、「超現実的な幻想の出現」に至るとする。(9) しかし、末尾の「幻想」がレトリックの極致として一面に結ばれる心象的な風景だとするならば、それを「日常」が「非日常」に（「現実」が「他界」に）融合・合致する語りのクライマックスとのみ捉えることで捨象されてしまう側面がありはしないだろうか。

またこうした語りの意味づけとして高桑法子は、「鷺」「魚」のイメージの連合から、魔性の女と贄としての男という、加虐─被虐の構図の成立過程を論じている。(10) しかし、鏡花がそのようなレトリックをあざといまでに多用していることを逆に想起するならば、ジェンダー論的な布置を実体化する解釈は新たな読みの可能性を示すものの、やはり語りのレトリックが指向している「幻想」の意味という一面しか捉え得ないようにも思われる。(11)

事実と幻覚、あるいは幻覚同士の結合に事実同士の符合や自然な連想を織り交ぜながら不自然さを無化してゆこうとする作品構成上のレトリックは、お艶と桔梗ヶ池の奥様を重層化するが、物語のヒロインを形象化するうえでのこうした方法は鏡花の常套とも言えるものである。例えば大正期に集中的に発表された一連の「幻想劇」群のなかで、「夜叉ヶ池」（大2・3）・「天守物語」（大6・9）では魔界の女と現実の女が伝説を介して重ね合わされ、「眉かくしの霊」のような、まさに魔的な美女として視覚化されている。高桑が「作品の主要な女達はすべて性故に薄幸の美女」[12]とまとめるように、お艶を奥様と重ねる論理をさらに敷衍すれば、東京の画師の細君も、大蒜屋敷の学士の妻も、鶫を食う芸者も、山王様の社に上げられた人身御供も、「性の位相での生け贄」のイメージとして一元化されるだろう。このように異なる「女」を重層化したところから作品のメッセージを読みとろうとするとき、〈女〉に対するある種の特権化が生じることとなる。端的にそれは鏡花自身の亡母憧憬とも重ねてしばしば言及されてきた「鬼神力」／「観音力」を併せ持つ「女性原理」である。[13]そのような物語の主題として神格化された〈女〉は、個としての「女」をまさに「顔のない女」として一元化・類型化することで導かれているが、そうした語りを共有するのは伊作や境といった〈男〉である。〈女〉がそうした〈男〉の語りにしか存在していないことには注意を向けておくべきだろう。

ここでは、お艶が奈良井を訪れた用件としての「姦通事件」（五）の構成に着目する。「眉かくしの霊」における物語内容の発端をなすこの事件は、まず伊作の語りによって構成されている。お艶の思惑を「――あとで、お艶様の、したゝめもの、かきおきなどに、此の様子が見える事に、何とも何うも、つい立至つたのでございまして」「……かとも存じられます」「……と思はれます」「――それも、かきおきにございました」と推測しながら細君・情婦の内面を構成していく論理は、「細君がありながら、よそに深い馴染が出来」た画師を代官婆の「訴訟」から庇うものとして機能する。したがって〈女〉の「観音力」的側面を遠景に定着させる語りの論理は、発端としての「芸者の達引」的形象をいわば近景として消失させるという、世俗的にすぎる指摘も十分に可能だろう。そこに同時に、お艶を画師の細君、学士の妻、桔梗ヶ池の奥様、さらには山王様の人身御供と結びつけるレトリックが働いているのである。原理的には、こうした奥行きに向かって語れば語るほど実体としての「個性的に美しい顔」（種村）なる表層から遠ざかってゆくのは言うまでもない。その意味で、こうした語りのレトリックが示す形而上性はすぐれて権力的なものである。

従来、伊作―境の不安定な内面的資質が結末の怪異をもたらすとされてもいるように、男たちは徹底的に怯え、受動的な位置に身を置いているかにも見える。[14] しかしそれは、裏を返せば〈女〉を特権化しているのが描写する〈男〉の権力に他ならないということでもある。「語りの融化作用」とはまさにこのような重層化のレトリックとして一元化された〈女〉のイメージの完成としてあるとも言える。本節で述べてきた重層化／神格化のレトリックそれ自体は、統合されるべき分身を生成してゆく「鏡」のような物語の力学である。表層におけるイメージの連鎖から、神格化された物語の〈女〉をその奥に生成してゆく眼差しの遠近法は、まさに「鏡」という装置によってもたらされるものである。しかし先に述べておくならば、末尾の怪異は、まさにそうした統合される分身を鏡像（イメージ）として構成してゆく語りの在り方自体の権力性、形而上性が「融化」「崩壊」如何という形で問われることになる場面に他ならない。すなわち、男たちの不安定で受動的な内面的資質という人物造型や、加虐―被虐の反転の論理は、本稿の文脈において彼らの「物語」、あるいはそれを語ることに対するメタフィクショナルな構えとして捉え直されるはずである。そこで改めてテクストに即して、境と伊作の語りに見られる「女」たちへの具体的な眼差しに目を向けることとする。

三　鏡と分身

境がたびたび目撃し、また宿の女中も証言するように、伊作は「隙《ひま》さへあれば」旅館の池の面に見入っているが、その視線の先にあるのは桔梗ヶ池の奥様の「面影」だった。

お髪《ぐし》が何うやら、お召ものが何やら、一目見ました、其の時の凄さ、可恐さと言つてはございません。唯今思出しましても御酒が氷に成つて胸へ沁みます。慄然《ぞっと》します。……それで居てそのお美しさが忘れられません。勿体ないやうでございますけれども、家のないもののお仏壇に、うつしたお姿と存じまして、一日でも、此の池の水を視《なが》めまして、その面影を思はずには居られませんのでございます。――さあ、その時は、前後も存ぜず、翼の折れた鳥が、たゞ空から落ちるやうな思で、森を飛抜けて、一目散に、高い石段を駈下りました。私《てまい》がその顔の色と、怯えた様子とてはなかつたさうでございましてな。（中略）私は唯目が暗んで了ひましたが、前々より、ふとお見上げ申したものの言ふのでは、桔梗の池のお姿は、眉をおとして在らつしやりまするさうで……（四）

桔梗ヶ池の奥様の姿に伊作が怯え、一目散に逃げたことは、この「女」を「面影」にとどめんとする眼差しのありようを示して興味深い。重要なのは、まさに「池の水」という一種の鏡面によってその「面影」に奥行きが確保されていることである。

作中三度にわたる伊作の体験としての「女」との遭遇を整理しておくならば、一度目の「桔梗ヶ池の奥様」を前に、彼は奥様の顔をはっきりとは見ずその「美しさ」に怖れを抱いている。この怖れは、桔梗ヶ池よりさらに奥に控える「山王様のお社」に上がった贄として伝えられる「人身御供」のような、不可視の存在が可視化したことから来ているだろう。「可視のもののただなかに不可視のものの「彼方」があることを証明」（メルシオール＝ボネ）する鏡の特性は、まさに伊作の眼差しを考えるうえで有効である。[15] 伊作はこの奥様を顔のない「面影」として慕い続けるが、それはイメージの中心たる「顔」がないことによって他の何によっても重ねられることとなる。二度目の「似合ひますか」と振り返って見せるお艶によって奥様の面影は「顔」をもったものとして実体化し、伊作の眼差す対象は内面において奥様の分身とされたお艶に移行するはずだが、その奥行きをもった重層性＝神聖性は「勿体ないほどお似合で」という応答に明らかである。後に「確乎《しっかり》しろ、可恐《おそろし》くはない、可恐くはない。……怨まれるわけはない」という境の呼びかけに逆照されるように、明確な顔のあるべからざる〈女〉の奥行き＝神聖性がここでは最も怖れられ、かつ希求されている。このような「物語」への眼差しのプロセスは、あたかも池の水面に映した面影の輪郭が、鏡に映した映像のように明瞭になってゆくかのようだ。重要なのはここでも、体験を語る伊作が意識せずとも、お艶の「死（他界）」という、それ自体経験不可能な絶対的距離を持った出来事を前提にしているうえ、自ら求めてやまない奥様の「面影」をお艶という「女」に重ね、さらに「観音力」「鬼神力」の両義的存在としての〈女〉を描いてゆくそのロマン主義的な形而上性・権力性である。

　このような段階を経てその間接化された対象への眼差しは形成されつつ、三度目のお艶の霊の出現に至って伊作は狂乱に導かれる。伊作の分身を伴ったお艶の霊が出現する幻視の場面はたしかに、「筆者」の枠の問題とも相俟って読者に対しても直接的な衝撃をもたらすといえる。聴く者（読者）に対しても語る者自身にとっても保持されていた物語の内容に対する間接性が破られる事態とは、重層化された〈女〉の心象（イメージ）として語りの奥に留められていたお艶が、物語の枠を越えてその身体を見せつけることに他ならない。谷川渥はナルキッソスをアリスと対比して「映ることが移ることに直結しない悲劇」[16]（傍点原文）としているが、「眉かくしの霊」ではアリスとは逆に、対象の側が水面下（鏡の向こう）からせり上がってくるかのような、鏡像（イメージ）の越境的回帰が描かれていると言えよう。

　火事見物から逃げ帰ってくる伊作の眼差しには、女を「面影」という奥行きに留めたところで希求するといった構造が見て取れた。お艶の顔を奥様と重ねて語りだす男の眼差しは最後にこの距離を失い、その語りが語っていた〈女〉の、いわば虚像たるべき「面影」ならぬ実体と、直接立ち会ってしまっていることとなる。

石光泰夫は「なぜお艶様は、桔梗ヶ池の「奥様」の分身に化そうとするのか」という問いを設定したうえで、次のように述べている。

眉を青々と剃り落として、伊作に「似合ひますか」と訊いたとき、お艶様は桔梗ヶ池の「奥様」のイメージになりおおせている。そしてそれはまた、伊作のファンタスムのなかで「奥様」の占めていた位置を奪ったということをも意味する。(中略)「似合ひますか」——この問いかけは『眉かくしの霊』をテクストとして紡いでいる言葉のなかでも、ひときわ特権的なシニフィアンである。それは両義的であるしかないイメージ——生死が分明でなく、所有できているのか所有できていないのか、幻覚なのか現実なのかが不明であるしかないイメージが、それでも言語として組織しうることの証しである。桔梗ヶ池の奥様はものを言わない。沈黙の身体である。(中略)それは両義性に貫かれた言葉として、われわれが普通にコミュニケーションしているレヴェルでの問いと同じものではありえない。訊いているのではない。「私はあなたの欲望するあの身体でしょう」という、いわずもがなの、だがそれがなければ関係も雲散霧消する確認を伊作に対してことさら遂行しているだけなのだ。(17)

これはお艶にとって「「奥様」という起源の身体」が、伊作の語るイメージとしてしか存在しないことを逆手に取った鋭い解答である。だとすればさらに、以後の伊作の体験として、分身化された自己を伴って目の前に現れた「女」はもはやその語りに内面化された奥行きに留まってはいないだろう。むしろ、お艶の霊は「イメージ」される「沈黙の身体」としての奥様(の面影)から、ここでは完全に分離しているとも言えるのではないか。鏡像が左右逆像になるのと似て、その姿が奥様そっくりだと描写すること自体にずれが孕まれている以上、伊作がその「個」としての顔を(それ自身も視線を投げかけてくるものとして)直接見せつけられるのは脅威であり、その距離を保ち続けるためにこそ伊作は逃げ続ける。末尾の幻視の場面はこの、いわば「可恐くはない」「怨まれるわけはない」ものから敢えて逃走する遂行的な語りの帰結だが、それは「物語」として隔てられてあるべきお艶の身体が向こうからこちらに近づいて来るのを直視するという意味で、このうえない脅威なのである。

この構図は、先にも触れた「姦通事件」にも対照的（対称的）なかたちで示されてもいた。「「お妾でさへ此のくらゐだ。」と言って私を見せて遣ります方が、上に尚ほ奥さんと言ふ、奥行があつて可うございます」と大蒜屋敷に出向くお艶（蓑吉）は、伊作がまさにそれを「奥行」として語り出しているのとは逆に、自身は画師の細君を「奥行」とした表層の身体を見せつけようとしている。つまり、お艶が奥様の「イメージになりおおせ」るとき、すなわち鏡像＝分身として重層化／神格化されるとき、同時にそこに回収され得ない実体＝分身として回帰するということである。石光の言う「われわれが普通にコミュニケーションしているレヴェルでの問いと同じ」側面を、テクストの遠近法として消失させてしまうのではなく、いわば鏡の向こう側に完成する対象としてのイメージと、鏡の表面に出来する主体性を持った身体との分裂ないしは同時性こそが問題なのである。そもそも境と伊作の前で鏡に向かって化粧をし、振り返って「似合ひますか」と問いかけるお艶は、桔梗ヶ池の奥様と美を競い、一体化しようとしたとして、その承認を求めるためにまず自らの「顔」を直接「見よ」というメッセージを発したのではなかったか。その時彼らもまた振り返るお艶の「大な瞳《おほき》で熟と視」られている（三）のであるから、この「見よ」というメッセージは、語り手の一方的な眼差しとは意味を異にし、物語の主体を見られる身体として対象化するものでもある。したがって伊作の自己像幻視は、お艶の「大な瞳」という、表層にせり上がってきたもう一つの「鏡」によってもたらされた、自己の分身化であると言うこともできよう(18)。

渡邉正彦は「自らが意識的に禁じ、無意識に追いやった不可能な、自分を破壊しかねない危険な欲望」が「幻視された自己像に託されて遂行される」として「欲望の分身化」を説明したうえで、末尾場面を次のように解釈している。

伊作が自分の分身を見た理由は明らかである。彼は彼女たちと再び会うこと、ともにいることを願っている。しかし、彼の願望は、抑圧されている。伊作の分身は、そのような危険な欲望と、恐怖と不安に引き裂かれている伊作に対して、一方ではその欲望を実現し、他方では死から伊作を防衛するために出現する。つまり、両価的な存在である。したがって、お艶とともにいる伊作の分身は、恐怖すべき存在なのである[19]。

渡邉が言うように、伊作にとっての脅威は、見えるはずのないものが見えるという単純な事実以上に、そこに引き裂かれた自己がいることであり、またお艶と自らとの関係を間接的なものに留めていたその欲望が、そこで直接に実現されてしまっているという大きな逸脱である。その意味で、お艶の霊は単に作中の「女」たちと重層化・一元化され「物語」化された奥行きとしての心象（イメージ）ではもはやない。ここに伊作自身の分身を伴って現れたお艶の霊は、語りが不在のものとして隠蔽していた表層の顕在化である。

オットー・ランクに依拠するならば、分身は「死の不安からの回避」としてあると言えるが[20]、逆に、というよりは従って、伊作はここで、ナルキッソスさながらその鏡像（イメージ）を慕って水に飛び込むことによって一種の「死」を体験すると言ってもよいだろう[21]。水鏡に見入る伊作の疎外された眼差しのありようからいえば、そこに映った面影がまさに越境してくるのがこの自己像幻視であり、それは伊作の幻想を遮断する回帰である。伊作自身が戦慄するのは、お艶も自身も〈他者〉として語りの外部から現れてくることに対してであり、それは対象（イメージ）と自分自身の、視線の交差にも似た、物語＝鏡に対する双方向的な越境に見えているはずである。ただ再度確認しておいてよいのは、お艶再登場ならびに「座敷は一面の水に見えて、雪の気はひが、白い桔梗の汀に咲いたやうに畳に乱れ敷いた」というクライマックスが、これまで述べてきたような重層化のレトリックの極致としてあることである。つまりそれは、伊作の眼差しが示すナルシシズム的な語りの構造（伊作—境の語りが示す構造）の帰結として極めて幻想的なものであり、しかし同時に自足したイメージの論理を遮るようにして表層に立ち現れてくるという意味で、現実的なものでもあるのだ。希求／逃走を遂行するアンビヴァレントな語りの帰結としてその奥行き（映像＝心象）が表層（映像＝実体）に接したとき、物語の遠近法によって支えられていた形而上性は完成＝崩壊するのである。「一面の水」となって、鏡像＝分身という対象も、またそれを見る主体も消滅した座敷はまさに、そのような鏡面としての物語のダイナミズムを明らかに告げている。

四　「鏡」としての物語

最後に作品全体の語りの構造に立ち返ることにする。錯乱した伊作はそれ以上語ることをしていないが、この体験を共有した境が「筆者」にそれを伝えている。つまり、伊作の語りは、奈良井から帰還した境、さらに「筆者」が語り直しているものである。鈴木啓子は、こうした枠組みでのそれぞれの審級がそれほど安定したものではなく、「より正確に自己の体験をたどろうとすればするほど、語る対象である旅の時間に立ち戻らざるを得ないという、わかち難い二重構造の矛盾」を孕んでいることを指摘している。(22)

本稿は伊作の体験を語り直す境という視点を特に分けず、伊作に焦点をあてて論述をしてきたが、分析の対象は境か伊作かということではなく、彼らの物語によって生成し、そこに共有されている眼差しや身振りである。（閉じられない）「入れ子」語りの審級の差こそあれ、「一」～「三」までの境の不可思議な体験が「四」～「六」で伊作の語る過去のエピソードに遡及してゆくことで、境と伊作はお艶の物語を共有することになる。したがって伊作の欲望と境の語りの意志（論理）の質的差異は重視していない。前節に述べた伊作の体験の意味としての「死」とは、本稿では「語ることができなくなった地点」と捉えるが、それは既に述べたように語りが遂行する希求／逃走、あるいは深層／表層の遠近法的な眼差しの完成すなわち崩壊に他ならない。つまり「眉かくしの霊」における物語とは、伊作が直面したような幻想／現実を映し出す装置としての「鏡」なのである。鏡の奥行きと表面を同時に見ることはできず（鏡像＝奥行き）、また実のところ同時にしか見ることができない（鏡面＝表層）という両義性が示すように、「鏡」としての物語は結局「幻想」と「現実」の二元論的な枠組みを無効にしてしまうような風景に帰着する。[23] それは物語を担う語り手としての主体性を揺るがす驚異であり、境という語りの代行者が水面を前にして保っていた微妙な距離感や、「筆者」に回帰しない語りの構造も、不安に怯える加虐＝被虐者としての〈男〉の造型とともに、こうした両義性を内在させる物語が必然的に要求するアンビヴァレントな構えとして捉えられる。

　実は同様の事態が物語＝鏡の裏面からも強固に保証されている。奈良井の旅館での噂によれば、本稿で論じてきた「物語」以前の時間から、怪異がたびたびおこっていた。

　実はその、時々、不思議な事がありますので、此のお座敷も同様に多日使《しばらく》はずに置きましたのを、旦那のやうな方に試みて頂けば、おのづと変な事もなくなりませうと、相談をいたしまして、申すもいかゞでございますが、今日久しぶりで、湧かしも使ひもいたしましたやうな次第《わけ》なのでございます。（四）

お艶の〈虚の時間〉（松村）が、内実としては伊作―境の物語が志向するものでありながら、明らかにそれを語る彼らの時間とは異なる位相に実在し、しかも彼らの時間に顔を覗かせている。これは作中に現実と異界が実体として併存する鏡花的世界観のひとつの現れであり、[24]「たそがれ」「逢魔が時」に関する発言に見られる作家鏡花の奥行きを持った世界観の反映でもある。したがってこの「異界」は、いわば鏡としての物語における「裏面」であり、物語における現実／幻想の遠近法が辿り着いた「表面」そのものではない。鏡花における素朴な信仰と鋭い方法意識はここにおいて表裏を接するのである。

　これまで述べてきたように、彼らの語りがもつ奥行きが表層に限りなく近づき、それが接する瞬間に物語は終わる。このことは、「物語」が「異界」との接点（境界）にありながら、それは「窓」のような透明な方法としてではなく、到達し得ない「裏」への志向を「表」の奥行きに映し出す、むしろ不透明な「鏡」として意識的に用いられていたことの証左となる。「むかうまかせ」や「文字そのものが已に技巧」「現実を現実としてのみ描き度は無い、現実を通して更に最う一層大きな力に至りたい」といった言葉で語られた作家の方法論・文学観もそうした前提に立って了解されねばならないだろう。(25)

「入れ子型構造」として語りが代行されてゆく構造、「語りの融化作用」として語る人物が異界に引きこまれてゆく構造は、作中人物がしばしば「物語」について自己言及するように、鏡花が一貫して用いていた方法である。鏡花的な「異界」や「幻想」が、「現実」や「近代」からのロマンチックな逃避の場としてあることを強調するよりも、まずそれらを映し出している物語の「鏡」的な側面＝鏡面に注意を払うことによってこそ、言葉そのもの、文字そのものの即物的な手触りに病的なまでに拘って表象の臨界点を探り続けた作家の想像力の問題に迫ることができるのではないだろうか。

注

（1）鈴木貞美『モダン都市の表現　自己・幻想・女性』（白地社、平4・7）、渡邉正彦『近代文学の分身像』（角川選書、平11・2）が日本近代文学史における「分身」のテーマの筆頭に鏡花を挙げている。

（2）清水潤「大正末期の鏡花文学―「眉かくしの霊」を中心に―」（『都大論究』35、平10・5）は、「「筆者」の過剰な表面化」も含めてその「表現構造の不安定性」を「鏡花という作家固有の時代的な変遷を超えた特性」ではなく、この時期の「小説手法上の混迷・模索の表れ」と捉えている。

（3）野口武彦「泉鏡花の人と作品」（『鑑賞日本現代文学3　泉鏡花』角川書店、昭57・2）、東郷克美「『眉かくしの霊』の顕現」（『文学』51―6、昭58・6）、山田有策「鏡花、言語空間の呪術―文体と語りの構造―」（『国文学』30―7、昭60・6）。

（4）渡邉正彦前掲書

（5）松村友視「時間―時間の物語」（『国文学』36―9、平3・8）

（6）鈴木啓子「泉鏡花『眉かくしの霊』―暗在する物語―」（『解釈と鑑賞』56―4、平3・4）

（7）サビーヌ・メルシオール＝ボネ、竹中のぞみ訳『鏡の文化史』（法政大学出版局、平15・9）。メルシオール＝ボネは、鏡の映し出す像は「影」であり「実体」のない虚像であるという前提に立つが、本稿は「眉かくしの霊」における「鏡」の機能を、虚像たるべき鏡像が実体として生成するに至る過程として跡づけるため、本質的な立場の違いがある。

（8）種村季弘「解説　顔のない美女」（『泉鏡花集成6』ちくま文庫、平8・3）は鏡花の女性描写について、「個性的に美しい顔にかっちり焦点を当て」ず、「あからさまな焦点の像が結ばれるにいたるまでの、暗示的な「それ以前」のイメージがしきりに枚挙される」こと、逆に「もやもやしたアトモスフェア描写を重ねているうちに、ふいに中心的なイメージがあざやかに出現してくる」ことを指摘する。また清水潤「模倣される「美」―泉鏡花「眉かくしの霊」とその周辺―」（『論樹』14、平12・12）は「実体らしい実体の確定されない」「起源の不明瞭な「美」が規範として模倣される」モチーフに、初出紙『苦楽』のメディア戦略が示すモダニズム感覚との同時代性を見ている。

（9）東郷克美前掲論文。なお萩原一彦「「眉かくしの霊」における構造の一貫性について―だらしのない絵かきのモチーフによる「二度め」の主題の反復―」（『上智近代文学研究』2、昭58・8）にも同様の指摘がある。

（10）高桑法子「『眉かくしの霊』」（『解釈と鑑賞』46―7、昭56・7）

（11）作中のイメージの連鎖にはその読みをお艶／奥様という〈女〉に導く側面があるが、他方ではそうした支配的な意味から逸脱する多義性を産出し、テクストの幻想性を支えている。この点については相野毅「泉鏡花の幻想性について―「化鳥」を中心に―」（『佐賀大学教養部研究紀要』29、平8・9）を参照。

（12）高桑法子前掲論文

（13）野口武彦「鏡花の女」（『国文学』19―3、昭49・3）。また、「形式論理」に対抗する「人間の感情」「絶対的な「美」」（石崎等「眉かくしの霊」『解釈と鑑賞』38―8、昭48・6）、「「桔梗」によって表象される他界的な美の原理と、「大蒜」によって代表される現世的な醜との二元的対立」（東郷克美前掲論文）などもその具体的な変奏と見做しうる。

（14）三田英彬「泉鏡花「眉かくしの霊」考―想像力と表現―」（『国学院雑誌』75―11、昭49・11）は、「虚心な漂遊の客」である境と「孤独好きの陰気な性格」の伊作に共通する「自然の幽界的性格」に対する両面感情を指摘する。また、森和彦「対極への視線—鏡花作品における人間像」(『弘前大学国語国文学』9、昭62・3)も「鏡花作中の人物には、対極を志向しながら、その世界を「語り」によって近付ける傾向」があり、「彼らの視線は、最初から「向う側」に向けられている」としている。

(15) 伊作の物語を内面化し、またそれを支えるように桔梗ヶ池の奥様を模倣するお艶の眼差しにも、そうした奥行きを見て取ることは可能かもしれない。したがってお艶の見出す鏡像(イメージ)は、伊作の見出すそれとまさしく「鏡合わせ」の様相を呈している。しかし本稿は鏡を前にしたお艶の眼差しと「似合ひますか」という問いかけは、「奥様」という奥行き(重層性)とともにあくまでも自らの身体という表層のレベルを見失っておらず、ここに物語の「鏡」としての両面性が真に顕在化すると考える。

(16) 谷川渥『鏡と皮膚　芸術のミュトロギア』(ポーラ文化研究所、平6・4)

(17) 石光泰夫「泉鏡花—身体のイメージ・身体の影」(『ｉｓ』67、平7・3)

(18) そう考えたとき、「山王様のお社」に参詣するお艶が「黒い目金を買はせて、掛けて」行く周到さは、「目を少々お煩ひ」という理由とは別に、伊作とは対照的に見える。

(19) 渡邉正彦前掲書。他に中谷克己『泉鏡花—心像への視点—』(明治書院、昭62・4)も伊作の自己像幻視を「意識的に生きなかった」「深層部の本来の自己」(傍点原文)と向かい合うこととしている。

(20) 鈴木貞美前掲書

(21) 種村季弘「水中花變幻　泉鏡花について」(『別冊現代詩手帖』1—1、昭47・1)にこの場面を「非在」の「境界面」による「死と再生のすれちがい」「交替劇」とする重要な指摘があるが、境もまた二度めの湯殿でこれと似た「水鏡」の体験をし、しかもその直後には「湯」に入ることに失敗して(拒まれて)いる。次節で述べるように、境が伊作の語りを代行する構造から、それは語りの枠と物語を担う主体としての「生死」に関わる。

　洗面所を打つ水の下に、先刻の提灯が朦朧と、半ば暗く、巴を一つ照らして、墨でかいた炎か、鯰の跳ねたか、と思ふ形に点《とも》れて居た。

いまにも電燈が点くだらう。湯殿口へ、これを持つて入る気で、境がこゞみ状に手を掛けようとすると、提灯がフッと消えて見えなくなつた。

消えたのではない。矢張り是が以前の如く、湯殿の戸口に点いて居た。此はおのづから雫して、下の板敷きの濡れたのに、目の加減で、向うから影が映したものであらう。はじめから、提灯が此処にあつた次第《わけ》ではない。境は、斜に影の宿つた水中の月を手に取らうとしたと同一《おなじ》である。(二)

(22) 鈴木啓子前掲論文
(23) 清水学『思想としての孤独〈視線〉のパラドクス』(講談社選書メチエ、平11・12)は、クレマン・ロセを引きつつ、「多くの分身物語は、もうひとりの自分の物語であると同時に、もうひとつの現実の物語でもある」とし、広義の分身がそもそも自己や共同体の同一性を構成する「外部」であり、かつその再帰が「ほんもの」「にせもの」の境界を揺り動かし同一性を攪乱するスキャンダルとなることを論じている。
(24) 野口武彦「顕と幽の八衢—鏡花文学の異界—」(『解釈と鑑賞』54—11、平元・11)
(25) 拙稿「「幻想劇」の舞台機構—泉鏡花「夜叉ヶ池」論—」(『日本文芸論叢』13・14合併号、平12・3)では、鐘ヶ淵の水面に佇んで合掌・沈黙する学円の担いうる「伝説」と新たな水面下の「魔界」との隔たりについて論じた。他にたとえば「歌行燈」(明43・1)の末尾、月が喜多八の面に「扇のやうな光」を投げ、「舞の扇と、うら表に、其処でぴたりと合ふ」描写やそれに続く「路一筋」の風景も同様に解釈できると思われる。

〔付記〕 作品本文の引用は『鏡花全集』巻二十二(岩波書店、昭50・8)に拠るが、旧漢字は新字体に改め、ルビは適宜省略した。なお、本稿は日本近代文学会東北支部第18回研究発表大会(平12・12・9 於仙台文学館)における口頭発表に基づき加筆・修正を施したものである。

泉鏡花「卵塔場の天女」論

——帰郷小説からの逸脱——

松田顕子

「卵塔場の天女」は、昭和二年四月『改造』第九巻第四号に発表された。これに先立つ大正十四年十一月、泉鏡花は親戚の目細照の仲立ちによって妹・諸江やゑと二十五年ぶりの対面を果たしている。それゆえ「卵塔場の天女」は年譜的な事実に基づいた考察の中で触れられる事が多く、特に鏡花研究に於いては「由縁の女」(大正8・1・1〜10・2・1)や「縷紅新草」(昭14・7)などと共に帰郷・墓参小説として同定されてきた。それは同時に作家の実体験という偏差を前提としながら、八郎を焦点化することと結びついている。(1)

しかし、八郎に言寄せることで肥大してきた故郷という問題系、ひいてはその《物語》を無闇に鏡花に還元することは、躊躇われねばならない。あまりに無防備に八郎の言葉が読み込まれてきた背景には、八郎がいわば鏡花の分身であることの免罪符があるように思われるが、実際には八郎の言葉・行動とは、八郎のみによって構成されているものではなく、それを後支えしている別の言葉に与って成立しているのである。

一、作家との距離

「卵塔場の天女」を論ずるに当たり、まず最初に俎上に上せねばならないのは、鏡花との距離であろう。「卵塔場の天女」を鏡花実体験の側から照射するとすれば、実の妹・お久との邂逅を果たす八郎にこそ鏡花が立っている事になり、それは従妹・目細照をお悦と仮定する上からも通りが良い。鏡花が故郷・金沢に対して抱いた屈折した思いは夙に知られている所であり、また当の八郎にとっても、故郷とは多分に夾雑物を含んだものだ。テクストから作家を排除するという埒を設けるのは容易いが、しかし敢えて鏡花を考える上でも、やはり八郎への過度の焦点化は不当であると言わざるを得ない。

〈――こゝで恥を云ふが――（崇拝して居るから、先生と言ふ。）紅葉先生の作新色懺悔の口絵に〉（十一）と照れる槇村に、鏡花自身の面影が代入されてくる事を考え合わせると、寧ろ作家の影は八郎と槇村の両方に分裂していると言えるだろう。鏡花研究の側に立って、八郎の体験の中に鏡花を重ね合わせるのが至極当然の成り行きだとすれば、同様に、紅葉との関係から槇村にも鏡花が代入されてしまう。否、寧ろ鏡花帰郷という事情を知り得る術のない読み手によっては、鏡花が〈雪国の都〉（一）出身だということを知っているか、もしくは鏡花が紅葉の弟子だと知っているかに依存して、作家の代入されるべき位置はずらされるのである。よって、彼らは二人ながらに鏡花の影であるとも考えられるだろう。

槇村と八郎は、鏡花の反映としての存在の根源が癒着し合っていながら、当然人格としては二つに分化している。こうした分裂と同化の様相は、作中、能の〈先生〉としての八郎と、学校教授で〈先生〉である槇村という事実に顕われているだろう。この〈先生〉は、相互いに呼びかけあうのであり、また他の者たちからも、八郎が〈先生〉と呼ばれ、槇村が〈先生〉と呼ばれるという錯雑した事態を呼び寄せている。

しかも、八郎と槇村の関係は、〈（私は謡や能で知己なのではない。）〉（一）という言及に留められており、一体化しながら、それに反して分裂した二人の関係とは一体何であるのか、作中で明言されはしない。自筆原稿によれば、この文章に続いて〈十幾年前、《職》が若い中で結婚した時、融通にも掛合にも私が一人で真《ママ》に立った。恩には掛けないが、一方ならず恩に被てくれる。……かた〲別懇だから、内証の事も知つて居る、〉とあり、また別所では〈惜い哉、橘の家の娘は若死した。八郎が居た、実は語学者の家の、実は私は息子なのである。〉と補足されている。孰れも原稿の段階で削除され、初出の『改造』にも、単行本『昭和新集』（昭4・4）にもない。そして、この記述に代わる八郎と槇村の関係が代入されないために、彼らは、昵懇の仲というには隔たりの感じられる身分にありながら、深く内証に立ち入った奇妙な関係を取り結ばざるを得ないのである。

尤も、本稿で扱うのは八郎＝槇村の図式化を通じた鏡花への還元ではない。もし八郎が鏡花と相即するならば、その最も効果的な形とは、槇村を消して、八郎自身が進んで語ることなのであり、右のような錯雑した事態は避けられた筈だ。寧ろ問題は八郎が語る事を避け、語り手を別に立てた所にあるだろう。つまり、鏡花自身は二つに分裂することによって相殺されていくのではないか。ここに志向されているのは、年譜的事実と露わに重複する《物語》が読まれる事の回避、あるいは強調であるかも知れないが、少くとも槇村も八郎も同様に鏡花である時、そこでは八郎だけを読む有効性が失われるのだ。

この「卵塔場の天女」の場合、作家を斥けては論じられぬ所が目に立つが、しかしながら、鏡花を踏まえ、且つ鏡花からテクストを読み解くことは放棄しなければならない。必要な手続きとして鏡花を導入することは避けられないが、同時に、そこに残された痕跡が、全く別の事態を証し続ける、それが「卵塔場の天女」というテクストの企みだろう。

槇村が八郎を記述することによって、必然的にこの《物語》は帰郷から距離を置くことになる。言い換えれば、八郎と槇村を同時に鏡花自身の漸近線として取る事で、帰郷・墓参の意味は限定されるのだ。題材の側からは墓参であり、帰郷であるテクストを――つまりは八郎の帰郷に他ならない《物語》を――別の枠組みの中で語ることで、故郷が相対化されるならば、八郎と槇村の非対称性の中にこそ、「卵塔場の天女」がどう描かれたか、という問題は顕在化するはずだ。

二、語られる者の矛盾

「卵塔場の天女」中、金沢と思しき雪国の古都を描き出す筆致は、異境を現出させようとした、旅人の目によって支えられている。

冒頭、魚市場[2]の描写は光彩陸離たるものがあって、三角錐の形に積まれた真っ青な蒼鬣魚は〈海の底のピラミッドを影で覗く鮮さ〉、茹だった蟹の堆い筵は〈油地獄で、むかしキリシタンをゆでころばしたやうには見えないで、黒奴が珊瑚畑に花を培ふ趣〉の如きである。一方で、槇村はこうした奔放な想像を下敷きにして、〈女護島の針刺〉で近松「平家女護島」を呼び込み、凡兆[3]「猿蓑」に収められた〈呼返す鮒売見えぬ霰かな〉の句のままの情景を見出す。鯉を縁にした〈「今夜から流れて走るぞね」「質屋が駆落しやしまいし」〉という会話に「阿国御前化粧鏡」を聞きながら、旅先の床しい情緒を潑剌として古典に重ねていくのである。そしていつしか魚市場の喧噪の合間を縫い取るように、大鮒が金鱗を翻して空を泳ぐ錯覚が浮き上がり、やがてこの鮒は、俎に鮒の頭が斬られるか、緋目高が鏡板を泳ぐか、というような形（十一）で八郎にも伝染していく。「卵塔場の天女」は水棲の生き物たちによって架空の水を横溢させており、その濫觴は槇村の目の中に映る市場にあった。

取りも直さず、このような実在の風景の読み替えは、魚市に入るのに〈先生はお客人〉だから、と言われて外套を着たままの〈私〉――異邦人である槇村の、旅先の嘱目に重ねている感情が、懐旧の情でないからこそ可能となるものだった。

景物を綴る筆には回顧がなく、感性がその座に取って変わる事ができたからこそ、自在に古典が呼び込むことができる。鏤められた古典文学は洒脱な諧謔としてだけ機能し、借り出されていた言葉は典拠に戻らず、意匠だけのものとして働いている。他の文学を通して様式化された風景は、凡兆の句と同じ風景に情趣を感じる風流人の意識の中だけに捉え返されるのだ。

こうした記述の中で、八郎の帰郷は、槙村によって〈此の土地のうまれで、十四五年久し振りで、勤めのために帰郷する――私の方は京都へ行く用があつた。其処で自然誘はれて、雪国の都を見物のため、東京から信越線を掛けて大廻りをしたのであつた〉（一）として、雪国見物の事情に付随して紹介された。そして更に宿帳を介して、その勤めと身の上が〈「能職」〉という言葉に寄せて説明されている。帰郷でありながら、帰るべき家の代わりに、職業を記して旅人の身許を確認する仮初めの宿によって、八郎は登場するのである。故郷喪失の図式は、既に一の時点から始まっており、たとえそれが〈帰郷〉と記されようとも、後戻りできる故郷は予め失われていると言っても過言ではない。

例えば、〈先生は土地のお客人〉（一）だからと言って、槙村には外套を着ている事を薦め、八郎は同郷人として魚市場に入る。しかし、魚市に外套を脱ぐ気遣いは、旅人と土地っ子を分けたのではなく、寧ろ単に〈「能職」〉を名乗るような捌けた八郎の気質にだけ通じる処があって、北国の魚市の中に八郎が溶け込んでいるとは言えないだろう。〈「能職」〉という肩書きで、同じ意味の〈音曲教師〉〈能楽家〉と峻別されてゆく、ここでの八郎のあり方は、槙村によって〈仔細は別にあるにしても〉という形で回避されながら、一の時点では、相手方・出迎えの挨拶など一揖あるべき由に敢えて触れられることなく、身なりの側から〈「能職」〉という記号を後付けされていく。〈紋付き、羽織、儀式一通りは旅店のトランクに心得たらうが、先生、細かい藍弁慶の着ものに、紺の無地博多を腰さがり、まさか三尺ではないが、縞唐桟の羽織を着て、色の浅黒い空腔を端折つて……〉という些かだらしのない様子が、〈まつたく、「家」や、「師」ではない、「職。」であらう〉として追認されていくのである。八郎が意図するところの〈「能職」〉とは、〈「家」〉や〈「師」〉に纏わる煩わしい人間関係の否定を含んでいた筈だ。ところが、槇村はそれを衣服の側から読み込んでいく。

槇村共々、傘を差し掛けて佇んだところは、まるで売り物の椎茸のように滑稽で、盛況な市場の中、八郎の位置は土地の気質に同化しているかにも見える。しかし、剥身屋の親仁に会釈する際にも〈「お邪魔しました。」〉という謝辞が〈故郷人に対する親しみぶりか、却つて他人がましい行儀だてか、分からない〉ように、八郎は外套と裾を絡げた着物姿を着替えられる人間であり、後者の姿は、前提としての外套を慮外に置けないのである。また、もう一歩踏み込んで考えれば、槇村が〈私は外套で入交つて〉八郎と一緒に佇立している構図は、八郎が外套を脱いですら余所者であることを示す記号を追補してしまう。

ここに示したように、八郎を記述し、そして規定してゆく別の視角が八郎像を生成するのであるとすれば、彼の心理それ自身であっても、主体の与り知らぬ所で組み換えが起こり得る。それは、テクストの中核をなす故郷という問題にも深く関わってくるだろう。

先述した通り、故郷は喪失されているが、八郎の葛藤がそこに集約されるため、依然として中心には据えられている。八郎の感情を規定していく故郷の記憶とは、就中、母の臨終と運動場の饅頭の匂いであり、八郎はこれを、お久という〈身内〉の問題と、〈餌食〉・〈餓鬼〉の問題として意識していると言えよう。これらの問題は根を分かつようにも見えるが、煎じ詰めれば同根の問題である。係累に取り付かれると、稼がないではいられなくなり、稼ぐためには謡屋にならざるを得ず、そして謡屋になれば、己の芸は廃れるという強迫観念、即ち芸と〈餌食〉=〈身内〉という問題が、このように分かち難く連鎖していることは、能舞台での失態の後、因縁の柳の袂で花瓶を砕いた八郎が、その手に煌びやかな舞扇を携えていたことからも分かる。秋草模様の花瓶には影絵の屋台が描かれており、この花瓶が身代わりとなった〈餓鬼〉の記憶と舞扇が代表する芸道の相克の中に、彼の葛藤が象徴されていた。花瓶は破砕し、舞扇が燃え上がって、そこには自死と再生が期されているが、しかしながら八郎は自らこうした苦悩から解脱できたのではない。

八郎にとって、能舞台の失敗は身から出た錆で、〈お久に対する処置ぶりが間違つてでも居るために〉起こったものであるが、八郎を打擲したお悦にしてみれば、お久やその一族、世間を無視し、八郎を自らの元に引き寄せる行為として、舞台へ上がって行ったのである。その論理は〈善知識〉〈神仏のおつげ〉とも、或いは〈夜叉悪魔の御託〉とも聞いた、〈血と肉と一つに溶けるのは、可愛い恋しい人ばかりだ〉という八郎の言葉に依拠している。この時、八郎の論理を代行していくのはお悦であり、八郎ではなかった。

ここに見られるように、テクスト内部の論理は、八郎の言葉だけを後戻りすることによって構築されるばかりではない。故に今一度、催能の日のカタストロフィーは、八郎以外の立場を取って読み直されなければならない。抑も舞台と桟敷の間の視線は様々に交錯し、必ずしも一つの像を結んでないのだ。八郎は天人を演じながら、饅頭の匂いを嗅ぎ、妹への負い目もあって己の蹉跌を痛烈に感じていたと言う。ところが、お悦は八郎が天人になりすぎていたことに不安を覚えており、また槙村は、打擲の場面で一貫して八郎を〈天人〉と名指してゆく。

それぞれが抱く天人の像は一致もしていなければ、連続もしていないだろう。八郎は自分の姿を天人とは信じていないが、お悦は八郎の天人の姿を破ろうとしており、それは実際、「羽衣」を破綻させることで成功した筈である。しかしながら、打ち据えられた後ですら槙村がそこに〈天人〉を見る時、これら天人をめぐる認識の間隙は、槙村によって埋められ、継ぎ合わされていく。そこでは演じ手・八郎の意識は消されており、事件そのものも、八郎が〈天人〉と記述される以上、破局とだけ位置付けることは出来なくなるのだ。

一方ではこの時、脇に控えた壮士連が八郎を侮辱するために舞台を見張っていたとも言う。士族達の陰謀によって、いずれにしても八郎の舞台が破綻していたことを示唆することは、お悦に猶予が与えられたのと同じである。そして同様に、お悦によって中断された八郎の芸は、天人に化した至高の瞬間を自らの手で崩壊させることなく、やはりそこでは猶予が与えられているのだ。また、破綻の可能性が読み替えられるだけでなく、立ち上がったお久にお悦が代わることによって、八郎がお久と真正面から対立する場面は忌避されている。ここで、あのカタストロフィーは失敗などではなく、決定的な破滅の回避ですらあったという逆説が生じるだろう。

　起こらなかった事態の蓋然性を次々に想起することで、士族やお久との対決が避けられたことを暗示し、最低限の面目を保つこと、そして舞台上の破綻を未然の刹那に置くことによって、問題の逸脱を作りだし、それぞれに猶予を与えているのが、槇村に他ならない。

　更に、続く卯塔場の場面（十）では、お悦と向かい合ったことが八郎の論理を隠蔽してゆく。総じて、お悦は行動の早い〈女天狗〉であり、辣腕の〈外交家〉として描かれるが、八郎にはこの度胸がない。十に於いて、圭角の取れた言葉で語る八郎に対して、〈何が又口惜くつて花瓶を打缺いたんです。〉と尋ねながら、同時にお悦は〈其の事ですよ。何だつて思ふがまゝにするが可いんです。〉と先回りし、八郎に行動を起こさせるために〈思つた事をしないで何するもんですか、毒に成つたつて留めやしない。〉と説いた。つまり、お悦がその教導役にまわることで、八郎にとっての問題の解消は持ち越されてしまうのだ。

　二人手を取り合って谷内谷内《やちやち》に身を堕とすのは、お悦にとっての解決に強く牽引されての事だった。しかし死人焼の人足になるという流離は、八郎にとっての十全な解決にはなり得ていない。火のついた扇で舞い、奈落へ堕する決意を固めた後でも〈勿論——しかしお悦さん……酒はこぼれやしまいね〉（十）とある以上、食物への執着はまだ染み着いている。この時の八郎にとって、芸道の透徹が餓鬼になる事と表裏一体にあるとしても、花瓶を割った決意と行動は抹消されてしまっている。

テクストは、〈身内〉・〈餌食〉と摺り合わせて相対化し、且つ論理化していた芸の位の高さを、それ自身以外の価値を放棄することで無条件に高めている。問題の摩擦の内に、八郎の論理はすり減っていき、一つの解決として放棄が選ばれるのだが、それは、お悦がそうさせたのであり、語り手・槇村がそのように見て取ったのであって、そこには八郎の関与は稀薄だ。己を語らんとしていた八郎と、〈身内〉・〈餌食〉と芸道の両存を投げ出した八郎の間には断絶が生じ、八郎という存在の一貫性に亀裂が入る。しかし、亀裂は芸道の絶対化によって繋げられており、後者に於いてこそ芸の完成が目指されているところに、テクストの詐術がある。

一見、芸道の抜きんでた価値の高さは至当のものとも見えるが、相対性が絶対性へと転化するプロセスの前後に、様々な矛盾を孕むものでもあった。棄てきれない餓鬼根性や、お久にした仕打ちへの改悛、お久を罵倒しながら、一方で祖先へ花を手向けるような行動の矛盾を八郎は抱えている。だが、こうした摩擦は、かつて自らが試みた論理化の枠外に出ることで隠蔽され、お悦と共に姿を眩ますことで無化されてしまう。しかし、そうしたところで、芸のために身内を犠牲としながらこの地から立ち去りもしないとすれば、八郎は自家撞着から免れてはいない。

これらの欺瞞は八郎にとって重大な自我危機だったに違いないし、おそらく、この矛盾を八郎の側から再検討することは可能だろう。死んだ彼の一族は芸道に関わる人々であるとして無芸のお久を排斥し、祖霊たちに導かれる八郎を措定するのは容易い。しかし、そこで放射線状に拡散した八郎の言動を一点に束ねていく芸に権力性を付与しているのは、八郎であるのと同様に、寧ろ槇村ではなかったか。全ての言説は芸に引き寄せられ、自律的にそれが上位概念として作用し、あらゆる価値を決定していく。従来、自明のこととされてきた芸道の至当な価値は、本来は空無的なものであるはずであり、それを意図的に拡充しているのは、八郎だけではない。その価値を補強しているのは槇村も同じなのである。八郎の逡巡は、語り手たる槇村が本領として見出していく芸によって閑却されざるを得ないだろう。例えば八郎は、花瓶を餓鬼根性と一緒に壊したが、槇村はその破片を芸に回収して〈石に化した羽衣を、打砕いたやうである〉(九)と見たように。

そして、こう考えた時にこそ、何故八郎が故郷への憎しみを昇華させることなく、故郷に留まり得たかという疑問も解き明かされる。谷内谷内を故郷の圏外に排除し、その場所を故郷ではないと措定するのならば、確かにそこは市内ではない。但し、八郎がお悦に死人焼きの人足の口を求めた時、八郎はそこを去ることを念頭に置いてはいなかった。谷内谷内が境界線上にあったとしても尚、故郷の圏内を出ようとしない八郎に対し、テクストはどのように猶予を与えたのか。八郎と槇村を同時に読み込む時、八郎が抱く故郷への怨嗟は、《物語》全体の中で位置を移動するはずだ。

もともと、この古都――金沢と察せられる――を、槇村は聖なる場所として捉えている。〈此の魚市場に近い、本願寺別院末寺――と称へる大道場へ、山から、里から、泊まりがけに参詣する爺婆が、また土産にも買つて帰るらしい。〉(一)にいうように寺が数度、作中に登場しており、しかも必ず寺を見霽るかすようにして作中人物達は動いていた。例えば〈「あれが本願寺……」と雲の低い、大きな棟を指さしながら〉紅屋に入る小路を曲がり(三)、寺路町にある橘家の菩提寺が、将に卵塔場の天女の具現する舞台となっていく。この寺の和尚は〈中山派の大行者で、若い時は、名だたる美僧であつたと聞く。谷々の寺に豣する、題目の太鼓、幾個寺か。皆此の老和尚の門弟子ださうである〉(七)から、ここから広大無辺の、清浄な結界が敷かれていくのである。

また、槇村が汽車の中から遙拝した白山の麗容は、早川美由紀(4)『「卵塔場の天女」考』に於いて、白山信仰という聖性を後付けられた通りだ。但し、これを作中で全く触れられることのない花祭りの《生まれ清まり》といった背景から支えずとも、「歌行燈」(明43・1)の剣ヶ嶽の裾で、能楽界の鶴と謳われた恩地喜多八が無芸のお三重に舞を教えた通り、芸道修行の場としての山が夢想された、と考えることもできよう。白山に対する鏡花の讃仰の思いは、確かに「伯爵の釵」（大９・１）など、他作品とも経絡を持つが、そういった素地を着想の礎にしつつ、芸能修行の場としての霊山が選ばれた可能性も考慮に入れておきたい。白山の裾野に野三昧をしている八郎とお悦が幻視されるのには、彼らの出奔が芸能の修行である事が、槇村によって強く期待されるからであり、それゆえにこそ、芸能修行の場としての谷内谷内よりも相応しい山が聳え立つ。

ここでの要諦とは、槇村が捉える雪国の都と、八郎の感情に隔たりがあることである。槇村は当初、〈これは驚いた……予て山また山の中と聞いたから、崖にごつ〳〵と石を載せた屋根が累なつてゐるのかと思つたら、割合に広い…〉（三）と誤解していたようだが、中盤ではこの位相を脱している。翻って八郎の故郷観なるものは、好転するどころか、相も変わらぬ士族の俗物根性に加えて、妹・お久に対する違和感などから悪感情は増幅されてもおかしくないのだが、その八郎を記述しているのは、あくまでも槇村であった。

「卵塔場の天女」は、槇村の旅先の印象としての聖性を、八郎の芸道修行の場といとわしい故郷との緩衝地帯にして折り合わせている。八郎の側からのみ読み込んだ時には、彼が故郷に留まる意味は見出されないが、槇村こそが八郎の芸道修行が故郷で行われるための素地を作りだしており、八郎はこの地に修行の場になり得る正統性が補償されて初めて谷内谷内に留まることができ、同時に槇村の意識を介して、谷内谷内から白山への飛躍が可能になるのである。

言うまでもなく、槇村が車中に遠く霊峰を眺めやりながら幕を閉じる一篇中の根底には、「羽衣」において、愛鷹山から富士の高嶺へと舞い上がった天女の図が秘められている。八郎の言伝によって槇村が白山を眺望するのだとしても、この構図を再現しているのは槇村であって、八郎ではない。この風景は、八郎の芸道修行を槇村が引き取り、強化していくことを露呈し、引いては《物語》内での槇村の恣意的な視線を可視化するものであった。

三、《物語》を再構成する力

では、槇村は、八郎やお悦の《物語》を見る側の人間として、その視線に派生するような権力を携えて布置されているのだろうか。改めて、槇村の語り手としての性質に注目したい。

語り手として敢えて槇村が選び取られる時、彼の果たす役割は、風景を一つの視角で切り取るだけではなく、《物語》全体の構造に恣意的な枠組みを与えることにもあったのは既に述べた。

「卵塔場の天女」は金沢泊二日目と三日目を主な舞台に取り、大きく分けて一から三までの市場、四から六までの紅屋、七から十一の催能をめぐる事件で構成されている。この三つの場面が、序破急の形を取る事には改めて贅言を費やすまでもないにしても、極度に手を加えられた時間構成を初読の段階で把握するのは難しいだろう。しかし、この時系列の捻れは、厳格に整序された叙述を足掛かりにしてのみ構築できるものだ。小林芳仁[5]『「卵塔場の天女」論』では〈お〻むね現在・過去・現在のパターンが反復し、つまり時が往還しつつ物語が進行してゆく。現在は過去との因縁において存在し、現在を語るために過去から現在に至る過程の出来事が説明されるわけである。〉と述べられているが、こういった錯綜した記述を後付けしていたのも、槇村に他ならない。

凡そ場面転換の全ては槇村の頭の中で起こり、現在を機縁としてその因由を説き起こすように場面は敷衍されていく。挿入された場面は、槇村の意識の中でのみ働いて過去へ遡行し、一瞥した限りでは混沌として見えるのだが、この飛躍は予め決められた叙述段階での現在なくしてはあり得ない。確かに、その叙述の現在も回想の背後で同時進行しているため、特に一〜三までの時間の錯綜には甚だしいものがあるだろう。但し、過去・現在はその関係性に於いては誤謬を含まない、機械的なものである。

しかし他方で、槇村は厳密な時の運行を保証している訳ではない。《物語》の整序という点について槇村は誠に都合の良い装置であったが、それは槇村の意識が《現時》という定点を示す時、危うく揺らぎを見せる。〈当国へは昨夜ついた。〉（一）と初めて相対的な時間軸が提示される時、一日前の昨日を持ち出すため、まるでそこに今日という現在が存在するかのようでありながら、実際には、この旅行自体が過去の事として回想されていて、叙述側には綻びが生じている。

槇村はまるで自分が立っている《今》・《ここ》かのように錯覚させながら、過去を語る。その時、かろうじて槇村は自らの存在感を示すことができるが、結局のところ、それは槇村が人格的な側面ではなく、機能としての一面によって要請されていることをも暴露してしまうだろう。槇村は相対的な時間を継起させていくための定点であり、その機能によってテクストは間然することのない結構を可能にするのである。

しかし、槇村の意識が時間を構成していることは、《物語》に対して、それ以上の恣意性をも滑り込ませていた。六の仏間での出来事を槇村は体験できないため、槇村の情報を補綴するように〈私は小さな料亭の古座式で、翌夜、雪代夫人から、対座で聞いた。〉と容喙されるのであるが、これは三日目夜中に聞き及んだ事実から再構成されており、時間構成は、槇村の意識の前後に従いながら、一方では事実の再秩序化も行っている。つまり、料亭・一柳の席に於いて、雪代に語らせても良かったはずの顛末を、ここに入れ直しているのは、槇村の作為に他ならないのである。

しかしながら、槇村を、物語を語る権力を全面的に委譲された存在と位置づけるのは尚早だ。槇村と八郎の関係は、語る者と語られる者の関係性を踏襲してはいるが、前者を権力化しようともその関係そのものが解明されることはないだろう。情報が限定されていることが槇村の語り得る範囲を狭め、彼が補綴する《物語》には、取りこぼしが必ず生じてしまう。お悦の性質が本来〈霜夜の幽霊のやうに寂しい〉ものであることや、八郎の矛盾などは、彼の再構成の力に捕捉されないだけでなく、単純に槇村に立ち入ることができないのでもある。

抑も、槇村は聴かないふりをした人物としてしかお悦と八郎の物語に介入していない。話に立ち会う時の彼の資格は、常に《いない人》である事によって保証されている。〈槇村さん、聞かない振りで居て下さいよ〉〈飛んでもない、いづれ先生には更めてお話ししますがね――其処でだ、姉さん〉（三）や〈――八郎さんに逢ふまでは何にも聞かずに下さいましよ〉（八）という等閑にされた存在――声を聞くだけで内容の外部に立つからこそ、八郎とお悦の《物語》に参与する事が可能だった。換言するならば、《物語》外部に逐われながら、それでも尚《物語》に立ち会っている、こうした枠組みとしての槇村を通して、芸に対する情の桎梏、お悦・お久・八郎のやりとりが盛り込まれていく所に、「卵塔場の天女」が成立するのである。

四、《物語》と語り手の位置

このことは、槇村が《物語》に対して不在の語り手としてだけでなく、物語内存在としても要請されている側面への注目も促すだろう。

槇村に福助人形が見えていたことに引きつけて考えれば、この不思議な存在を部外者である筈の槇村が何度も見掛けている所に、この《物語》の登場人物たり得る資格が与えられていたとも言える。

やや迂路を取ることになるが、福助の存在をテクスト全体の中に位置づけることで、槇村の位置が確認できるはずだ。「卵塔場の天女」では、略ぼ全ての人の上に身体の徴が傷つけられている。この問題に対して鏡花小説という大きな範疇を設けると些か大雑把ではあるが、盲人に対する鏡花の偏執などから、基本的に人物の身体性が精神性を規定していく側面から考え直してみたい。テクストは身体を通して人物の本性まで語り始めるのである。「卵塔場の天女」でも同様に身体の瑕疵は精神性を表象していた。

まず八郎は、駢指に怯えている。これは本来、お久に向かって〈――何？きやうだいは五本の指、嘘を吐け。―

―私には六本指、駢指だよ〉と癇が立って叩き付けた言葉であり、将に天人の舞が始まろうという直前、桟敷にお久が立ったのを見て躊躇した場面を、駢指が立つと言った様相が重なるだろう。お悦と遁世する十一の場面では、お悦の夫が駢指であり、八郎は青めりんすの世間と駢指の身内、両方共に捨てる覚悟をもする。但し、催能の前に〈未熟ながら、天人が雲に背伸びしますまいが、此の手首は白いどころか――六つ指に見えなければ可いと思ふんです――〉（八）と悄然とした八郎には、当初の意味から乖離した駢指の意味が派生していた。六本目の指が芸の未熟ゆえに見えるものとして転化されているのであり、その駢指は血縁の象徴ではなく、八郎自身が自らの肉体へ背負っているものである。

この指という部分が如何に重要であったかは、八郎の養父であり後に舅となる当流の元老が、白い手に執着した事からも分かる。錦繍を纏って、天冠と女面を着け、しかも長絹の舞衣まで被いた「羽衣」のシテにとって、唯一外に晒された肉体こそが芸の精髄であり、それが変化する事が即ち、芸の蘊奥であった。持ち重りする豪奢な舞扇に匹敵するだけの指先の白さは、能役者の花であったからこそ、駢指という恐怖が迫ってくる。故にお久の干した蝦蛄のような指は、八郎にとって最も忌むべきものとして内面化されていたのである。

また、お悦は、更に明瞭な疵を持つ。〈女の一生に、四五度、うつくしい盛があると云ふ、あの透通るやうな顔に、左の眉から額にかけて、影のやうだが疵のあとが幽かにある。〉（二）という緋目高は、最初、お悦の疵として影射すのである。窈窕な姿態で描かれる女の顔の、目立つ所に印された疵は、〈娘の時、私の額の疵を、緋目高と云つたお礼を兼ねてね。〉（三）とお悦が懐かしむ時、八郎とお悦の不変の絆になるだろう。障子が新しくなって襖が変わった、畳の綺麗な紅屋の中で、石菖鉢の緋目高が代替わりしても生き続けている事が、〈それでもやつぱり私の内さ、兄さん…〉の寂しい内容になっていく訳だが、これは緋目高に託けて、お悦自身が変わらない事の謂いであった。

如上の身体性は意味付けをそれぞれ異にするものだが、中でも甚だしいのは福助で、この不思議な人形もこういった身体の異常性から選ばれたものだろう。

福助人形は童形ではあるが、子供ではない。本来の福助人形とは、畸形の商人の店が大いに繁盛したのにあやかって広く商家に飾られるようになった、招福の縁起物だ。幼子が裃を附けて畏まっているのならば、可愛らしいで済むものが、異形の侏儒と認識された時、幻視が始まるのである。

福助の出現の様相を見ると、お悦自身が〈私が何かしようとすると、時々目の前へ出て来るんです。〉(十)と語り、槇村が〈紅屋の内儀の貞操はおでこの古福助の煤の頭にある〉(十二)と想像するように、お悦に関わりがある。また、福助の容姿は〈其のお悦の袖の下にあつた、円い白い、法然頭である。此の老人は、黒光りする古茶棚と長火鉢の隅をとつて、其処へ、一人で膳を構へて、こつねんと前刻から一人で、一口づゝ飲んで、飲んでは仮眠するらしかつたが、ごッつり布子で、此の時である。のこ〳〵と店へ出て、八郎と並んで座ると、片手を膝について〉(六)という老人の姿に重複していく。この老人は、齢七十に近いお悦の夫として差し支えないだろう。元々、福助人形が家の守り神として据えられている事を考えれば、板敷きの框に座って〈ほたりと笑って〉いた老夫が、六で詰め寄る出迎えの一連を退かせたのも納得できる。従って、福助は基本的には禍々しい性質のものではなく、紅屋の家付きの娘であるお悦を家に引き止める力が可視化されたものであろう。

そして、何よりもこの不思議な幻視を体験しているのは、お悦と槇村だけであった事は示唆的である。ただ、お悦が〈私が何かしようとすると、時々目の前へ出て来るんです。〉(九)と語った見え方と槇村の前への出現は微妙な誤差があったものと思しい。槇村は敏感に紅屋に入った最初から福助人形の怪しさに目配りしている。槇村には[6]〈店の隅なる釣棚の高い所に、出額で下睨みをしながら、きよとりと円い目をして、くすりと笑ふ……大な、古い、張子の福助を見た。色は禿げたが、活きて居るやうで、(先には店頭にあつたのだと後で聞いた)——息子は好男子なのに、……八郎の言つた福助の意味も分かつたが、何処に居ても、真夜中には、ふッと抜けて、屋の棟にちよんと乗つて、こゝの一家を守りでもしさうで、且つ何となく、不気味だつた〉という福助が見えており、この後にお悦と初めて対面するのである。また、雪代と顔を合わせる際にも〈「いや、昨夜は――」と其の店仕きりの暖簾を潜る時、隅の棚の、あの福助に思はず声を掛けやうとしたのには、あとで自分でも妙な気がした〉として、先に福助と目線が合っている。槇村にとっては、お悦やお雪などの出退に福助が関わるのである。つまり、お悦にとって《家》の羈絆としてある福助が、槇村にとっては、紅屋の領域に纏わるものであった。これは彼の炯眼というより、雪代との関係が暗黙裡に存在し、しかしそれを回避した資格によって見出す事が可能だったとも言えるだろう。

お悦だけでなく槇村も目撃する事によって、福助は幻覚ではなくなり、必然的にお悦を束縛する力は強化されるが、それとは別に、槇村を《物語》の直中に立たせているのも、やはり福助を見る事ができた、その資格によるものだ。それが一体どのような資格であったかと言えば、それは雪代との一柳亭奥座敷の対話で〈私にしても仮に此の雪代夫人と……〉と想像し、〈私は危なく其の背に手を当てようと〉するように、お悦と八郎に対置された、雪代と槇村の《物語》に他ならない。

やがて十を最後に八郎とお悦は姿を消すが、作中、中心的に動いていた人物達が退出するのと交替して、俄に雪代と槇村の関係が立ち現れてくる。雪代との一柳亭奥座敷で危うく禁忌に触れようとし、そこで初めて槇村は語り手の機械的側面から物語内存在として前景化されることになる。

如何にも唐突な挿入だが、ここでは、駆け落ちするようにして身を落とした八郎とお悦を相対化する存在としての槇村と雪代が招来されている。それが雪代であったことは、彼女だけが身体に傷を負わず、〈天人〉[7]になぞらえられ、また一方の槇村にしてみても、語り手として自らの肉体が記述されないことで、互いに等質な存在となり得たためだ。その反面、福助が槇村に見えるのは、彼が紅屋の道徳に規定されていたことも意味し、それゆえ雪代との関係を押しとどめることにもなってゆく。
また、ここで八郎・お悦と槙村・雪代が対比されることを考えるならば、従来の研究(8)に於いて、八郎とお悦の《物語》を兄妹の近親相姦の物語とする読みを反転させるだろう。十一の停車場、弟と一緒に別れを惜しむ場面では、結局、八郎とお久に成らなかった姉弟（兄妹）の睦まじい姿を雪代と彼女の弟が補完しているように、《物語》は幸福な結末に軟着陸しようとする。その際、槙村は《物語》の語り手としてでなく、物語内の存在としてそこに立ち会っていた。

結び

八郎の足取りは谷内谷内の奥に絶えたが、槙村は名を明記されない雪国の都から京都へ向かう。この地が留保された金沢でしかなかったように、テクストは作家から一定の距離を保った所に成立するものであった。そして、槙村の視線に白山が捉えられる時、帰郷が齎した様々な八郎の葛藤を超越し、芸道という至上の価値だけが残されていく。

八郎はまだ帰京せぬ。
――細君は煩つて居るのである。

形式上、《物語》は、この二行によって完全に過去の方へ押しやられる。ここに於いて叙述は、本来槙村が存在している現在へと到達し、「卵塔場の天女」は八郎の細君が煩っているという作外の事実を以て、再度、物語内容を反照していく。八郎の意図が不在のまま、それを槙村が書き留める時、僅か二行ばかりの附言は、八郎の芸道修行への一徹を裏打ちするかもしれない。確かに、八郎はいまだ餓鬼道から天人までを翔け上がろうとしているのだろう。

しかし、その直後に顕在化するのは、紅屋で語られた八郎の言葉と行動との相剋である。八郎の芸道修行が今尚続くことだけを記すのならば、妻の煩いは持ち出されない筈だ。八郎はお久の家族に対する罵倒の中に、妻を拝むように扱えと自らの信条を口にしていた。ここでは八郎出奔の意味がお悦との逃避として立ち現れてしまうために、八郎への非難とも、また八郎が自らの細君をお久に作り変える業の連鎖にも見える。但し、八郎の言葉を今一度なぞるのならば、一方で世間を棄て駢指を切る覚悟と一致してしまい、姦淫の罪としては、やはり猶予されることになるだろう。天人に成り澄まして居れば、〈人間なんぞにかかはりはないのだけれど〉という言葉もあって、芸のために妻が棄てられるという結末をも予期させる。

こうして八郎の行動と言葉が鬩ぎ合う中に、テクストは閉じられた。だが、この附言が、紅屋や卵塔場で披瀝された八郎の論理と強く結びつくのとは裏腹に、ここでは八郎自身の言葉は付け加わってはいない。先にも述べたように、八郎の言葉から全てを解釈することは不可能だろう。この末尾から全体を捉え返した時、八郎の論理に対する批評的視座が逆照射され、その上で八郎の論理が紡ぎ出されてきたこと、且つその位相を創出するに当たって、槇村という視角が果たした役割を無視することはできないのである。

注

（1）殿田良作「泉鏡花の実際と作品」（『国語国文』昭37・7）
村松定孝「作品解題」（岩波版『鏡花全集』別巻）
また、村松定孝『泉鏡花』（文泉堂出版／昭41・4）、笠原伸夫『評伝　泉鏡花』（白地社／95・1）等が「卵塔場の天女」を伝記的事実に即して触れている。
これらの先行研究に従って、四でのお久の繰り言は、そのまま諸江やゑの人生が反映されているものであり、また母親の臨終場面も、鏡花の感慨が反映されていると考えて良かろう。加えてここでは、そのお久に関して、事実関係に殆ど破綻のない「卵塔場の天女」だが、唯一お久の年齢だけが齟齬を起こしていることを指摘しておく。お久十七の年に夢のように一目会って以来、兄妹は二十四五年振りの再会だと語られるが［注・八郎は十四の年と勘違いをしているが、ここではお久の言が正しいだろう。］、事実は八郎が三十九歳なので、これは計算に合わない。抑も、八郎が痛ましく語るように、九つの時に母親を産褥で亡くしたのであるから、作中のお久はこの時三十である筈なのだが、この記述を鵜呑みにすると、四十を超えてしまう。自筆原稿の段階で、お悦の年から逆算して雪代の年齢を〈二十四五の中年増〉から〈二十二三の中年増〉（五）に改めるなど最新の注意を払うらしく見えたが、お久に関しては自身とやゑの関係を導入しているために整合性を欠き、十歳（明治十五年十二月）に母を亡くし、十七八（明治二十三年）の時に一目会って後、二十四五年振りで妹に再会しているのは、鏡花の方であって、如何に作品深くに実体験が染み透っているかが伺われる。

（2）　三品理絵『市場のブリコラージュ—泉鏡花の「古狢」試論—』（『神戸大学文学部紀要』平12・3）は、昭和期鏡花が市場を冒頭に書きだした小説、「卵塔場の天女」「古狢」（昭和6・7）「菊あはせ」（昭7・1）を扱い、市場の機能について論じている。「卵塔場の天女」への言及は少ないが、市全体を〈魔の出現する場〉〈異界を垣間見せてくれる場〉とした。また、「卵塔場の天女」と「古狢」の市場描写を例示した上でものの羅列によって井原西鶴の「列挙法」の影響を見て取る。

「卵塔場の天女」に於いて市場が出てくる意味とは、お久との邂逅が夕食の席だったのと同様、結局は〈餌食〉の問題に集約されるだろう。市場は生・死の縒り合わされた「卵塔場の天女」の雰囲気の醸成に一助を貸すが、〈再生〉と〈解体〉のように截然と分離されたものではなく、それがあくまでも「餌食」という点で生死が混淆として混じっているところに要諦があるのだろう。

（3）　凡兆の句は、談話「自然と民謡に——郷土精華——」にも紹介されているので引いておく。

凡兆の句に「呼び返す鮒売見えぬ霰かな」と云ふのがあるが、冬の故郷の情調は、此の一句に尽くされてゐる。金沢の近郊には河北潟と云ふのがあつて、周囲三里の湖であるが、潟から鮒や鯔などが沢山に漁れた鮒を大原女のやうな女が、矢張盤台を頭に戴いて町に売りに来る。中々それが懸値を云ふ。霜月の、殊に雪や

霰などの降つた日には、よく此の鮒売の女の呼び声が、シツクリと寂れた情景にあふ

(4) 早川美由紀『「「卯塔場の天女」考」』(『論集　昭和期の泉鏡花』おうふう／平14・5)

(5) 小林芳仁『「卯塔場の天女」論』(『昭和文学研究』第十二集／86・1)

(6) 「祇園物語」(明44・7)などにも、挨拶をするかのような福助が登場している。

(7) 般若の面か天人の面か、という諧謔を弄する槙村の〈甲羅酒のやうに聞こえますか。それとも雪代さんの顔…〉(五)という言葉によって、天人の面差しは露わに雪代に重ねられている。〈天人を待つ間の人間の花かと思ふ〉(八)と賞揚され、天人と拮抗する美しさは雪代の中に保存されていくのである。また、「羽衣」は、天女の舞い衣をめぐるやりとりであるから、魚市でお悦が八郎の外套を受け取った事や、六で褞袍を出そうとした事は当然、「羽衣」に重ね合わせる意図があったのだろう。とりわけ雪代が八郎に〈紺地に薄お納戸の柳立枠の羽織〉(六)を着せる下りでは、謡の本しか見ない輩に映る〈天人の顔は黒痘痕〉だと醜さを己の身に引き受ける八郎が、雪代の羽織に隠れるようにしており、雪代の性質を天女に比定している。

(8) 橘正典「墓と赤蜻蛉」(『鏡花変化帖』／国書刊行会／平14・5)
高田衛「京伝・鏡花・卯塔場　江戸読本と近代小説」(『ユリイカ』平12・10)

〔付記〕自筆原稿の閲覧については、慶應義塾大学図書館貴重書室の方々に格別のご厚意を賜った。記して感謝申し上げたい。また、鏡花作品の引用は岩波版『鏡花全集』に拠り、字体を新字体に改め、ルビは省略した。

「山海評判記」試論
——矢野を巡る二人の女性——

清水　潤

泉鏡花の昭和期随一の大作「山海評判記」（『時事新報』昭4・7・2〜同・11・26）では、能登和倉に滞在する矢野誓《ちかう》という中年の小説家が主人公になる。第一章〈ゆふ浪〉で「やがて、此の篇には主要の人物に成りさう」と予告されたこの旅客は、第四章〈その呼声〉で初めてその姓名を記された上、「仕事は世が柔かいものとする、小説の作者である。明けて言へば、われ〳〵のなかまである。年紀《とし》は、筆者などより少《わか》いが、伎倆《うで》は好《い》い」などと紹介される。こうした矢野の人物像については以前から、多くの研究者や批評家が鏡花当人との関連を指摘してきた。例えば、福永武彦は矢野を「作者を思はせる小説家」と評している(1)し、野口武彦氏は「作中の矢野誓はほぼ泉鏡花自身であると見てよいだろう。あるいはむしろ、読者にそう見させることがこの作品の一つの技法であったと考えてもよい」と説いている(2)。「年紀は、筆者などより少い」と殊更に明記されていた(3)ことからすれば、こうした読解が生ずるのはやや奇妙なようでもあるが、これは斎藤愛氏が指摘する「この作品のあちこちで目につく、小説家という仕事や、小説というものに対する述懐の記述の多さ」(4)のためもあるだろう。いずれにしても、矢野を鏡花当人がモデルの人物と見做す解釈は通説と化して久しい。

　とはいえ、単に作家自身を主人公のモデルとした私小説的な作品と捉えるには、「山海評判記」の物語展開は余りにも不可解且つ衝撃的である。その上、作中には当の矢野がかなり異様な言動を見せる場面も含まれている。鏡花自身に似通う主人公が登場することは注目に値するとしても、矢野の人物像自体は鏡花当人から一旦切り離して受け止めた方が、この名うての問題作に対する読解を深めるためには有意義だろう。また、矢野を巡る多彩な登場人物の存在も本作読解の上では見落とせない。それらの中にはやはりモデルの特定される人物も含まれているが[5]、無論、ここで重要なのはモデルの有無より作中での各自の役回りである。本論では矢野の人物像をあくまでも作品世界に即して考察しつつ、特に、お李枝と姫沼綾羽《あやは》という二人の女性と矢野との関係に注目することから、この後期鏡花文学を代表する小説の読解の可能性を追求したい。私は以前、本作を矢野が「他者としての女性」を認識する過程の物語と捉えたが[6]、本論はそれを踏まえた上で、作中での矢野を巡る人物関係をより精細に掘り下げる試みともなる。

　本作の位置付けを巡っては近年、森田健治氏が「〝物語〟の複数性」という見地から「龍胆と撫子」（『良婦之友』大11・1～同・6、『女性』大11・8～12・9）と連続的に捉え、「「山海評判記」とは、複数の〝物語〟を綿密に構成しつつ、その最後にいたるまでその複数性を維持する「試行錯誤」の一つの成果である」という展望を示している[7]。本作の「「異質さ」／「難解さ」」を「複数の〝物語〟の関係が、最後まで一元化することなく維持され続ける点」に求める森田氏の見解は確かに興味深い。ただし、「複数の〝物語〟」が個別的に展開される「山海評判記」の中でも、矢野とお李枝との関係、そして、矢野と綾羽との関係が特に重要な位置を占めるのは明白である。それらを単に「〝物語〟の複数性」という視点の下に回収しては、むしろ、作中の具体的な「〝物語〟の関係」を捨象することになり兼ねない。実際、森田氏は矢野とお李枝との関係については余り論及していない（矢野と綾羽との関係については、本論中の「三」「四」でも言及するような独自の分析を施している）が、矢野を巡って二人のヒロインが特異な交錯を示す本作には、「〝物語〟の複数性」とは別の次元で掘り下げられるべき余地も大きい。そこで、本論では森田氏の問題提起もある程度までは念頭に置いた上で、矢野とお李枝との関係、そして、矢野と綾羽との関係を再検討し、後期鏡花文学の中での「山海評判記」の位相を改めて見定めたい。

一、「李枝ちゃん」と「をぢさん」

全集版で四百頁近くにも及ぶ「山海評判記」の登場人物は数多いが、その中でも、野口武彦氏が「主人公矢野とペアーになるヒロイン」と規定するお李枝は、矢野との関係が取り分け深くて作中での役回りも重要な存在と言える。彼女を「下町育ちの、無邪気で、色気があつて、ややお転婆で、怪異とは何の関係もなささうなごく日常的な女性」と評する福永武彦が、「この魅力的な出戻りの娘は、女ひとり矢野を追ひ掛けて能登へ旅立つが、その理由がまた明かではない」などと疑問も呈しつつ、「最後のクライマックスはこの二人が相思の仲でなくては成立しないだらうと思ふ」と説いたように、矢野とお李枝との関係は本作全体を貫く大きな基軸となっている。まずは、お李枝の人物像を巡って作中の基本的な設定から確認しよう。現在のお李枝は踊りの師匠である母親・数枝や、会社員である弟・力二郎と共に東京芝門前で暮らしているが、その前歴は第五章〈浅草がへり〉で「十七と云ふ、うら若さに――烏森に住へる頃、容色《きりやう》望みで、無理強《じひ》に娶《めと》られて、やがて十年……仔細あつて不縁になり、一昨年《をとゝ》の暮ごろから出戻りである」などと説明される。第九章〈続井戸覗〉ではこの別れた夫が「無尽の宰取《さいとり》」であったことや、現在は「高利貸」との再縁の話が進行中であることも触れられる。

矢野がお李枝のこうした薄幸な境遇を特に気遣っていることは、例えば、第二十二章〈歌仙貝〉でお李枝が白鷺を見て無邪気に喜ぶのに接し、「お李枝が経て来た半生の、ものあはれさが察しられつつも、其の楽しい言葉を、目頭の滲むまで、渠も嬉しく受ける」場面に明白である。また、第十章〈合歓の葉かげ〉で「出戻りの別嬪に酌をさせる事は、東京でも流行《はや》らない」と「意味深さうにうつかり言つた」のに続け、「忙しい世の中だから、遊んで居るのを、じれつたがつて、やけに褄を取らうかの、料理茶屋待合の女中になりたいの……然《さ》うかと思へば、近所から、弁当持で、カフエーの女給に誘ふのなんぞがあつて困らせる」とぼやくのも、「出戻り」であるお李枝を脳裏に浮かべた上での発言と見做される。この台詞を受けるかのように、第二十一章〈姫沼綾羽〉では「すぐ此の宿の女中にでも何にでもなつて、働くわ」と軽口を叩くお李枝に対し、矢野は「その女中を言ふなよ――待合や、カフエーの。……何《ど》うにかなる」と応ずる。お李枝の母親と矢野の妻とは幼少期から共に育った姉妹分なので、矢野とお李枝との関係も家族単位の交流の延長上に位置するはずであり、実際、矢野のお李枝に対する態度には年長の保護者としての配意が色濃い。その意味では、矢野とお李枝との関係を単純に「相思の仲」と断ずるには若干の留保の余地もなくはない。

ただし、お李枝の側の矢野に対する格別の感情も確かに早くから強調されてはいる。第六章〈山帰り〉で矢野が和倉に旅行中であると知ったお李枝は、「ひどいわ、をぢさんたちは」、「黙つて湯治に行くんだもの」と母親の前でこれ見よがしに拗ねるし、第九章〈続井戸覗〉では「をぢさんは、私《あたし》が……好きなんだもの」と澄ました直後、紙芝居で見た「年の若い、きりゝとした男」が「をぢさんに肖《に》て居た」と発言し、母親から「おや、お前、をぢさんは、私を好きだ、と云つてるが、其の様子では自分の方で……」と冷やかされて動揺の色を見せる。況してや、「一生に一度ぐらゐ思ひ立つた、旅」（第十二章〈横川―柏原〉）に出て矢野との再会も果した後は、熟睡中の矢野の口元に近付けた煙草を「自分で一吸ひ吸つて」（第十七章〈鰈〉）咳込むなど、矢野との打ち解けた遣り取りは微笑ましいばかりである。とはいえ、こうした関係は一対の男女としての「相思の仲」と受け取る以前に、ひとまず、擬似家族的な交流に由来する親愛の情の表れと捉えるべきだろう。そのことが端的に見て取れるのが、お李枝が微酔した矢野を寝かし付けようとする以下の場面である。

唯《と》、柳のしだるゝやうに、枕許へ膝をつくと、高い天井の影を籠めて、島田が寂《さみ》しく見ゆるまで、急に年増だつた頬を寄せて、肩を落すと、雪に薪木を抱くやうに、真綿触りの袖の香で、痩せた榾《ほだ》野郎の肩をするりと

撫でて、

「坊や、寝《ねん》ねおし、寝ねおし、いゝ子の坊や、寝ね、寝ね。」

思ひ得たり、話の端に伝へ聞く師匠か、をばさんかの、人形《あねさま》ごとの直伝である。（第二十章〈半夜〉）

矢野が幼児退行的にお李枝から「人形」扱いされるこの場面は、数枝がお李枝に対して語った以下の台詞に呼応するだろう。

「……余程《よつぽど》ねえ、お澄さん――あの女《ひと》は、人形事《あねさまごと》の夜具の欲しかつたのが身に沁みたと見えてさ、お前も、一所に、小石川の家《うち》へ行つた時見たらうと思ふんだがね。……

近頃、やつと小浜《こはま》だか、金紗《きんしや》だか、友染の長襦袢が出来たと云ふのが、こんどめの時に見ると、たしか二枚とも、それが小掻巻と炬燵蒲団になつて、其の中へ旦那様が入つてるから可《い》いぢやあないかね。――人形を寝かした気だらうね。（中略）。いゝ年をして、……呆れるよ。」（第八章〈一銚子〉）

すなわち、お李枝は数枝が語っていた矢野の妻（「お澄さん」）を意図的になぞっている。あるいは、そこには矢野の妻に対する羨望の念も働いていたかもしれない。とはいえ、その羨望の念はエゴイスティックな嫉妬心とは区別されるべきだろう。夜具から足を投げ出す矢野を「お引込めなさい。かぜをひかせると、をばさんに申訳がありません」と戒める（?）ように、お李枝はこの場面でも矢野の妻に対する気遣いを忘れてはいない。鏡花の代表作の一つ「由縁の女」（『婦人画報』大8・1〜10・2）の主人公・礼吉を巡る女性たちについて、アダム・カバット氏は「この女たちが共通に抱いている礼吉を庇いたい気持は、互いに嫉妬心を起こさせないほど強烈なものである。（中略）。女たちがお互いに嫉妬する場面はまずない。むしろ、お互いによき協力者となっている」と説く[8]が、本作のお李枝もまた、矢野の妻の「よき協力者」の役割を進んで引き受けようとする。お李枝が示すこうした矢野の妻の代役的な振舞いは、男性作家の小説ならではのご都合主義的に過ぎる幻想として、批判的に捉えられるべき余地を多分に孕んでもいるだろう。しかも、寝かし付けられる側の矢野は「幼き時、母は都の娘だつたが、北国《ほくこく》の冬の破屋《あばらや》に、朝炊《かし》ぎの薪木にも、吹落ちて雪の積つたのを。――児《こ》ばかりは暖かく袖の愛に包まれた」記憶を「惻然として思ふ」のであり、そこに優れて「鏡花的」な「亡母憧憬」を指摘するのは容易い。

だが、ここではお李枝が矢野の妻・お澄の代役を進んで演ずるまでに、矢野夫妻に対して深い親愛の情を抱いていることを重視したい。敢えて想像を逞しくすれば、「出戻り」のお李枝は自己の得られなかった幸福を矢野夫妻に見出し、それにあやかることを願って矢野の妻の代役を演じてもいただろう。その意味では、矢野とお李枝とは常日頃の生活から好意を寄せ合っていたにしても、その関係は単なる一対の男女としての「相思の仲」とはやや異なり、互いを性的な対象として捉える意識は（少なくとも、表面上は）希薄であったと見做される。それは端的に言えば、擬似家族的な交流の下に性が意識されない親密で安全な関係である。第十九章〈平日〉で矢野は隣室で着付けの最中のお李枝を相手に、「去年、夏土用」に妻とお李枝との三人で「月島で涼んだ」思い出を懐かしんで語るが、この全く他愛ないようにも見える場面には、ささやかな幸福を共有する矢野とお李枝と（お澄と）の常日頃の関係が集約されている。とはいえ、第二十三章〈廿三人の馬士〉でお李枝が馬方たちから陵辱される間際、矢野が「李枝ちやんを好きなをぢさんは、（中略）、其奴等《そいつらまご》馬士の一人と同じやうな卑劣なものだつたかも知れん」と自己の性的欲望を「懺悔」するに及び、両者のそうした親密で安全な関係は決定的に潰えることになる。

二、擬似家族的な関係の破綻

ここで見落とせないのは、矢野とお李枝とが親密で安全な関係を保持し続けていたのに並行し、お李枝が男性たちの欲望の視線に晒され続けてもいたことである。芝門前でのお李枝は町内の男性の視線を一身に集める存在であり、近所の紙芝居を見に来るのみでも、「そりやこそな」「お出ましだ」（第六章〈山帰り〉）と陰では一騒動が起きていた。第十二章〈横川—柏原〉の和倉へ向かう途中の駅に降り立つ場面でも、蕎麦屋はお李枝を指して「素敵な容色の、容子《ようす》のいゝ」と評するし、あまつさえ、お李枝が蕎麦を「一口吸つ」て残したと聞いた乗務員は、「持つて来んか。——馬鹿。……おれが食ふか。のぞみてが、他に沢山ある」と興奮する。無論、和倉に到着した後も現地の男性の関心の対象となっていたことは、第十七章〈鰈〉で「蝙蝠浴衣《かうもりゆかた》」の若者が「河豚売」の親爺を相手取り、「どえらい別嬪だでな、和倉はじまってから、おら見た事がねえ」、「しんなりと、髪さ傾げて、肩を細らこくした頸《えり》あしの好《よ》さなんといつちや、爺的《とつとう》、ほんとうに見せたいぞう」などと熱弁を振るう場面からも明白である。この若者はさらに、矢野の隣で寝ていたお李枝の下半身に跳ねた鰈が絡みそうになり、お李枝があられもない姿を晒す顚末も以下のように事細かに語る。

　途端に、お前、刎《はね》起きて、褄をくづした別嬪の驚きやうがよ。あれえで、もろに立つと、ちらつく裳《すそ》へひら〳〵と刎返る尾鰭にくる〳〵と絡《まつ》はられて、キイと遁廻《にげまは》ると思へだ。覚悟はしても、一度寝忘れたらしいから、どつちが夢だか分るまい。（中略）。それだもの爺的、悶へる拍子に、だて巻がずる〳〵と解けるとな、燃えるやうな緋縮緬が朱鷺《とき》色の下《しも》を舐めて、鰈と一所に上下に狂ひながら漸《やつ》と揉みからんだ白い処へ……此奴怪《け》しからんと思ふが、考へて見れば鰈の方が道理《もつとも》だ。奴は火を遁げて雪の中へ潜る気だい。（以下略）。

（第十七章〈鰈〉）

　これは一部始終を盗み見ていた足袋屋からの伝聞とのことだが、若者自身のお李枝に対する性的関心も如実に表れているだろう。お李枝がその「容色」ゆえに欲望の視線にも晒されがちなことは、こうして作中で早くから頻繁に印象付けられていた。そのことを参照すれば、「一」で概観したような矢野とお李枝との親密で安全な関係にも、性的欲望が潜在する可能性は仄めかされていたと言える。実際、お李枝が鰈に驚いた騒動の続きが「——急いで寝ン寝子を取つてな、薄《うつす》りと青く、別嬪の乳から下を、野郎が引包《ひつくる》んで遣《や》つけえが、（中略）。其の時よ、女の瞑《つぶ》つた目許から耳ツ子の根まで、桃色に紅《あか》くなつた」と語られる際、矢野とお李枝との常日頃の関係を知らない若者の「語り」（それは厳密に言えば、やはり矢野とお李枝との常日頃の関係を知らない足袋屋の視点に基づく）を介し、「李枝ちやん」と「をぢさん」は、「別嬪」と「野郎」という一対の男女へと変換されることになる。[9] そうした文脈も踏まえた上では、福永武彦の言う「相思の仲」を読み取ることも強ち筋違いではない。福永は「最後のクライマックス」について「お李枝の側からの片思ひだつたのが、能登の富木《ママ》街道で露《あらは》になつたといふことなのだらうか」と指摘していたが、それは無論、単に「お李枝の側からの片思ひ」の露呈のみに止まるのではなく、矢野の側からしても、お李枝との関係に潜在する性的欲望の意識化であったと見做される。

そこで留意したいのが、「懺悔」の直前の矢野のお李枝に対する極めて異様な懇願である。山中で凶暴な馬方の集団がお李枝に迫った際、矢野は「あらたまつて、上ずつた声ながら」以下の台詞を口走る。

「観音様だと思はないか。普賢菩薩だと思はないか。煩悩の衆生を救つてやると思はないか。（中略）。長煩か、半日の大病で、熱のひどい時、身体《からだ》が火の車で宙に廻ると思つて、夢の間の地獄を忍ばないか。（中略）。心気と、身体、とともに、治れば何でもない。

而《さう》して、お互に、活《い》きようではないか。たとひ、どんな事があらうとも、此の私は、いゝか矢野は、断じて李枝ちやんの身が、爪のあとほども、乱れた、汚れたとは、寸分も思はないことを誓ふ。——誓、私の名は、これがために前生から撰ばれたのだと信ずるばかりだ。

（第二十三章〈廿三人の馬士〉）

野口武彦氏が「いかにも文学者らしく、みごとに優柔不断かつ卑怯未練」（傍点ママ）と皮肉っぽく評し、また、水原紫苑氏が「愛する女にこんなことを言える男が、一体この世にいるのだろうか。（中略）。悪人を描く作家は珍しくないけれど、善人でありなおかつここまでの無神経なエゴイストの男を描くのは凄い」と反語的に称えてもいる[10]この言動は、矢野とお李枝との関係を検討する上でも重要な糸口になるだろう。先に確認したように、矢野は薄幸なお李枝を気遣う年長の保護者として振舞っていた。それがこの場面では陵辱を受けるようにと頼み込むのだから、「優柔不断かつ卑怯未練」「無神経なエゴイスト」と非難されるのも尤もな仕儀ではある。だが、これはお李枝との新たな関係に向けた階梯の一つ（敢えて言えば、一種の通過儀礼？）とも位置付けられる。年長の保護者としての立場を恥もなく振り捨てたこの懇願の後、一介の無様な中年男性に成り下がった矢野は、水を求めるお李枝に対して自身の右手首の血を飲ませるという、従来の親密で安全な関係からは予想の付かなかった（そして、見方によってはは極めてエロチックな）行為に出る。その上で、既に死を覚悟したお李枝を相手取った「懺悔」にまで及ぶことになる。

矢野の「懺悔」については以前、「お李枝に対しての自己を一人の男性として明確に意識するこの瞬間、矢野にとってのお李枝もまた、一人の女性という性差を隔てた他者として再認識されるだろう」と論じた。ここで若干の補足をすれば、矢野の「懺悔」に対するお李枝の「あたしも好きでした」という告白は、お李枝の側でもまた、矢野を一人の男性として受け入れたことを意味しているとは言える。ただし、それは決して従前の親密で安全な関係の回復を意味するのではない。むしろ、この対話によって矢野とお李枝は擬似家族的な関係を突き破り、一対の男女としての関係へと不可逆的に踏み込むことになる。こうした事態は一見、初期の「外科室」（『文芸倶楽部』明28・6）や「清心庵」（『新著月刊』明30・7）から「由縁の女」などに至るまで、鏡花の複数の作品で男女の登場人物が演じ続けてきた、絶対的な至情に達するための越境行為の単純な反復のようでもある。だが、本作の場合にはそうした「鏡花的」な構図に別の文脈が加わってもいる。

それは無論、矢野とお李枝との関係が擬似家族的な交流に基づいていることに関連する。この両者が男女の関係に陥ってしまうことは、矢野の妻とお李枝の母親との交誼に対するほとんど最大の背徳である。したがって、矢野とお李枝とが当座の危機は脱することが出来たとしても、両者が現実に一対の男女として結ばれることは許されていないし、他の鏡花の作品に登場する悲恋の男女たちの場合とは異なり、両者の「相思の仲」は死によっても浄化されるとは見做し難い。その意味では、互いを異性として意識し合う「をぢさん」の「懺悔」と「李枝ちゃん」の告白は、決して口に出してはならない禁断の対話でもあったはずである。野口氏は「ラスト・シーンでは、主人公はまたもや「男」としての愛着を娘に注ぎ——と想像される——、一つ閨《ねや》のうちにいるのだが、どこからともなく聞こえてくる「お李枝のきみは、あなたへやらぬ、こなたへ渡せ」という唄の文句が暗示するように、娘はやがて白山の霊界に迎え取られようとしている」と説いているが(11)、以上に考察したような作中の文脈に則って言えば、むしろ、矢野が「「男」としての愛着」をお李枝に注ぐが故にこそ、お李枝は矢野の元から去っていかざるを得ない(「白山の霊界に迎え取られ」る)と解するべきだろう。

「山海評判記」の物語展開を矢野とお李枝との関係に即して辿れば、以上のように、擬似家族的な関係が性の顕在化によって破綻する様相が読み取れる。それが本作の基軸の一つに他ならないことは先述の通りであり、その意味では、福永が本作に矢野とお李枝との「相思の仲」を想定することから、作品読解の可能性を見出そうとしたのはある程度まで正しい。もっとも、この問題作は単純に矢野とお李枝との関係のみに収斂する訳ではない。矢野とお李枝との関係の物語は本作全体を貫く大きな基軸ではあるが、森田健治氏に倣って読解の重点をやや転ずるならば、それはあくまでも本作を構築する「複数の〝物語〟」の一つとも言える。「山海評判記」の全体像をより総合的に把握するためには、お李枝以外の登場人物と矢野との関係も視野に入れるべきだろう。中でも、福永が「これを恋愛物と見た時に、一層不思議なのは姫沼綾羽こと呉羽の存在である」、「この小説の最も理解しにくいところは、オシラ神の一党は果して主人公の敵なりや味方なりやといふ点である」と指摘していたように、「オシラ神の一党」を操ると思しい矢野の往年の好敵手・姫沼綾羽(呉羽は雅号)は、本作読解の上でお李枝に決して劣らない重要な役回りにあり、さらに言えば、矢野とお李枝との「恋愛物」としての本作を相対化する存在でもある。以下では、このもう一人のヒロインと矢野との奇妙に屈折した関係を検討しよう。

三、もう一人のヒロイン

川村二郎氏が「その女は、人々の話に出てくるだけで、最後まで姿を現さない。芝居になぞらえれば文字通りの黒幕、しかし別の次元に移して見れば、多くの眷族や使わしめを駆使して自らは身を隠している、威力ある神とも見えてくる」と評するように[12]、綾羽は「山海評判記」の表舞台には登場しない謎めいた人物である。私は以前、「矢野にとって綾羽とその一党は了解・解読が不可能な他者として存在する」と捉えたが、森田健治氏はこれを踏まえた上で、「綾羽とその一党の〝物語〟は、矢野の〝物語〟にとっての過剰さをその結末にいたるまで担い続けている」と説いている。実際、綾羽とその一党はこの決して短くない小説全体を通して矢野に対し、正に「過剰さ」と呼ぶに相応しい不可解な関係を貫くのであり、それこそが、「山海評判記」読解上の最大の問題点と称しても過言ではない。取り敢えず、第二十一章〈姫沼綾羽〉で矢野が回想する綾羽の人物像から辿り直そう。最初に泊まっていた部屋から床の間の掛軸を取り寄せた矢野は、「くれは」の署名と「羅馬字のAとH」の印をお李枝に見せつつ、その作者と思しい綾羽との関係について以下のように語り始める。

Hの姫沼、Aの綾羽。――それは凄いやうな美人なんだよ。……十七八で、絵を上手に描《か》いた――国漢文、本も読める、外国語がすら〳〵行く。……数学が出来て、書《て》がうまい。文章が達者と来て、素晴しい、其の縹《きり》緻《やう》なんです。

（中略）。

綾羽嬢は高等師範。矢野小僧は、高等学校――試験パスの目的で、私立だけでは捗《はか》が行かない、どう捗が行かないんだか、気ばかり荒立つて居るから、別に又私塾へ通つた。和漢英数の指南所さ。そこで顔を合はせたのがはじめなんだが、何しろ久しい以前の地方の事だから、通学は、塾生をまぜて、出入百二三十人の中《うち》に、女といつたら綾羽一人さ。然《しか》も其の美人。これは騒がずには居られない。（以下略）。（第二十一章〈姫沼綾羽〉）

当時の矢野と綾羽は塾内で作る廻覧雑誌に参加していたのだが、矢野は綾羽に対して反抗的であったために、新年会の席上で綾羽の取巻きから制裁を加えられそうになり、吹雪の中を逃げて昏倒したところを綾羽によって救出される。「口惜《くや》しくつて堪まらない」矢野は「誰が、わびや、礼に行くもんか」と拗ねた挙句、綾羽には「それ切……逢はない」で「東京へまぎれて出」た。それ以降、綾羽を巡る「うはさ」のみをかつての取巻きたちから聞かされることになる。最初は「地方で、県知事さんをつかまへた。人の口では妾だが、当人はいろにして居る」とのことであったが、次には「何某《なにがし》少将の庇護後援のもとに」「文学を志しとる」となり、続いて「女役者……女優になりたがつて居る」、「画《ゑ》を描いて、地方を廻つて居るさうだ」、さらには、「越前の山寺へ籠つて、哲学を研究中だ」という具合に、矢野の耳に入る綾羽の境遇は目まぐるしく変転し続ける。そして、帰郷中の矢野が旧友の安場嘉伝次から綾羽との再会を勧められた際には、「郡の多額納税者の寵妾《おもひもの》」として半ば軟禁されているらしかった。以下の引用は、矢野が嘉伝次に案内されて綾羽の囲われている土蔵に近付き、綾羽の姿を川の対岸に垣間見た際の記憶を語る台詞である。

（中略）。明いのは、秋の川波ばかりで、金屏風や、磨いた柱が、きら〳〵しながら天井も古びて暗い中に、水あかりに浮いて艶麗《あでやか》に琴を弾いて居る、と此方《こちら》の岸へ二人が立つ、と同時にだね……其の琴を衝《つ》と黄金《こがね》に紫の総を懸けた盾のやうについて、あらひ髪も、袖も、褄も、翡翠《かはせみ》が虹にかくれたやうに、菊の花壇の下へ。――此方《こつち》の身体は、蘆の穂にふら〳〵と吹かれたよ。（第二十一章〈姫沼綾羽〉）

この夢幻的な光景（矢野と綾羽との間に流れる川は両者の属する世界の隔絶を表すだろう）は突然の銃声によって破られ、矢野は嘉伝次と共にその場からあたふたと逃げ出す破目になる。以来、現在に至るまで矢野と綾羽との再会の機はなかったということである。この場面で語られる一連の綾羽の遍歴については、例えば、高桑法子氏が「綾羽の羅列的な人生スケッチがなされるだけで凡庸である」と否定的に評してもいる[13]。ただし、矢野はあくまでも自己の視点に即した綾羽像を語っているに過ぎない。森田氏が「噂話＝情報としてしか提示されず、また、結末部に至っても姿を現しはしない以上、綾羽の〝物語〟が矢野の〝記憶〟に存在する綾羽と等価ではないのは、いうまでもあるまい」と指摘するように、作中で「羅列的な人生スケッチ」として語られるのは、「噂話＝情報」を交えて構築された「矢野の〝記憶〟に存在する綾羽」である。作品読解の可能性の問題で言えば、作中で語られた「矢野の〝記憶〟に存在する綾羽」とは別に、矢野の与り知らない（それこそが、真実の？）「綾羽の〝物語〟」も想定されるだろう。ここでは無論、作中で語られない「綾羽の〝物語〟」を憶測する興味はないので、矢野が聞かされた「うはさ」の真偽などは敢えて詮索しないが、矢野がお李枝に語って聞かせた「綾羽の〝物語〟」が、「矢野の〝記憶〟に存在する綾羽」でしかないことには留意したい。

　矢野の旧知の友人として登場する人物には壺田や嘉伝次もいるが、この両者の場合、矢野がお李枝たちに対して語るかつての彼らの人物像（いわば、「矢野の〝記憶〟に存在する壺田」や「矢野の〝記憶〟に存在する嘉伝次」）は、現在の矢野たちの周囲での彼らの言動とも相互補完的であった。第十七章〈鰈〉で唐突に登場した「四十ぢかな」「万年筆屋」は、第二十二章〈歌仙貝〉の矢野の説明によって壺田と分かり、「原稿用紙の一綴」に河豚の血を「べた〳〵と、塗《なす》りながら、めくりながら、塗《ぬ》」（第十八章〈青帽女子〉）るという奇怪な行為の意図も明白になる。第五章〈浅草がへり〉で「紙芝居、人形絵」の上演者として登場した後、第十二章〈横川―柏原〉で早々に退場してしまう嘉伝次にしても、第十五章〈掛蓑〉や第二十一章〈姫沼綾羽〉で矢野がその名を出すので、矢野と綾羽との接点となる存在であったことは事後的に察せられる。肝心の綾羽が矢野やお李枝に関わる目的が謎に包まれている以上、（綾羽を「お頭」として仰ぐ）嘉伝次自身の真意も最後まで明白になったとは言えないものの、第十五章〈掛

漂う嘉伝次の人物像を改めて印象付ける。

がかった物言いや、第十二章〈横川―柏原〉での珍妙なパフォーマンスと呼応し合い[14]、胡散臭い中にもユーモアが

蓑〉で語られる「外交員の時」の「忘年会の余興」などは、第五章〈浅草がへり〉や第七章〈井戸覗き〉での芝居

だが、「噂話＝情報としてしか提示されず、また、結末部に至っても姿を現しはしない」綾羽の場合、むしろ、「矢野の〝記憶〟に存在する綾羽」との乖離が示唆されてもいる。例えば、矢野は「綾羽が、世にも人にも遠ざかつて、雲だか、山だか、海だか、づツと私などから離れて、隠れはてたもののやうな気がする」（第二十一章〈姫沼綾羽〉）と一抹の感傷に浸っていたが、第二十四章〈白山の使者〉で矢野たちを救った「白山のお使者」が、「お師匠さんはあらためて――またお目にかゝります。……」と告げるのを参照すれば、綾羽は「づツと私などから離れて、隠れはてた」どころか、逆に、矢野との再会の機を期して密かに見守り続けていたとも解される。無論、高桑氏が「綾羽の半生をスケッチすることは綾羽の教祖性を説くための一手段であり、これが縦糸だとすれば、横糸は綾羽の特異な霊力を以て充分に記されてきている」と説くように、「矢野の〝記憶〟に存在する綾羽」の中でも、その「教祖性」を支える「特異な霊力」はある程度まで強調されていた。とはいえ、「艶麗に琴を弾いて居る」姿を矢野の脳裏に留めて姿を消した綾羽と、「白山のお使者」から「お師匠さん」として仰がれる綾羽とでは、両者の人物像の間にほとんど連繋不能な断絶が介在することは否めない。そして、この断絶を埋めるはずの「綾羽の〝物語〟」は作中で語られないままである。

それゆえに、例えば、野口武彦氏は「いつ、どのようにしてみまかったかはいっさい行間に伏せられているが、綾羽はもうこの世にはいないのである」という極めて大胆な仮説さえ唱えている。だが、本論では森田氏の「綾羽とその一党の〝物語〟は、矢野の〝物語〟にとっての過剰さをその結末にいたるまで担い続けている」という見解を踏まえ、「矢野の〝物語〟」と「綾羽の〝物語〟」との乖離こそを重視したい。福永武彦が「姫沼綾羽は最も重要

な人物であり、その雅号くれはは宿の床の間の軸物の落款として既に二章に出る」（傍点ママ）と指摘していた[15]ように、矢野と綾羽との関係は本作全体を貫くもう一つの基軸のはずであった。にもかかわらず、結末に至って両者は漸く再会しつつあると共に決定的に擦れ違おうともする。こうした事態はいわば、本作の中心的なプロットであったはずの「矢野の〝物語〟」が、「綾羽の〝物語〟」を回収し切れないことを意味するだろう。ただし、これを単なる一篇の小説としての破綻と結論付けるのは早い。実際、そこには森田氏の言う「複数の〝物語〟を綿密に構成しつつ、その最後にいたるまでその複数性を維持する「試行錯誤」の一つの成果」として評価されるべき余地も確かに孕まれている。もっとも、本論では冒頭にも言明したように、この問題を「〝物語〟の複数性」という見地に帰着させるのではなく、あくまでも矢野と綾羽との関係に即してもう少し掘り下げたい。

四、疎外される「小説家」

基本的には廻覧雑誌仲間として出発した矢野と綾羽との関係だが、第二十一章〈姫沼綾羽〉で語られる一連の回想を参照する限り、少なくとも、矢野の側から見た綾羽は単なる好敵手に止まる存在ではなかった。高桑法子氏が「文章でなら、けして綾羽にも、また綾羽をとりまく士族出の少年たちにも劣らぬという自負が少年時代の矢野には透けてみえる。矢野が綾羽に抱いた感情は、私塾の才媛に対する憧れというよりは複雑である」と指摘し、また、野口武彦氏も「疑いもなく思慕の情を秘めてこその反撥心から、十七歳の矢野は猛然と綾羽にたてつ」いたと捉えるように、矢野が回想する当時の綾羽との関係からは、綾羽が憧憬と反感との相半ばする存在であったことが見て取れる。そこには例えば、綾羽が「藩の大士族の娘で、世が世ならば上臈《じやうらふ》」であったのに対し、一方の矢野は「町人の倅」という階級的な事情も作用しただろうが、それ以上に重視されるべきは、矢野にとって綾羽が異性としても強烈に意識されていたことである。中でも、雑誌仲間内での綾羽の凜々しくも艶やかな振舞いを語る以下の台詞は、この異性の競争相手に対する矢野の両義的な感情を如実に示す。

処で、その誌上の論議だがね、綾羽嬢のいふ処は、理路整正、意義明晰、漢文も自由にこなす、おまけに文章が巧《うま》いと来て、その上、少々こんがらかりさうな処へは、原稿に金銀泥《でい》の星が輝き、彩色で菫が匂つてゐるから、見たばかりで絢爛目を奪ふ。（中略）。

剰《あまつさ》へだ。塾部屋の広縁の端の安卓子《テイブル》を囲んで、編輯の相談、会費の出しこなぞの時となると、（お、しんど）とか云つて、穏《おだやか》でねえ！　右の紫袴の紐を解いて、壁の折釘へふはりと掛ける。これでさへ可《い》い加減、おの〳〵姉の行水より目が渋く、辛く、甘くなる処を、匹田《ひつた》鹿の子の桃色のぐる〳〵巻か何かで、引傾《ひつかし》いだ、ぐら〳〵椅子へ掛けるんだから、膝が揺れると、下結《したゆひ》の緋のところが、お邸《やしき》風で、品よくちらつく。

（第二十一章〈姫沼綾羽〉）

性的魅力にも訴えた綾羽の硬軟自在の振舞いを見せ付けられ、「同人残らず筋骨が弛くなつて、唯何事も姫君（くれは。）の思召次第」の中、「これが黙つて居られますか。慨然として起《た》つたのは矢野冠者、いや小僧さ」という仕儀に至るのだが、これに関しては無論、矢野が単純に義憤を抱いて綾羽に敵対したとは言い切れない。矢野が綾羽とその取巻きに対して反抗的な態度を示し続けたのは、自己が綾羽に惹かれることへの潔癖な（？）否認とも見做されるし、その意味では、矢野は他の雑誌仲間以上に異性としての綾羽を意識してもいただろう。当時の矢野にとって綾羽は、異性に屈しないという自負のためにも打ち勝つべき対象であった。その如何にも少年らしい英雄志向的な意気込みは、綾羽が「目指す敵の女将軍は、クレオパトラに翼を添へて、静流の薙刀を水車《みづぐるま》といふ手だれ」と譬えられ、対する矢野自身も「――揉烏帽子《もみゑぼし》引立て、薄紅梅の鉢巻して、生年十七歳、色白く、……」と形容される軍記物語のパロディー風の一場にも表れている。とはいえ、勇んで新年会に臨んだ矢野が綾羽の取巻きに追い回された挙句、当の綾羽のお蔭で一命を取り留めたことは先述の通りである。しかも、高桑氏が「綾羽は少年時代の無力と屈辱を実証するものとして矢野に向って存在し続けている」と説くように、矢野は綾羽から被った敗北感を拭えないままに現在に至っている。

第二十四章〈白山の使者〉で演じられる矢野とお李枝の救出劇は、矢野にこうした綾羽に対する敗北感（「無力と屈辱」）を改めて思い知らせるだろう。私は以前、この結末に綾羽とその一党に対する矢野の「全面的な屈伏」を捉えたが、(16)これについては森田健治氏が、「結末部分に見いだせるのは、そうした「小説家」の敗北の〝物語〟ではなく、矢野の〝物語〟の外部に綾羽とその一党の〝物語〟が存在するということ、そして、矢野の〝記憶〟はその〝物語〟から徹底的に疎外されているということなのであり、そこでは、勝利／敗北という二項対立に要約し得ない〝物語〟相互の非―共約性こそが露になっている」と批判している。「山海評判記」では確かに、「「小説家」の敗北の〝物語〟」（「矢野の〝物語〟」）と「綾羽とその一党の〝物語〟」とは、結末まで至っても完全に統合されてはいないので、「そこでは、勝利／敗北という二項対立に要約し得ない〝物語〟相互の非―共約性こそが露になっている」という指摘自体は、本作の特質の一つを言い当てた見解としてある程度まで肯える。私としても、この多様な要素を孕んだ小説全体を「「小説家」の敗北の〝物語〟」のみに回収し、一義的に読解し尽くそうなどと単純に考えている訳ではない。

だが、「〝物語〟の複数性」という森田氏の見地に即する限りでも、「山海評判記」を構築する「複数の〝物語〟」の一つとして、「「小説家」の敗北の〝物語〟」が孕まれていることは確かである。しかも、高桑氏が本作を「主人公矢野」と「彼に運命的に随伴し、対峙し、敗北を強いる何か」との「葛藤のドラマ」とも規定していたように、本作の中で「「小説家」の敗北の〝物語〟」は極めて重要な位置を占める。例えば、やはり「複数の〝物語〟」が展開される「龍胆と撫子」の中で、主人公格の若い男女（若年の彫刻家・鶴樹雛吉とその恋人・雪松三葉子）の関係の物語が占める位置と比較するのみでも、そのことはかなり明白と断じられるだろうし、恐らくはそこにこそ、（共に「複数の〝物語〟」が展開される長篇小説であるにしても）「龍胆と撫子」と「山海評判記」との決定的な相違が捉えられる。[17]「山海評判記」という小説では、「「小説家」の敗北の〝物語〟」は単なる「複数の〝物語〟」の中の一つには止まらない。そして、「矢野の〝記憶〟」は「綾羽とその一党の〝物語〟」から「徹底的に疎外されている」と評されるような事態も、「「小説家」の敗北の〝物語〟」としての本作の性格と大きく関連する。

既に確認したように、雪中で昏倒していた矢野を救出した後の綾羽の生は謎に包まれている。矢野と綾羽との再会が予告されている本作の結末の時点に至るまで、少なくとも、矢野の側では断片的な「うはさ」としてしか綾羽を把握していない。綾羽を「お師匠さん」（あるいは、「お頭」）として仰ぐ「オシラ神の一党」についても、こうした事情はほぼ同様であり、青年期の矢野の怪しい巫女から三羽の子雀を庇い通した行為が、三人の懐妊中の女性を死に追いやる結果になったらしいことは、嘉伝次からの手紙などによって随所で示唆されてはいるものの、矢野は結局、自己のかつての行為の意味を明確には認識出来ないままである。さらには、第二十四章〈白山の使者〉末尾で矢野とお李枝とが聞くはずの唄の、「お李枝、お李枝、／お李枝のきみは、／あなたへやらぬ、／こなたへ渡せ」という脅迫めいた宣告の根拠も、「白山権現、／おん白神の、／姫神様の、／おつげを聞けば――」という歌詞以上には説明されず、不条理な要求のみが矢野たちに向けられた格好で本作は終わる。「二」で考察したように、矢野とお李枝の側にとってこの唄が禍々しく予告する両者の別離は、性の顕在化に伴う従前の関係の破綻という意味では必然的であった。とはいえ、綾羽の一党の側にとってのお李枝を迎え入れることの意味は定かではない。

綾羽とその一党の側がお李枝の収奪を全く一方的に要求する反面、矢野の側は綾羽とその一党の事情を与り知らずに取り残される。無論、綾羽とその一党がお李枝を狙う意図については様々な推測も成り立つだろう。[18]だが、本論で留意したいのは綾羽とその一党がお李枝を求める真意を含め、矢野が自己（やお李枝）と綾羽たちとの関係を遂に見極められないことである。その意味では矢野は正に森田氏の指摘のように、「綾羽とその一党の〝物語〟」から「徹底的に疎外されている」。そして、そうした「綾羽とその一党の〝物語〟」からの疎外の露呈こそが、「「小説家」の敗北の〝物語〟」を決定付けることにもなる。斎藤愛氏が「小説家矢野は、言葉の持つ力を信じ、他界を含む彼の眼前の世界に対してその力を行使していこうとする」と論ずるように[19]、矢野は「言葉の持つ力」を行使することで、（今や「他界」の側に属する）綾羽とその一党の挑発的で不可解な振舞いに相対しようとしていた。だが、矢野が最終的に「綾羽とその一党の〝物語〟」から「徹底的に疎外され」、自己やお李枝と綾羽たちとの関係すら把握するに至らない以上、「小説家」矢野の「言葉の持つ力」の行使の試みは、綾羽に対する敗北感を改めて認識させるに止まったと言わざるを得ない。結末で沈黙する矢野は「言葉の持つ力」の行使者としての、「他界を含む彼の眼前の世界に対」する主体性を喪失している。

あくまでも矢野の側の視点に即する限りで言えば、綾羽は矢野が性を強烈に意識させられた相手としては無論のこと、（そうした異性に対する意識とも関連する）「少年時代の無力と屈辱を実証するものとして」も、作中の現在までの矢野の生に大きく絡む存在のはずであった。それゆえにこそ、矢野は少年時代以来の綾羽に対する両義的な感情の清算も兼ねつつ、殊更にお李枝を相手取って綾羽との積年の関係を語ったのだろう[20]。だが、結末で露呈する「矢野の〝物語〟」と「綾羽の〝物語〟」との乖離は、矢野がお李枝に得々と語って聞かせた綾羽との関係が、「綾羽とその一党の〝物語〟」から疎外された「矢野の〝記憶〟」でしかなく、むしろ、矢野は「綾羽の〝物語〟」を語る資格がない（端的に言えば、矢野は綾羽について本質的なことは何も分かっていない）という実態を突きつける[21]。綾羽の存在を意識し続けていた矢野にとっては皮肉な結果だが、そのことはまた、綾羽とその一党へと迎え入れられようとするお李枝との関係についても、やがては矢野が、「お李枝の〝物語〟」から疎外される可能性を示唆している。すなわち、結末に見出されるべきは単なる「相思の仲」の男女の哀切な別離ではない。「山海評判記」の結末が予告するのはいわば、「矢野の〝物語〟」と「お李枝の〝物語〟」との決定的な乖離でもあり、そこでは、矢野にとってお李枝が一人の「他者」であることが改めて強調される。

野口武彦氏は「昭和初年代に入ってからの鏡花は、作中主人公にようやく自己の「男性」性を認知させ始めているように目測される」と説いた際、具体例として「雪柳」(『中央公論』昭12・12)や「菊あはせ」(『文藝春秋』昭7・1)と共に「山海評判記」を挙げた。[22] 実際、「山海評判記」は「作中主人公」である矢野の「男性」性」が、女性たちとの関係によって露呈する様相を描いた作品とも言える。「菊あはせ」の主人公が「甘美な幼児退行の夢想からも疎外されている」と指摘する野口氏は、続けて「そのことはおそらく「雪柳」に見たむくつけき「男性」性の露呈と表裏一体の関係にあるだろう」と論じているが、[23] その意味では、「山海評判記」でも「男性」性」を露呈することになった矢野が、お李枝との親密で安全な関係(「二」で触れたように、そこには「甘美な幼児退行」としての側面も確かに存在した)を喪失しつつあるのは必然的であるし、さらに言えば、「綾羽の〝物語〟」や「お李枝の〝物語〟」からの矢野の疎外も、「男性」性の露呈と表裏一体の関係」と位置付けることが可能である。鏡花文学が論じられる際には、「亡母憧憬」などと結び付いた独特の女性像が注目されることが多い。だが、「昭和初年代に入ってからの鏡花」が「男性」性」の問題と向き合った本作は、そうした鏡花文学に対する固定観念自体の見直しを迫ろうとしている。

注

(1) 福永武彦「「山海評判記」再読」上・中・下(『鏡花全集』「月報」巻二十四〜二十六、岩波書店 昭50・10〜同・12)。以下、本論中での福永の引用は全てこれに拠る。

(2) 野口武彦「魂の水中回廊――泉鏡花の『山海評判記』」(『近代小説の言語空間』福武書店 昭60・12、昭60・10初

出）。以下、本論中での野口氏の引用は注（11）（22）（23）を除いてこれに拠る。

（3）本文中でも触れたように、矢野の学生時代の友人であった壺田は「四十ぢかな男」（第十七章〈鰈〉）と評されるので、矢野は無論のこと、嘉伝次や綾羽もやはり「四十ぢか」という設定と推測される（ただし、第二十二章〈歌仙貝〉で矢野は壺田を指して「先方は年紀が上」とも言うので、若干の年齢差は設定されているかもしれない）。因みに、鏡花自身は「山海評判記」連載中に満五十六歳に達している。

（4）斎藤愛「「他界」の力と言葉の力の拮抗——泉鏡花『山海評判記』を読む」（『都大論究』31　平6・6）

（5）例えば、小村雪岱「『山海評判記』のこと」（『鏡花全集（初版）』「月報」巻二十四、岩波書店　昭15・6）には「芝には愛宕様の下あたりに先生の前から御別懇の方で女の踊の師匠をして居られる方がありまして其所へも御一所に伺ひました。椽先の箱庭にあつた焼物の白鷺や稽古の舞台二階にある役者絵の小屏風の事などその外篇中所々に此御宅の情景が見える様であります」という証言がある。

（6）拙論「泉鏡花「山海評判記」についての一展望——構成と主題性を巡って——」（『都大論究』37　平12・6）。以下、本論中での拙論の引用は全てこれに拠る。

（7）森田健治「〈物語〉の複数性——「龍膽と撫子」と「山海評判記」」（泉鏡花研究会編『論集　昭和期の泉鏡花』おうふう　平14・5）。以下、本論中での森田氏の引用は全てこれに拠る。

（8）アダム・カバット「泉鏡花と「甘え」——『由縁の女』を中心に」（平川祐弘・鶴田欣也編『「甘え」で文学を解く』新曜社　平8・12）

（9）第二十二章〈歌仙貝〉にも旅館の女中が戯れてお李枝を「奥様」と呼び、矢野が「おい、穏《おだやか》でない事をいつては不可《いけな》い」と応ずる場面がある。

（10）水原紫苑「鏡花のこわさ」（『文科』22　平14・7）

（11）野口武彦「泉鏡花の人と作品」（同編『鑑賞日本現代文学・泉鏡花』角川書店　昭57・2）

（12）川村二郎『白山の水　鏡花をめぐる』（講談社　平12・12）

（13）高桑法子「泉鏡花『山海評判記』——暗喩による展開として——」（『日本近代文学』32　昭60・5）。以下、本論中での高桑氏の引用は全てこれに拠る。

(14) 例えば、第十二章〈横川―柏原〉で嘉伝次が「これでも鳴らした時分には、緋縮緬の肌脱もやつたもので」と言うのに対し、第十五章〈掛蓑〉では嘉伝次が「若い芸妓《げいしゃ》の緋縮緬の長襦袢」を「素裸《すっぱだか》へ着込ん」で踊ったことが触れられる。

(15) この指摘は第二章〈長太居るか〉で床の間の掛軸について、「もの柔かに思はれたのは、―それは《ママ》、と確《たしか》に、画家が女名前だつた事である」と説明されることに基づく。同場面については森田健治氏も「矢野と綾羽との関係へと各々の〝物語〟を連繫する志向性が、書き出しの部分から存在していたことを指し示す」と説く。なお、初出時の十月二十五日掲載分の文末には「(本篇のはじめ、――長太居るか――の章(2)に――それは――は誤植。)」と記されていた。

(16) 念のために補足すれば、森田健治氏が直接の批判対象として俎上に載せたのは拙論のみだが、結末に矢野の「全面的な屈伏」を捉えるのは拙論独自の解釈ではなく、高桑法子氏の注(13)の論文の「李枝とドライブに出かけた矢野は、やはり少年時代の新年会と同様に完敗を喫する」、「愛する李枝を救いえない矢野の無力は、はっきり刻印される」という見解、あるいは、斎藤愛氏の注(4)の論文の「矢野はまず現実の残酷な相に、お李枝の拒否によって敗れ、次に圧倒的な「他界」の力を見せつけられる事によって、綾羽の側の優位を思い知らされる」という読解を踏襲している。

(17) 「龍胆と撫子」については、拙論「未完の大作の存在意義――泉鏡花「龍胆と撫子」論――」(『日本文学』平17・9)で詳細な作品読解を試みた。

(18) 例えば、福永武彦は「お李枝を待つのは、推量すれば、呉羽の後継者としての位置であらう」と説いている。鏡花の大正末期の代表作「眉かくしの霊」(『苦楽』大13・5)について、「桔梗ヶ池の新しい女主に選ばれた女が、みごとに新奥様として変身を遂げる「代替わり物語」」という解釈を提示した鈴木啓子「泉鏡花『眉かくしの霊』――暗在する物語――」(『解釈と鑑賞』平3・4)に倣うならば、「山海評判記」についてもまた、お李枝が綾羽の後継者として迎えられる「代替わり物語」という解釈が、作品読解上の一つの可能性としては成り立つかもしれない。

(19) 注(4)に同じ。

(20) 綾羽を巡る一連の回想が語られるのに先立ち、第十九章〈半日〉には矢野が散策先で「しばらく夢見心に、茫然として佇」み、「あゝ、いろ〳〵の世と時をすごして来た、――」「前途《ゆくて》は遠い」と感慨に耽る場面がある。なお、この場面について中条省平「泉鏡花――内面を拒む神秘神学」（『反＝近代文学史』文藝春秋　平14・9）は「数多くの小説を記しつつ、さまざまな時空を横断してきた小説家、泉鏡花の生涯を一瞬にしてたどり直す心の表白としても読めるだろう」と説いている。

(21)　矢野は「綾羽の〝物語〟」を私的な事情のみで語ったのではなく、「文章にして、新聞に出せるやうに」（第二十一章〈姫沼綾羽〉）と口述筆記を頼んでもいたのだから、（自己の一方的な記憶を商品として流通させようとした）「小説家」の倫理的な責任という問題も浮上することになるだろう。

(22)　注（11）に同じ。

(23)　注（11）に同じ。

〔付記〕「山海評判記」の引用は『鏡花全集』巻二十四（岩波書店　昭和50・10）に拠る。ただし、その他の文献からの引用も含めて漢字は基本的に新字体を用い、不必要なルビは省略してある。

贖罪の軌跡
――「縷紅新草」成立まで――

吉村博任

一

小説に三部作という作品がある。独立していながら、主題の上で連絡を持ち、相互に関連し合い、一つのまとまりに統合されている三つの作品のことである。

その例として、漱石の「三四郎」「それから」「門」、志賀直哉の「大津順吉」「和解」「ある男、その姉の死」のそれぞれ三作が挙げられる。また、他に特殊なものでは、三島由紀夫の「憂国」「十日の菊」と「英霊の声」の三部作がある。

もし、ここで鏡花文学に三部作があるとすれば、何を挙げることが出来るだろうか。論者が選ぶとすると、鏡花の場合には彼の事実と虚構の切点に立つ作品、「ささ蟹」「女客」と「卵塔場の天女」を挙げるであろう。

それはこの三作には、一作毎に成長小説風の筋や内容の関連した展開が見られ、三作を通じてその時々の名前は違うが同一人物と目される主人公と女主人公が登場するからである。女主人公について言えば、「ささ蟹」のお京、「女客」のお民、「卵塔場の天女」のお悦によって、ひとりの鏡花の女の理想像が立ち上がって来る。

これらの作品を改めて三部作として読んでみると、明らかに作者鏡花の意図するものが感じられ、自ずと其処に見えて来るものがある。この三作によって、作者の分身である主人公とその近親の女性との人生における関わりが明らかになってくる。それは鏡花の虚構に隠された真実であり、彼の秘められた人生、鏡花の恋であり、彼の思いがけない罪責の数々である。

さて、その三部作の中で、能の「序破急」で言えば、その「序」に当たる作品がお京をヒロインとする「ささ蟹」（明治三十年）である。

この小説は、作者の分身である主人公の兼に対するお京の思慕が惻々と感じられる作品であり、一方、作者はそこでお京の優しい性格と思い遣りのある侠気を余すところなく伝えている。

主人公とお京は再従兄妹で筒井筒の間柄にあり、離れていても互いの安否を気遣い合う仲で、その事が夫の嫉妬心やその親族の反感を買い、一方で主人公の祖母の懸念するところであった。

その間の事情について作者はお京に次のように語らせている。

「兼《かね》さんたあ私や再従兄妹《またいとこ》さ。だから親類《しんるい》。可《い》いかい、親類とは交情《なか》をよくするものさね。

次郎《じろ》さん、だから、お前《まい》さんともなかよしだね」

お京は冷《ひやゝ》かに見て微笑《ほゝゑ》みたり、次郎は頤《あぎと》を掻撫《かいな》づる。

「だからまた、兼さんとなかよしです。なかが可いつたつて、何も不思議なことがないぢやあないかねえ、お前《まい》」。

下婢《かひら》等は目を見合《みあは》し居《を》るのみ、お京は悠々《いう〱》と落着《おちつ》き澄《すま》して、

「なかが好《い》いのに、なかをよくするのに、別《べつ》に何《なん》ぢやあないか、私にさ、児《こ》があつたッて構《かま》ふもんですか、人《ひと》の女房《にようばう》だッて構ふものか」

お京は兼の父親の亡き後、その困窮をしのぐ金の用立てを婿養子の夫に頼むが聞き入れられず、兼の父の彫金の名作「ささ蟹」を他人の手に渡さないために、家人や使用人の目の前で、兼への愛情宣言ともとれる見得を切って本家の金庫から公然と金を盗み出す。

仍て、この作品は彫金のささ蟹や花橘の幻想を通じて、父親の名人芸に対する作者の追慕の念を描くだけではなく、主人公とお京との心情的な交わりや相思の関わりが描き出され、鏡花には珍しくリアリティのある作品となっている。

ところが、この作品について村松定孝は次のように述べている。

　ただ、本作がいわゆる私小説と異なるのは、お京が婿の親類を呼び集めて、兼さんのため「亭主の金を盗むんだ」と手に刺刀を引ッそばめ、片膝立てて寄らばと身構える情景は照の性格を誇張して作中に演じせしめたのであろう。

ところが、この作品は他の一面で、作者が主人公とお京（村松は照と書いている）が相思の仲にあることを始めて彼女に告白させ、彼女が物心両面で主人公の援助に努めた点を明らかにしていることで、お京が見得や啖呵を切っても切らなくても、これが私小説的であり、リアリティがあることは否定することは出来ない。

続いて第二作の「女客」（明治三十八年）になると、それは冬の夕の静穏な情景にも拘わらず、「ささ蟹」よりも更に激しい情念を作品の底に秘めて展開する。この作品は「ささ蟹」に始まる主人公たちの過去の事情をそのまま引き継いでいる点で、「ささ蟹」の続編とも見做すことが出来て三部作の「破」の部分に当たる。

金沢の蒔絵師の女房のお民は、五歳になる息子を連れて東京の「また従兄」の謹の家に遊びに来ている。

お民はかつて、謹が父親を亡くして失意のあまり、故郷金沢の百間堀で投身自殺を企図する危機状況の中で、謹の支えとなって彼を死の淵から救い出したことが語られる。二人はそこで過去の百間堀をめぐる入水事件を回想し、

「ささ蟹」時代の苦しかった生活や若き日の心情を思い手を執り合うが、その時、百間堀の鼬の影に怯えて目をさました子供の泣き声で現実に引き戻される。

このようにお民は主人公の青年期の生活苦や人生の苦悩を読みとって、激しい自殺念慮を抱く男を死の淵から引き戻すことが出来た。青春の苦境にあった主人公を励まし援助し、生き抜くことに目覚めさせた女、それが「ささ蟹」のお京であり、同じく「女客」のお民であった。このような事は深い愛情がなくては誰にでも出来ることではない。正に「女客」の中で、主人公の謹は彼女のことを「命の恩人」と言い切っている。

このお民については、村松が解題の中で引き続き次のように紹介している。

　本作のお民のモデルは、鏡花の祖母の実家目細家の家つき娘で鏡花の従妹《ママ》に当る照である。照は鏡花が父を喪い帰郷中、失意のあまり幾度か投身自殺をはかるような危機に際し、鏡花のこころの支えとなって救っており、彼の恩人であることが、本作でもそのまま謹の口を通して回想されている。

この村松の言う照については、蒲生欣一郎は次のように敷衍して述べている。

　このモデルの目細てるは初期の「ささ蟹」（明30）以来しばしば用いられており、この作品（『由縁の女』）に先立つ〝墓参小説〟の「町双六」にも主人公と同年の従姉お鶴として描かれている。鏡花の祖母の実家・金沢市裏安江町にある目細家の長女で、彼の「またいとこ」にあたるわけだ。一八七四年（明7）一月十五日生まれとあるから、鏡花より三か月後でも、同年とみてよいだろう。目細家は四〇〇年ほど前に金沢に創業した針（縫い針）の製造販売の旧家である。てるは店の仕事に従事していた室野という人を夫にむかえて五男五女、十人の子供をもうけている。鏡花より四年早く一九三五年（昭10）十二月二十日に、六十一で死んだ。養子をむかえた娘だけに積極性に富む女性で、女性的な鏡花を相手にいつも彼女は〝年上の女性〟のようにふるまっていたそうである（殿田良作「鏡花の実際と作品」）「ささ蟹」以来の小説に描かれているのも、そういう女性としてであり、この小説でも同じである。しかし鏡花文学の主要テーマの一つである〝年上の女性〟への思慕の対象として描かれているのでないことは、どの作品でも同じだ。

この一文の末尾で、蒲生は目細てるについて大事なことを指摘している。それは照が鏡花文学の主要なテーマである思慕の対象としての「年上の女性」として描かれているのではなくて、それとは全く別格の存在、もっと身近な現実の愛情の対象として書かれていることを示唆している。

また一方で、お民こと照については、次のような人物評もある。鏡花を敬慕しその作品を愛読した久保田万太郎は、お民を次のように評している。


虐げられた女性。……虐げられて反撥する女性と反撥しない女性。……ともに先生の描かれる女性である。

……後者の場合のすがたを、お民の上によみとつていただきたい。


このように目細てるの一面をお民の上に読みとった万太郎は、さらに「女客」について次のような挿話を残している。


わたくしは先生（鏡花）のおばけの出る小説よりもおばけの出ない小説のほうがより結構だといふことをいつた。では、どういふものがいいのだと先生はいはれた。言下にわたしは「女客」をこたへた。先生はどうして「女客」がそんなに評判がいいか分らないといはれた。

――わたしはどうして「女客」といふものをわたしがそれほど買ふかといふことを縷々陳じた。


ここでは万太郎は「女客」を高く評価する理由については書いていないが、彼が鏡花を前にして、これが鏡花の作品の中で如何に好ましい名作であるかという所以を縷々として陳べたのは、恐らくこの人生の機微に通じた市井物の作家が、「女客」の背後に鏡花の照への思いの徒ならぬものを感じ取ったからではないだろうか。

村松定孝もまた、前作の「ささ蟹」の場合とは打って変わって、全く違った見解を述べている。

本作において、最も照と鏡花の従兄妹同士の愛情が色濃く写実的に示されており、その点、本作は数少い鏡花の私小説的発想のひとつにかぞえられよう。

先に、「ささ蟹」において、その私小説性を否定した村松も、この「女客」では鏡花と照の相思の関係を認めざるを得なかった。

このように「女客」において、鏡花はひと度自らの愛の真実を告白すると、その後は一気に「急」の段の恋の虚構の場に突っ走ることになる。

それが第三作の「卵塔場の天女」（昭和二年）である。

早くに「ささ蟹」に発して、やがて「女客」へと、その相思の主題を載せた作品の流れは、静から動へと変化し、さらに多くの作品を伏流し、それは正にお京物の連作として、序、破、そして急と長い歳月を経て最後に卵塔場という虚実の舞台の頂点に到達する。それは鏡花という作家はここまで書くのか、という作品になっている。

二

「卵塔場の天女」は、中央で能楽流派の宗家同格の地位にまで栄達を極めた能楽師の橘八郎が、十数年ぶりに故郷金沢へ帰る帰郷小説である。

地元では、能楽関係者たちが大袈裟な歓迎の用意をして待ち構えている。彼はそれを避けて別の宿をとり、その後も従妹のお悦の家に逃れる。しかし、其処でも幼い時に別れた妹のお久が、生活苦を訴えるために夫や五人の子供と共に待ち受けている。久し振りの帰郷なのに、八郎は旧藩の権威と関わりのある地元能楽関係者の俗物的言動に悩まされ、一方では、無教養で厚かましいお久一家の勝手な要求に苦しめられる。この度、八郎は地元の能楽堂で「羽衣」の天女を舞うことになっていたが、このような能楽会の権威主義や悪意に満ちた応待と、実妹たちの異常な振舞のために精神的に追い詰められていた。

やがて当日、「羽衣」の幕が開くと、八郎の心情を理解し、その苦悩に同情したお悦は、八郎を庇うために、突然、舞台に駆け上り態と平手で打擲する。八郎は舞台に突っ伏し、演能は中断する。その後、二人は町の暴漢らから卵塔場に逃れる。その墓地で彼等は酒を酌み交わし、愛情を確め合い、それぞれの家と家族、それに社会的地位などの凡てを捨てて、互の絆を人外に求め、〈人焼きの人足〉に堕ちようと決断する。

このように、「卵塔場の天女」におけるお悦に対する八郎の態度は信頼し切ったもので、彼は唯々としてお悦に従っている。その時、彼女は才気に満ち頼り甲斐があり、敏捷にして機転がきき、時にはお侠で生き生きとして、粋な女として活写されている。特に八郎に逢ってからは、その世話をする喜びから生気躍動して才気煥発、あらゆる困難な事態に的確に対応している。要するに照をモデルとしてのお悦は、鏡花のどの年上のヒロインよりも鏡花好みの懐かしい最愛の女性として描かれている。

それに反して、妹のお久は村松が疑問視するほどお悦に対立する負の存在として書かれている。

さて、このように唯一人の女主人公をめぐって「序」「破」と続いて来た鏡花の愛の三部作は、ここで始めて「急」の展開を見せ、名人橘八郎はお悦とともに能楽堂を去って、逃れて来た卵塔場を舞台に最高潮に達し、其処では正に人生の究極の場が演じられる。すなわち、故郷金沢における因襲と過去の亡霊との修羅の戦の中で、八郎はお悦の手厚い援助を受けて、手を取り合って二人の恋慕の大団円をむかえることになる。

それは「卵塔場の天女」という作品には、意外なことに鏡花の強烈な毒が盛られていたということである。

その毒とは何か。

近世文学研究者の高田衛は、「卵塔場の天女」の墓地における高潮の場面に、山東京伝「曙草紙」の清玄桜姫劇パターンを読み取っている。それを次の如く論じている。

「妹だ。……きようだいは一つ身《からだ》だと？　御免を蒙《かうむ》る。血肉も骨も筋も一つに溶け合ふのは恋しい可愛い人ばつかりだ。何？　――きやうだいは五本の指、嘘を吐《つ》け。――私には六本指、（1）駢指《むつゆび》だよ」

この激しい拒絶を、ねじれた母恋いの告白と解する必要はない。この小説では、それが従妹のお悦への心の表白になるからだ。

卵塔場での、八郎とお悦の会話の意味するところは、血縁という近親性を否定して、血縁を超えた男女のしかもきわめて近親相姦的な姦通への決断なのである。

さらに、高田の指摘は次の如く続く。

「曙草紙」の鳥辺野の「荼毘所」「庵室」が兄妹相姦譚（未遂であるが）としての清玄・桜姫譚の様式化を通じて作ったのは、墓地、三昧地に近親相姦的な男女の状況との一体性であったのである。

鏡花は、京伝のそのような様式世界を受容できた数少ないひとりであった。

つまり鏡花の毒とは、「卵塔場の天女」において、山東京伝の「曙草紙」を本歌取りして、密かに八郎とお悦の間に近親相姦劇の幕切れを用意したことである。それは「曙草紙」における清玄・桜姫譚の墓地・三昧地と近親相姦的男女関係の様式化された世界を「卵塔場の天女」において受容し、窃かにこれを再現しようとした。

この誰知るまいと企図された重大な虚構は、天網恢恢、後世の研究者によって明るみに出された。

この場合、二人の関係が、『鏡花変化帖』の橘正典の執り成すように、お悦の実家紅屋の福助人形の不思議な動きによって制禦されたとしても、この小説の虚構は、家名も地位も捨て去った再従兄妹同士の不倫という廉で、お悦こと照を致命的な窮地に陥し入れる危険性を孕んでいた。

要するに、「卵塔場の天女」とは見方によれば重大な悖徳を伴った作品であった。それを承知の上で、鏡花は敢えて彼女をそのモデルに選んだのである。

三

さて、此処まで三部作の内容について順次検討して来た。その結果、三作品のすべてを通じて、その主人公とヒロインの間に一貫して共通する事実が明らかになった。

まず、主人公はその苦難の青年時代にヒロインから事ある毎に物心両面からの暖い援助を受けた。その恩義については「ささ蟹」と「女客」の中に明らかにされている。「女客」には主人公が彼女に命を助けてもらった事が語られている。「卵塔場の天女」の中にも次のような一節がある。「予《かね》て、美人の其の婦《をんな》のために、魂に火を點じて、幽《かすか》に生命を消さなかったと伝ふのを聞いた」と。彼女は主人公にとって命の恩人であった。

ところが、その物心両面の援助はヒロイン照にとって苦汁をなめる結果を生んだ。そのために彼女は夫やその親類縁者から非難され責められ、みじめな思いを抱くことがあった。この事は作品の中に書き留め、ヒロインの口からも語らせている。

これらの事は、照の子息の神原円幸氏も鏡花五十回忌の談話の中で明らかにしている。

　百間堀の自殺のことがあったりして、うちの母親はよく自分の帯のものやら、髪のものやら売っては鏡花に仕送りしおった。母親は十六歳で結婚して子供は次から次生んでいるけども、自分のおやじ以外の、《ママ》だから私の父親は鏡花を余り好きでなかったんじゃないかと思う。あの自分の女房が三文文士、《ママ》父親が私の子供の頃[2]「だら三文文士に入れあげかって」と小言を言っておったのを覚えています。

昭和六十三年九月七日、目細照の菩提寺である蓮昌寺で行われた鏡花五十回忌の法要のあとの談話の一部を引用した。この照の五男の談話には、所どころ本人が言い淀んだか、あるいは発表時に削除されたか、不分明な箇所があるが、「だら」とか三文文士という嘲罵の言葉からも鏡花が照の夫に良く思われていなかったのは明らかである。

この照ことお民のことを佐藤春夫は、「虐げられても反撥しない女性」と評しているが、鏡花はそのように恩義のある相思の照を針の筵のような立場に置きながら、何もしてやれず、どうすることも出来なかった。そればかりではなく、鏡花は再従兄妹で筒井筒という間柄を「ささ蟹」や「女客」などの作品に取り上げ、彼女をヒロインとして自らの思うがまゝに操り、鏡花にはめずらしく「私小説」と批評されるほどの際疾い小説に仕立て上げた。

要するに、鏡花は再従同妹同士という甘えから、創作の上でも目細てるを色々と利用したのである。

これらの三部作の他にも、次のような作品に彼女をモデルとして描き出している。「無憂樹」（明39）「月夜車」（明43）「月夜」（明44）「町双六」（大6）「由縁の女」（大8―10）「傘」（大13）「縷紅新草」（昭14）などである。

例えば、その中の「町双六」では、幻想とは言え再従兄を恋うるあまり、彼女は実家に火を放つ放火犯に仕立て上げられ、また先の「卵塔場の天女」では、他人の妻という女の立場を顧慮することなしに、作者が勝手に危険な関係を作り上げた事は見て来た通りである。

そればかりではない。さらに次のような事実が認められる。

それは先の「卵塔場の天女」の中で、ヒロインの額に小さな傷痕を殊更に強調して描き出し、それを彼女のスティグマとして小説の趣向に利用していることである。

その疵とは、「あの透通《すきとほ》るやうな顔《かほ》に、左の眉から額《ひたひ》にかけて、影《かげ》のやうだが疵《きず》のあとが幽《かすか》にある」とか、「額《ひたひ》の疵《きず》あとが颯《さつ》と薄化粧《うすげしよう》を切《き》って、その色はやゝ蒼ざめた」

などと書かれている。

この小説の中では、主人公の八郎が演能の日の朝、市内の骨董屋で買い込んだ秋草を描いた花瓶、それには「緋《ひ》目高《めだか》一疋《ぴき》ほど」の幽かな瑕瑾があった。この花瓶は八郎が能舞台での事件の後で、卵塔場へ逃げる途中に持ち出して破砕してしまうが、先の橘正典によれば、この花瓶の疵は、ヒロインお悦の眉間の傷に通底するもので、堕ちて行く女のスティグマとして、その後のお悦の運命を暗示するものであった。

確かに現存する目細てるのポートレートには、左の眉から額にかけて、影のような疵あとが幽かに認められる。

これより先、鏡花は「卵塔場の天女」執筆の三十年前、「ささ蟹」のお京にも額の疵の影を描いている。

「ささ蟹」の一節に次のようにある。

眉一文字《まゆいちもんじ》に引《ひき》しまりて、生際《はえぎは》に疵《きず》の痕《あと》稚《をさな》き時の過失《あやまち》ならむが、見るからに稍《やゝ》険《けん》なり（中略）お京《きやう》のいつも激《げき》する時は、殊《こと》に人目《ひとめ》に立《た》つとぞいふなる額《ひたひ》の疵《きず》の、思《おも》ひなしか、後毛《おくれげ》にふれし動くとも見えし、急にまた和《やはら》ぎたる……

明治三十年五月、「ささ蟹」が発表されてから三十年を経て、昭和二年の春、「卵塔場の天女」が構想される日まで、その疵の影は鏡花の心中において、ただ小説の趣向のために執念深く用意されていたのである。

如何に目立たない微かな疵であろうと、女として額に残る傷痕は、何とか隠したいのが女性の心理であろう。それを殊更にクローズアップし、然もヒロインお悦の罪障の聖痕として、作品の趣向に使うなどと言うことは、実際に疵を持つ目細照に対する冒瀆以外の何ものでもなかった。例えそれが小説の虚構であったとしても、これほどの傲慢で罪深い行為が、近親ということだけで許されてもよいものであろうか。如何に二人が相思の仲であったとしても、それらは明らかに鏡花の裏切り行為である。

このように鏡花の照に対する罪責の数々はこの三部作において明らかになっており、彼女への背信は深まるばかりであった。

ところで、久重忠夫の書いた『罪悪感の現象学』によれば、一般に我々が抱く罪責感、罪の意識というものは、人間がある相手に対して何らかの損傷や不利益をあたえ、悪い状態に陥し入れるような「取り返しのつかない行為」をした場合に生ずるものである。すなわち、それは他人に対して「悪いことをした」という感情によって生ずる。そして、その罪責が未だ償われていない場合には、「済まない」という感情が続くことになる。この「済まない」という表現は、未だ一定の負い目が解消されていないという意味で、借りを返していない、罪責の未済性を言いあらわしている。

例えば、独逸語で「済みません」は、〝Entschuldigung!〟と言い、〝Schuld〟「罪責」の語源は〝Schulden〟「負債」である。

人が他人に対して過ちを犯せば、その人物に対して負債――負い目を抱くことになる。その支払を済まさなければ、いつまでも罪の意識が続く。「済みません」という言葉には、自らの過誤のために引き起こされた他者への負債に対する未払いの意味を表わしている。それを決済するのが贖罪なのである。

鏡花はその人生において、創作の上でも、再従妹の照に対して生じた数々の罪責を償わなければならなかった。おそらくそれが近親という甘えのため未済のまま長い間放置され、積り重って来た。ところが、ここに至ってタイムリミットが迫っていた。被害者の照に対して何の償いもしないまま生を終える日が近付いていた。

このような死の接近と罪の未済性について、先の久重忠夫は次のように述べている。

言う迄もなく、私は自分自身の死の時を予見出来ない。一刻一刻私は死に近づいていく。罪悪感の場合、私の過去の行為の意味に変化を起こさずに、つまり、何の償いもすることなしに、自分の生を閉じる可能性がある。すなわち私が私の行為の被害者に対して負っている責めを、未済のままにして生を終えるという可能性である。この未済性の観念が私の意識についてまわる。これが罪悪感の一つの相でもあり、大きな起源となる。

さらに久重は次のようにも書いている。

私自身がそれを検証することは出来ないが、行為の意味・力は、死とともに必ずしも終るものではない。換言すれば、死も私の犯した悪を免責するものではない。しかし、私の意識は、永久に未済であるという恐怖に耐えることは出来ない。この恐怖こそ、いかなる解決も得ない無限の時を、あえて想像させるのである。（傍点は論者）

要するに、人間の罪責は死とともに終わるものではない。死すらも人が過去に犯した悪や罪を免責するものではないということである。

おそらく、鏡花の場合も、その罪責が未済であるという意識とその事に対する畏怖が、彼をして「縷紅新草」の執筆に駆り立てたものと思われる。

高田衛は先の論文の中で「鏡花の最後の執筆である『縷紅新草』はこの『卵塔場の天女』の続編だとわたしは考えている」と述べている。若しそれが続編だとすれば、それは何を意味するのであろうか。

おそらく鏡花はその生の終わりにあたり、「縷紅新草」を書くことによって、目細照に対する贖罪を行い、「卵塔場の天女」以後の彼女の安らかな姿を書き残したかったのであろう。「縷紅新草」が鏡花の「墓参小説」と呼ばれる一連の作品群の中で、その掉尾を飾る作品であり、それが絶筆という点からみても、その大きな意義は目細照への最後の贖罪にあったものと思われる。

四

これまで述べて来たように、他人との関係において、「相手に悪いことをした」という感情を抱いたり、誰かに取り返しのつかない事態を生じさせた場合に、そこに「済まない」という罪悪感が生ずる。これは一般に倫理的罪責とか道徳的罪責と言われ、既に鏡花と照との間において明らかにして来た。

ところが、それとは全く別に、絶筆の「縷紅新草」が、同じく鏡花の青年時代の小説、「鐘声夜半録」のヒロイン吉倉幸への贖罪作品であるとする、小林輝冶の論文「『縷紅新草』覚え書き—贖罪意識の観点から—」が発表されている。

その中で小林は、鏡花の吉倉幸への贖罪について次のように書いている。


　現に、このゆきについては「鐘声夜半録」に始まり、絶筆「縷紅新草」に到るまで再三にわたって書かれ、そのたびに少しずつ隠されていたものが意識下から現われ始め、ゆきに対する負い目、あるひは罪の意識が深まっていることに気づく。自分が死のうとしたあの日、その同じ場所で死んだ女がいる、その女性ゆきに対して、改めて深い同情・あるいは助けてやれなかった悔恨・後悔の念が生まれたとしても一向におかしくはない。むしろそれでこそ、作家である前に、まずは人間であったということであろう。

　つまり端的にいえば、冒頭「鐘声夜半録」を書き始めた頃から、実は、ここに登場する吉倉幸に対して、既にある負い目を感じ、贖罪の意識を持ち始めていたのではないか。それが無意識裡に深まる過程で「女客」が生まれ、「桜心中」も生まれた。そして絶筆「縷紅新草」で、漸く墓参をとおして贖罪の終わったことを感じ、安らかな彼岸への道行をそこに見出すことが出来た、それが「縷紅新草」での、最も大事な趣意ではないかと思われるのである。


以上が、小林輝冶の「縷紅新草」贖罪論の大要である。

それでは、「鐘声夜半録」の吉倉幸こと吉村ゆきと鏡花三部作の目細照の場合とでは、その罪責はどの点が同じで、何処がどのように違うのであろうか。それらを同じものとして一つに括ってもよいのであろうか。

実は、それは多くの点で、むしろ凡ての点で相違していたのである。

その最も大きな違いは、鏡花は吉倉幸に対して、照の場合のように実際に「悪い事」は何もしていないのである。彼は幸には「済まない」とか、「取り返しがつかない」というような損害は一切あたえていない。

そこで改めて、吉倉幸に対する鏡花の罪責の疑問点を挙げれば次のようになる。

まず第一に、鏡花は水死したこの女性に、その生前に一度でも会ったことがあるのか。次に、彼は事件前に女の素性について些かでも知るところがあったか。第三には、女が入水自殺をすることを鏡花は前もって知っていたかどうか。そして最後の疑問は入水した女は、その時点で鏡花の存在を知っていたか、という事である。要するに吉倉幸（吉村ゆき）と鏡花の間に、彼が後日、新聞記事によって書いた小説は別として、現実において多少なりとも何らかの関係があったかどうかという点である。

その答はいずれも「否」である。

明らかに、鏡花はこの世では吉村ゆきとは全く面識がなかったのである。たまたま、鏡花が死ぬ気になって百間堀のあたりを徘徊し、死ねずに帰ったか、目細照に連れ戻された夜に、偶然に入水自殺をした女性がいた。その翌日、自分が死のうと思った場所で、一人の女が自殺したことを始めて新聞で知ったという事である。

要するに、偶然に死のうと思い立った男女が、全く別々に百間堀という自殺の名所に出かけ、其処で互に出会ったか、擦れ違ったか、それさえも判らぬ中に女の方は入水し、男は死なずに自殺をとりやめて家に帰った。男が女を見殺しにした訳でもないし、男と女は死ぬ約束をした訳でもない。二人は見ず知らずの赤の他人であった。鏡花のその夜の行動は、彼女の自殺とは全く関係が無かった。とすれば男は女の死に対して如何なる責任もない筈である。

それなのに鏡花は、自分と全く関係なく、独りで死んで行った見も知らぬ女に、何十年にも亘って罪業感を抱き、死の間際になって贖罪小説まで書いて、百間堀入水事件に拘わらなければならなかったのか。

このような理屈に合わないことがあってよいものか。おそらく此の事件のことで彼を責める者は誰もいないであろう。

先に述べたように、目細照の場合には鏡花の道義的罪責は理解できる。然し、吉村ゆきに対しては、倫理的にも道義上も鏡花には些かの責任もないのである。

ここまで来ると、問題の焦点となるのは、法的罪責や倫理的罪責とも関係がなく、その罪責の由来する原因の判らない、そのような罪が此の世に存在するのかということである。

ところが、全く意外なことに、そのような理屈に合わない罪責が人間の社会には存在するのである。

カール・ヤスパースが分類した形而上的罪責がそれである。

傑れた精神医学者で世界的な実存哲学者のヤスパースは、その『罪責論』の中で、人間の犯す罪を四つの型に分類し、法的、政治的、道徳的罪責に続く第四の罪として形而上的罪責を挙げている。

この「形而上的罪責」とは、ヤスパースによれば次のようなものである。

そもそも人間の相互間には、連帯関係や連帯感というものが存在する。そのために、人間は誰でも自分の目の前で起きた社会の出来事、犯罪や不正事件、あるいは事故に対して、その責任の一端を負わされ、共同責任を取らされる。それが形而上的罪責である。

例えば、それには次のような場合がある。

人間は誰でも、自分が犯罪や事故を阻止するために、その為し得ることをしなかった場合、あるいは、他人の死や殺害を防ぐことに手を拱いていた時にも、その本人に罪の一半があり、共犯者だというのである。

要するに、事件や事故が起きて、其処に自分が居合わせ、他人が死んだり殺されたりしたのに、自分が生き永らえている場合には、自分がまだ生きているという事が罪なのである。

その罪責の特徴は、それ以外の三つの罪、法的、政治的、倫理的罪責の場合には、いずれも人間の何らかの積極的な行為や選択によって生ずる責任に由来するものであるが、形而上的罪責は、本人の何らの選択や行為が無くても生ずる罪であり、人がただ此の世に存在し生きていることだけで生ずる罪責である。

また実際には、その形而上的罪責には次のような場合を挙げることが出来る。

例えば、我々は山の遭難者や戦争からの帰還者の中に形而上的罪責を抱き続ける人々を見出すことが出来る。彼等は自らが誰かを死なせたわけでもないのに、ただ自分が偶然に生き残ったという事に深い罪責感を抱くのである。他にも大地震の際に紙一重で生死を別かった場合や、或いは列車事故や海難事件の場合にも、生き残った人々に形而上的罪責に悩む事例を多く見ることが出来る。このような生き残りの現実が生ずる罪責の歴史的な例として、ナチスのアウシュビッツの収容所の生存者を挙げることが出来る。

これらの場合には、一度、形而上的罪責を抱いたら、現世においては容易に贖うことの出来ない罪業を背負うことになり、そのために長い間に亘って重篤な心的外傷を持つ人々が其処から生じて来る。

この形而上的罪責による心的外傷については、社会学者の大澤真幸が論文「〈自由〉の条件」の「キリストの贖罪」の項で、精神分析のフロイトの見解を引用している。

　自己自身に帰せられる積極的などのような行為もなかったとしても、死んでいった者がいたのに自分自身は生き延びているという事実が、すでにそれだけで、生き延びた者たちに――謎と同時に――罪責を構成するということである。たとえば、戦争からの帰還者や、鉄道事故のような大きな事故の生存者は、彼ら自身が誰かを殺したというわけでもないのに、ただ自分たちが奇跡的に生き延びたということに、深い罪責感を覚えているのである。

さらに大澤は我が国の次のような事例に言及している。

ここでは、もうひとつ——現代の日本人にとってもう少し馴染み深い——事例を引いておこう。それは、一九九五年一月一七日の早朝に起きた阪神・淡路大震災を経験したある女性のケースである。彼女は、その日、たまたまいつもより一〇分間だけ早く起きていたがために、生き延びた。しかし、いつも通りに眠っていた夫は、家の下敷きになって死んでしまった。起きたのが一〇分間だけ早かったというまったくの偶然が、後に、この女性にとっても、深い苦悩をともなう罪責感の源泉となる。

鏡花の場合もまた、百間堀という自殺の名所で、一人の不幸な女が入水して死んだ夜に、偶然、その現場に自殺を企図した鏡花が居合わせ、死んでゆく女を救うことが出来ず、彼はおめおめと生き残ってしまった。鏡花自身に帰せられる積極的な何のような行為もなかったにしても、その形代のように死んでいった女がいたのに、鏡花自身は生き延びているという事実が、すでにそのことだけで生き延びた鏡花の心に、あの時、自分は死ぬべきであったという思いと形而上的罪責を生ずるのであった。

その時の原風景を「縷紅新草」の中で、鏡花は後に次のようにイメージしている。

> 今、目《ま》のあたり、坂を行く女《ひと》、あれは二十《はたち》ばかりにして、其の夜、(鳥をいふ)千羽《せんば》ヶ淵《ふち》で自殺して了つたのである。身を投げたのは潔い。
>
> 卑怯《ひけう》な、未練《みれん》な、おなじ處をとぼついた男の影は、のめ〳〵と活きて、こゝに仙晶寺の磴《いしだん》の中途《ちうと》に、腰を掛《か》けて居るのであつた。

恐らく、神経の鋭敏な鏡花のことである。彼もまた事件や事故の生き残りの人たちと同じように、贖うことの出来ない罪責にさいなまれ、心的外傷に苦しむことになった。

ところで、鏡花の形而上的罪責の重大さと心的外傷の深刻さを見抜いた人がいた。その一人が師匠の尾崎紅葉であった。

紅葉は、鏡花から送って来た「夜明けまで」（鐘声夜半録）の原稿と手紙を読み、その背後に一人の女を見殺しにした鏡花の罪責の重さと心の傷の深さを読み取って愕然とした。彼はその罪責の異常性と死の願望を知って、その死神の手強さに驚愕し、慌ててかの有名な書簡を鏡花に書き送った。その一節に曰く。

……巻中「豊嶋」の感情を看るに常人の心にあらず一種死を喜ぶ精神病者の如し、か丶る人物を点出するは畢竟作者の感情の然らしむる所ならむと私に考へ居候ひしに果然今日の書状を見れば作者の不勇気なる貧窶の為に攪乱されたる心麻の如く生の困難にして死の愉快なるを知りなど、浪《ミダ》りに百間堀裏の鬼たらむを冀ふその胆の小なる芥子の如く其心の弱きこと莩殻の如し。……

紅葉はここで形而上的罪責者の心的外傷を言い当て、「一種死を喜ぶ精神病者の如し」とか「生の困難にして死の愉快なるを知り」などと、その自己否定的な目的しか持たない欲動、フロイトの所謂「死の欲動」を指摘している。当時、この書簡が鏡花のトラウマに対して精神療法的な役割を果たしたことが知られている。

また最近になって、鏡花研究家の中で、「鐘声夜半録」に関わる百間堀入水事件が、鏡花の上にヤスパースの形而上的罪責を齎したことを示唆した人がいる。

高桑法子は、「誘惑する水」という論文の中で、「鐘声夜半録」と「縷紅新草」に関して次のように指摘している。

そして作品自体は異常な幕切れで完結したとしても、この〈形代〉としての死という新しい出来事はおそらく完結しなかったはずである。なぜなら死んだのは鏡花自身ではなかったからである。「卑怯な、未練な」男の影は「のめ〳〵活きながらへ」（『縷紅新草』）その代わりに水に死んだ女がいたことは、鏡花の深層でつねに存在を揺さぶる死の影となっていき続けたのではないだろうか。

著者の高桑は次の一節に特別に傍点を付している。

なぜなら死んだのは鏡花自身ではなかったからである

先に何度も述べて来たように、女が入水して死んで、もう一人の死ぬべき男は生き残った。という事だけで、鏡花の心には、その時、自分は死ぬべきであったという形而上的罪責を生じ、彼はその生涯に亘って心的外傷を抱くことになった。

高桑のこの一節は、これまでの数少ない鏡花の形而上的罪責を指摘したものとなっている。

五

鏡花が絶筆として遺した「縷紅新草」においては、「卵塔場の天女」に続いて、その舞台には目細照の菩提寺の墓地が選ばれている。

鏡花の分身である辻町糸七は従妹のお京の墓参のため、お京の娘お米と連れ立って菩提寺の仙晶寺を訪れる。この寺には、辻町が若かりし頃、生活苦のために死のうとした夜、彼の形代の如く入水自殺した加賀刺繍の女工初路こと吉村ゆきの無縁墓がある。初路は没落した士族の娘で、彼女が縫取りした番の蜻蛉のハンカチが外国で評判となり、そのために同僚の嫉みを買ったばかりか、つがいの蜻蛉の図柄が不道徳だという世間の誇りを受けて彼女は百間堀で入水自殺をする。

その寺の墓地では、三十年前の初路の「入水事件」が回想され、辻町とお米の会話や動きにつれて、その背後にお京と初路の影が寄り添う。お京への墓参はやがて初路への墓参りとなる。

偶々、辻町とお米の訪れたのは、町の有志らが真成寺の友禅の墓の向こうを張って、観光のために初路の技芸を顕彰する糸巻塚を建てる日に当たっていた。その墓石を移転するために、寺男や工事の人夫たちは、初路の墓に荒縄をかけ手荒に扱っている中に、蜻蛉の幽霊があらわれて、人夫らが逃げ出す場面に出会う。生前のお京は初路の墓を大切に見守って来た。その母親の意志を継ぐように、お米は傷めつけられた初路の墓を、彼女の身を守るかのように自分の羽織でやさしく包み込む。主人公とお米が、かつて俗世間の噂の痛ましい犠牲になった初路をあらためて世俗の汚濁から守護する光景が展開する。

すでに述べたように、鏡花はこのお京と初路に対しては、贖わなければならない重い罪責を担って来た。お京こと目細照に対しては、鏡花が生きている間に決済しなければならない罪であり、一方の初路こと吉村ゆきに対する罪責は、あの時自分も死ぬべきであったという鏡花の死によってのみ償われるものであった。死んでしまったら償うことの出来ない罪と本人の死によってのみ贖罪の成立する罪業、倫理的罪責と形而上的罪責に対する相反する贖罪が同時に成立する希有の時空は何処にあるのか。

鏡花が選んだ仙晶寺の墓地、其処を舞台とした「縷紅新草」こそ、アンビバレントな二つの罪責に対する、鏡花の生から死への境界における贖罪の場であった。

かつて、作品「鐘声夜半録」が、鏡花の罪責の証拠記録であり、彼のトラウマの原因であったように、小説「縷紅新草」は、其処に描かれた展墓の主題は言うまでもなく、病を押しての死戦期の執筆行為そのものが鏡花の贖罪であり免罪符であった。鏡花は、お京こと照と初路こと幸の二人の女性との奇しき此の世での贖罪と永訣を死期迫る病床での執筆で一挙に果たさなければならなかった。

この作品は一瞬の猶予もゆるされず、躊躇っておれば間に合わない、死の瀬戸際のきわどい執筆であった。そのために鏡花はその病苦に耐え周囲の心配をしりぞけて、その思いを遥かな故里の時空に馳せて、そのレクイエムの稿を日に一枚二枚と書き継いでいった。

それは、それ以前でも、それ以後でもない、その時機を外せば存在意義を失う、厳しいタイムリミットを持った作品であった。

「縷紅新草」は鏡花の終焉と時を同じくして完成された。

小村雪岱の年譜はそれを次の如く伝えている。

昭和十四年七月「縷紅新草」中央公論に出ず。これ病苦を押へ夫人の御心配を退けて執筆せられしものなり。

八月、病勢増進さる。九月七日、急変、午後二時四十五分逝去。

絶筆とは正にこのような作品を言うのであろう。それはまた鏡花の「死者の書」となっていた。作品の結末を鏡花は次のように描いている。

「あれ、蜻蛉《とんぼ》が。」

お米が膝をついて、手を合せた。

あの墓石を寄せかけた、塚《つか》の絲枠《いとわく》の柄《え》にかけて下山《げざん》した、提灯が、山門へ出て、すこしづゝ高くなり、裏山の風一通《かぜひととほ》り、赤蜻蛉が静《そつ》と動いて、女の影が……二人見えた。

女の影が……二人。言うまでもなく、すべてをなし終えた照と幸の後ろ姿であった。そして見送る鏡花は、誰かが言った、「幸福な作家であった」と。

本稿における泉鏡花の文章の引用は、岩波三版『鏡花全集』全二十八巻別巻一（昭61・9・3平1・1・10）を底本としルビは簡略化した。

参考文献

大澤真幸「キリストの贖罪」「〈自由〉の条件20」『群像』講談社　平成十二年八月
尾崎紅葉「紅葉山人尺牘」『天才泉鏡花』「新小説臨時増刊」春陽堂　大正十四年五月
カール・ヤスパース「形而上的な罪」責罪論選集10『希望と憂慮』橋本文夫訳　理想社　昭和四十年
カール・ヤスパース「四つの罪の概念」『戦争の罪を問う』（平凡ライブラリー）　橋本文夫訳　平凡社　平成十年八月

蒲生欣一郎「テーマと技法との集大成『由縁の女』」『もうひとりの泉鏡花』東美産業企画株式会社　昭和四十年十二月
神原圓幸「鏡花の思い出」『鏡花研究』第七号　昭和十四年三月
久保田万太郎「先生と私」『鏡花全集』月報(8)　昭和四十九年六月
小林輝冶「『縷紅新草』覚え書き―贖罪意識の観点から―」『鏡花研究』第十号　平成十四年三月
高桑法子「誘惑する水」『幻想のオイフォリー』小沢書店　平成九年八月
高田衛「京伝・鏡花・卵塔場―江戸読本と近代小説―」『ユリイカ』青土社　平成十二年十月
橘正典『鏡花変化帖』国書刊行会　平成十四年五月
富田明子「鏡花先生五十回忌会記」『鏡花研究』第七号　平成十四年三月
久重忠夫「未済性の問題」『罪悪感の現象学』弘文堂　昭和六十三年三月
村松定孝「鏡花小説戯曲解題」（「鐘声夜半録」「ささ蟹」「女客」「卵塔場の天女」）『泉鏡花事典』有精堂　昭和五十七年三月

注

（1）駢指《むつゆび》　むつおよび枝指の六指の義。手足の小指に二指ありて指の数六つあるもの、今はむつゆびと読む。余計な物不要なるものの義（『大言海』による）。

（2）だら　加賀の方言、馬鹿という意味の罵詈の言葉。馬鹿者と相手を罵る言葉。語源㈠　柳田国男の「たくら考」によると主として、中部地方と東北の一部で馬鹿という意味で使われているタクラ・オタクラ・タークラ、会津、南部、出羽のオタカラ・タカラモノという語の中間のK子音が脱落したという説。語源㈡　安永・天明頃に京都から起こったアホダラキョウ（阿呆陀羅経）の「あほたらしい（馬鹿ばかしい）」を陀羅尼にかけた語から来た言葉と言われる。

〔資料〕

泉鏡花参考文献目録（雑誌の部）補遺五

田中励儀

この目録は、「泉鏡花主要参考文献目録（雑誌の部）」（「同志社国文学」13、昭53・3・5）、「同補遺」（「鏡花研究」5、昭55・5・30）、「同補遺二」（『論集泉鏡花』昭62・11・20、有精堂。平11・10・10、和泉書院）、「同補遺三」（『論集泉鏡花第二集』平3・11・3、有精堂。平11・10・10、和泉書院）、「同補遺四」（『論集泉鏡花第三集』平11・7・30、和泉書院）に引き続いて作成したものである。前五回の目録では、大正14年5月から平成9年12月までに発表された雑誌掲載論文（劇評・映画評類に関しては、昭和53年1月から平成9年12月まで）を収録したので、本稿では平成10年以降の文献を中心に、管見に入ったものを紹介したい。なお、以前の目録の収録範囲に含まれるものでも、後の調査および各方面からの御教示によって新たに判明したものを併せて収録した。御教示、御助言を賜った鏡花研究会会員諸氏をはじめ、多数の方々に深く感謝したい。

今回も相当の遺漏があることはいうまでもなく、記載形式についての不備も多い。大方の御教示をお願いする次第である。

凡例

一、この目録は、前五回の目録の補遺を成すもので、雑誌に発表された泉鏡花についての研究・評論・書評等を収録し、次の四部に分かれる。

Ⅰ　平成10年1月より平成15年12月までに発表された研究文献

Ⅱ　大正14年5月より平成9年12月までに発表された文献で、前五回において遺漏のあったもの。

Ⅲ　平成10年1月より平成15年12月までに発表された劇評・映画評類。

Ⅳ　昭和53年1月より平成9年12月までに発表された劇評・映画評類で、前五回において遺漏のあったもの。

一、文献の配列は発表年月日順とし、執筆者名・標題・発表誌名・巻号数・発行年月日の順に記載した。最後の丸囲み数字は文章のページ数合計を示すものである。なお、とくに紛らわしいものについては、誌名の上に発行所名を付した。

一、泉鏡花特集号も別記せず配列の中に組み込んだ。この場合、冒頭に纏めて特集名・発表誌名・巻号数・発行年月日を示し、所収論文は一字下げて列挙し、それぞれのページ数合計を付した。

一、標題のほか、特集名・シリーズ名等は〈〉内に入れ、副題は―で続けた。また、《》は対談・座談会等、〔〕は資料・解説等、〃〃は書評・劇評等のコーナー名を示すものである。原則として、旧字体は新字体に改めた。

Ⅰ　研究・評論・書評等（'98年〜'03年）

●一九九八（平成10）年

小林輝治「〈文学の舞台金沢73〉金沢神社（兼六園）」　金沢91　平10・1・1　①

注「大和心」に言及。

伊崎恭子「泊まってみたい名作、作家ゆかりの宿10」　旅72―1　平10・1・1　⑤

注「まつさき―泉鏡花の小品『海の鳴る時』の舞台」を含む。

藤井康宏「〈解体全書第四十五回〉泉鏡花」　ダ・ヴィンチ45　平10・1・6　⑥

注　波津彬子へのインタビュー「あやうい魅力」を含む。

山崎紀枝「『高野聖』論」　福岡教育大学国語科研究論集39　平10・1・31　⑰

淺野敏文「『河伯令嬢』論―『蟄龍』の典拠に関する考察」（中央大学）大学院研究年報文学研究科篇27　平10・2・20　⑬

魯　惠卿「小次郎法師の物語―泉鏡花『草迷宮』論」（筑波大学）日本語と日本文学26　平10・2・28　⑨

高橋治、鷹羽狩行「《白山麓炉端談議》俳句という器、雪女郎と女性美」　俳句47―3　平10・3・1　㉚

注「薬草取」ほかに言及。

五木寛之「〈随筆〉上京者たちのオマージュ」　東京人13―3　平10・3・3　③

注　小村雪岱と鏡花に言及。

泉　麻人「〈東京昆虫図鑑15〉斑猫の幻」　同　右　②

注「龍潭譚」に言及。

倉林　章「〈気持ちいいブックガイドエロチカ〉高野聖／泉鏡花」　オルタブックス9　平10・3・5　①

山口政幸「一人の『妻』と三人の『女』の物語―『三人妻』と『由縁の女』をつなぐもの」　専修人文論集62　平10・3・9　㉑

種田和加子「偶像の競合―『妖剣紀聞』論」　日本文学47―3　平10・3・10　⑩

松村友視「〝書評〟高桑法子著『幻想のオイフォリー―泉鏡花を起点として』」　同　右　②

中島佐和子「『草枕』の〈美〉―『高野聖』をひとつの視座として」（お茶の水女子大学）人間文化研究年報21　平10・3・10　⑧

田中励儀「鏡花と猫」　幻想文学52　平10・3・10　⑥

注「黒猫」「悪獣篇」「雪柳」「駒の話」「三味線堀」ほかに言及。

田中励儀「〝新刊紹介〟『幻想のオイフォリー―泉鏡花を起点として』高桑法子著」　同志社時報105　平10・3・10　①

市川祥子「泉鏡花『夜叉ヶ池』論―その祭式性をめぐって」　群馬県立女子大学　国文学研究18　平10・3・15　⑨

嶋多直子「鏡花俳句にみる色彩」（金沢学院大学）　日本文学研究年誌7　平10・3・15　⑭

秋山　稔「鏡花本の広告（一）―明治三、四十年代」　同　右　⑰

赤尾勝子「『さゝ蟹』論―その世界と生成のプロセスをめぐって」　実践国文学53　平10・3・15　⑰

峯島正行「〈連載／評伝・今日泊亜蘭7〉ヨーロッパ潜入」　大衆文学研究116　平10・3・15　⑦

注「春昼」に言及。

川島幸希「〈古書歴訪3〉鏡花本の外装」　日本古書通信63―3　平10・3・15　③

奥田久美子「泉鏡花『湯島詣』論」（東京学芸大学）青銅29　平10・3・18　⑪

高田　衛「〈研究の視座〉後裔たちの『蛇性の婬』―秋成・鏡花・中上健次」（近畿大学）シュンポシオン3　平10・3・19　㉛

注「南地心中」に言及。

荒川由紀子「〈文士の散歩道〉逗子―泉鏡花　希代の幻想小説家が愛した巡礼古道」　サライ10―6　平10・3・19　②

注「春昼」「春昼後刻」に言及。

大野隆之「鏡花『春昼』の表現構造―様式の複合と多層的柔構造」　沖縄国際大学　日本語日本文学研究2―2　平10・3・20　㉑

上田正行「女人成仏、草木成仏のこと―『薬草取』考」　金沢大学文学部論集　言語・文学篇18　平10・3・20　⑳

三品理絵「泉鏡花と打擲する女―『貧民倶楽部』から『湯女の魂』へ」　阪神近代文学研究2　平10・3・20　⑲

穴倉玉日「本郷座の『高野聖』に就いて―泉鏡花『深沙大王』の成立と上演見送りの背景」（福井大学）国語国文学37　平10・3・20　㉒

淺野敏文「泉鏡花論―桃花源に関する考察」　中央大学国文41　平10・3・25　⑪

注「薬草取」「高野聖」ほかに言及。

魯　惠卿「泉鏡花『蛇くひ』論―自筆原稿との比較を通して」（筑波大学大学院）　日本文化研究9　平10・3・25　⑪

小林輝治　「鏡花文学における被差別部落の問題―『龍潭譚』から『妖剣紀聞』へ」
北陸大学紀要21　平10・3・31　⑬

清水　潤　「泉鏡花『日本橋』論―小説構成を中心に」
岡山大学国文論稿26　平10・3・31　⑩

吉田昌志　「松本金太郎の事蹟―泉鏡花ゆかりの人々」
緑岡詞林22　平10・3・31　⑬

小林責、根岸理子　「〈研究ノート〉〈照葉狂言〉と〈今様能狂言〉―主としてその呼称について」
武蔵野女子大学
能楽資料センター紀要9　平10・3・31　㉜
注「照葉狂言」に言及。

吉田昌志　「泉鏡花―〝美と永遠〟の探求者」
NHK文化セミナー
〈明治文学をよむ〉　平10・4・1　(240)
注 巻号表記なし。

須田千里　「子どもがたり―明治二十年代一人称小説一斑」
文学季刊9―2　平10・4・10　⑩
注「化鳥」「鷺花徑」に言及。

吉田敦彦　「『高野聖』の中の水と母神」
日本の美学27　平10・4・30　②

秦　恒平　「蛇―水の幻影」　同　右　⑮
注「蛇くひ」「南地心中」ほかに言及。

長谷川泉　「肺癌苦闘の泉鏡花と遺著『薄紅梅』」
現代のエスプリ別冊
〈文学に現れた遺書・遺言〉　平10・5・10　③
注 巻号表記なし。

藤澤秀幸　「〝書評〟田中励儀著『泉鏡花文学の成立』」
日本文学47―5　平10・5・10　③

松村友視　「〝書評〟田中励儀著『泉鏡花文学の成立』」
国文学43―6　平10・5・10　①

鈴木啓子　「溢れでる身体、そして言葉―泉鏡花『外科室』試論」　日本近代文学58　平10・5・15　⑮

戸松　泉　「〝ブックレビュー〟高桑法子著『幻想のオイフォリー―泉鏡花を起点として』」
同　右　①

杲　由美　「泉鏡花『国貞ゑがく』論―〈姫松〉の形象が意味するもの」（大阪大学）語文70　平10・5・30　⑪

清水　潤　「大正末期の鏡花文学―『眉かくしの霊』を中心に」　都大論究35　平10・5・31　⑪

藤澤秀幸　「太宰治と泉鏡花」
国文学解釈と鑑賞63―6　平10・6・1　⑤
注「玄武朱雀」ほかに言及。

吉岡由紀彦　「〝新刊紹介〟田中励儀著『泉鏡花文学の成立』」　社会文学12　平10・6・6　②

藤堂尚夫　「『インターネット上の鏡花情報』訂正および補遺」　イミタチオ31　平10・6・25　③

村松定孝　「文学と教育のはざま（連載第三回）―わが自叙

伝風に」　文学と教育35　平10・6・30　⑥
注「義血侠血」に言及。

中村泰彦　「〈文豪のいる風景7〉泉鏡花の『辰巳巷談』」　宝石26―7　平10・7・1　③

（無署名）　「〈怪談の妖しい美〉泉鏡花『高野聖』―清しい声の女の妖気」　セーマ2―3　平10・7・15　①

久保田淳　「〝私の書評〟読んで、歩いて楽しめる本―『江戸名所隅田川〈絵解き案内〉』を読む」　本の窓21―6　平10・7・20　②
注「雪柳」に言及。

川島幸希　「〈古書歴訪8〉独断的児童書番付」　日本古書通信63―8　平10・8・15　③
注「海戦の余波」に言及。

笠原伸夫　「装飾下着の赤と白」　東洋インキニュース74　平10・8・31　④
注「日本橋」に言及。

山口政幸　「〝書評〟高桑法子著『幻想のオイフォリー―泉鏡花を起点として』」　昭和文学研究37　平10・9・1　③

宮越　勉　「〝新刊紹介〟田中励儀著『泉鏡花文学の成立』」　同　右　①

尾崎秀樹　「挿絵画家と大衆文学」　大衆文学研究117　平10・9・5　⑳
注 文中に小見出し「小村雪岱―鏡花との出会い」がある。

森田健治　「『春昼』『春昼後刻』の構造」　学習院大学人文科学論集7　平10・9・30　㉒

魯　恵卿　「〈第21回国際日本文学研究集会研究発表〉泉鏡花『聾の一心』論―自筆原稿との比較を通して」　国際日本文学研究集会会議録21　平10・10　⑱
注 発行日記載なし。

宮本徳蔵　「潤一郎ごのみ（前篇）」　別冊文芸春秋225　平10・10・1　㊿
注 潤一郎の鏡花ごのみに言及。

須田千里　「〝ブックレビュー〟田中励儀著『泉鏡花文学の成立』」　日本近代文学59　平10・10・15　①

高橋康雄　「綺譚綺景―泉鏡花『高野聖』にみる幻景」　札幌大学総合論叢6　平10・10・31　(77)

坂井　健　「〈平成九年（自1月至12月）国語国文学界の展望（Ⅱ）〉明治初期文芸理論・泉鏡花」　文学・語学161　平10・10・31　②

武田万樹　「〈名作《ものがたり》の中には〝私〟がいる！8〉泉鏡花『高野聖』」　グラツィア3―11　平10・11・1　⑥

吉田昌志　「〝新刊紹介〟田中励儀著『泉鏡花文学の成立』」　国文学解釈と鑑賞63―11　平10・11・1　①

眞有澄香　「泉鏡花と関東大震災―『甲乙』を視座として」

芸術至上主義文芸24　平10・11・21　⑨

眞有澄香「〝書評・紹介〟田中励儀著『泉鏡花文学の成立』」　同　右　③

橘　正典「〈「鏡花変化帖」外国篇二〉黒猫異聞」
英米文学手帖36　平10・11・26　⑫
注「黒猫」「霊象」に言及。

嵐山光三郎「水湊抄」　オール読物53―12　平10・12・1　⑱
注 小説。「紅葉先生弔辞」に言及。

笠原伸夫「幻妖のいる場所―泉鏡花『高桟敷』」
文学と教育36　平10・12・10　⑧

橘　正典「鏡花変化帖（一）―朱の色」
あしかび55　平10・12・15　⑯
注「春昼」「春昼後刻」「朱日記」「火のいたづら」に言及。

中谷克己「鏡花『国貞ゑがく』論（上）」
青須我波良54　平10・12・20　⑰

冨永絵美「泉鏡花『眉かくしの霊』論」
福岡大学日本語日本文学8　平10・12・25　⑫

下河部行輝「鏡花の『高野聖』にみる感性（1）」
岡山大学文学部紀要30　平10・12・25　⑧

坂東広明「『草迷宮』論」
（独協中学・高等学校）
研究紀要15・16合併　平10　⑰
注 発行月日記載なし。

●一九九九（平成11）年

平野啓一郎「小説の『現代性』とは」
スタジオボイス278　平11・1・1　④
注「お化け好きのいはれ少々と処女作」「予の態度」に言及。

（無署名）「〈金沢・石川　文学のふるさと〉泉鏡花―名作の数々に金沢の街を描いた巨匠」
おあしす350　平11・1・1　①
注「照葉狂言」「義血侠血」「由縁の女」に言及。

宮本徳蔵「潤一郎ごのみ（後篇）」
別冊文芸春秋226　平11・1・1　㊵
注 鏡花の母恋いに言及。

川村二郎「白山の水（一）―鏡花をめぐる」
群像54―1　平11・1・1　⑨

藤村　猛「相克する恋愛―泉鏡花『外科室』論」
（安田女子大学）国語国文論集29　平11・1・8　⑨

堀切直人「〈両性具有のアルケオロジー名作30篇〉小説―明治大正昭和」
国文学44―1　平11・1・10　⑥
注「高野聖」に言及。

水野　岳「文学と法と―『義血侠血』『范の犯罪』など」
（日本大学人文科学研究所）
研究紀要57　平11・1・31　⑩

坪内祐三「インタヴューズ日本版」
文芸春秋77―2　平11・2・1　㊿

注 尾崎紅葉との座談会「恋愛問答」に言及。

川村二郎「白山の水（二）―鏡花をめぐる」　群像54―2　平11・2・1　⑨

北村尚子「『義血侠血』―原作と映画の比較」　帝塚山学院大学日本文学研究30　平11・2・1　㉓

安宅夏夫「〈文豪の陰に『女』あり―秀作生んだ愛の遍歴〉没後60年泉鏡花―母の面影追い、師に反逆」　アクタス11―2　平11・2・5　④

塚谷裕一「〈フォリオの栞〉日本文学と季節」　フォリオａ5　平11・2・15　④

注「春昼」に言及。

淺野敏文「『女仙前記』『きぬ〴〵川』論（上）―画中の仙境について」　（中央大学）大学院研究年報文学研究科篇28　平11・2・20　⑫

進木豊子「『高野聖』論―成長する〈魔処〉」　国文目白38　平11・2・20　⑨

石井和夫「漱石に寄せる挽歌―『白鷺』から『眉かくしの霊』へ」　（福岡女子大学）文芸と思想63　平11・2・25　⑲

渡邉正彦「分身小説《ドッペルゲンガー》は鏡花からはじまった」　本の旅人5―3　平11・3・1　②

注「眉かくしの霊」「星あかり」「春昼」「春昼後刻」に言及。

川村二郎「白山の水（三）―鏡花をめぐる」　群像54―3　平11・3・1　⑨

注「大和心」「義血侠血」に言及。

滝　和代「〞BOOK REVIEW ミステリー・ホラー・サスペンス〞嶋田純子『鏡花あやかし秘帖―夜叉の恋路』」　活字倶楽部2―12　平11・3・5　①

高桑法子「〞新刊紹介〞『泉鏡花文学の成立』田中励儀著」　同志社時報107　平11・3・10　①

堀口久美子「妙子の系図―泉鏡花『婦系図』論」　島大国文27　平11・3・15　⑨

田中俊男「泉鏡花『歌行燈』論―空間、あるいは平面として」　同右　⑨

石倉利英「泉鏡花『眉かくしの霊』―続膝栗毛との関連から」　同右　⑫

藤澤秀幸「泉鏡花『高野聖』と世紀末」　清泉文苑16　平11・3・15　③

三田英彬「鏡花と逗子」　大正大学研究紀要84　平11・3・15　⑫

注「手帳四五枚」「爪びき」ほかに言及。

酒井　敏「『鷸翮掻』の諸問題―『めさまし草』巻之一・巻之二における日清戦争関連作品評を中心に」　（早稲田大学）国文学研究127　平11・3・15　⑪

注「取舵」「海城発電」「琵琶伝」「義血侠血」に言及。

赤尾勝子「『杜若』論―眩惑の方法―繰りの糸に引かれて」 実践国文学55 平11・3・15 ⑱

東　雅夫「〈もののけ通人列伝〉泉鏡花―躍動する美と戦慄の妖怪作家」 Books Esoterica24〈妖怪の本〉 平11・3・16 ①

淺野敏文「鏡花文学における画中の仙境に関する考察―『女仙前記』『きぬぐ〜川』について」 中央大学国文42 平11・3・25 ⑪

三品理絵「追いつめられる妻、囲い込まれる妻―泉鏡花『化銀杏』とバルザック『オノリーヌ』」 比較文学41 平11・3・31 ⑭

（無署名）「下町育ちの清方を支えてきたのは牛込の人と風土だった―鏑木清方と牛込の関わりをたどる」 ここは牛込、神楽坂15 平11・春 ⑥

注 文中に、小見出し「明治三十四年、二十三歳 牛込時代の泉鏡花と親交を結ぶ」がある。発行月日記載なし。

鶴賀伊勢太夫「『註文帳』に寄せて」 同 右 ①

江木淑子「母『ませ子』は、いつ、どんなときにも美しかった」 同 右 ⑦

注 映画「白鷺」に言及。

吉田昌志「〈研究手帳3〉泉鏡花ゆかりの人々―吉田賢龍のことなど・補遺」 いずみ通信25 平11・4 ③

注 発行日記載なし。

（無署名）「〈鏑木清方が描き、語る私の東京ものがたり〉ふたりに惚れた！一葉と鏡花」 芸術新潮50―4 平11・4・1 ⑥

国本昭二「〈サカロジー45〉藩政期末の面影漂う―四月の坂『千杵坂』」 おあしす353 平11・4・1 ②

注 「照葉狂言」に言及。

（無署名）「〈名品にみる文士の横顔―こだわりの道具学〉泉鏡花―クリスティの帽子」 VISA334 平11・4・1 ①

川村二郎「白山の水（四）―鏡花をめぐる」 群像54―4 平11・4・1 ⑨

注 「鐘声夜半録」「縷紅新草」に言及。

生田敦夫「〈新発見作品〉泉鏡花の『お銀小銀』」 日本古書通信64―4 平11・4・15 ③

八木福次郎「鏡花の逸文」 同 右 ①

（無署名）「〈一度はお参りしたい、あの人のお墓〉泉鏡花」 別冊太陽日本のこころ105 平11・4・25 ①

川村二郎「白山の水（五）―鏡花をめぐる」 群像54―5 平11・5・1 ⑨

注 「春昼」「春昼後刻」に言及。

森田健治「〝母の言葉〟―泉鏡花『化鳥』をめぐって」 日本近代文学60 平11・5・15 ⑮

市川祥子「泉鏡花の〈越前もの〉と東京―『水鶏の里』江島伝助のモデルから」 同 右 ⑫

鈴木啓子「泉鏡花『高野聖』—言葉が身体を有する時」　国語教室67　平11・5・25　④

川村二郎「白山の水（六）—鏡花をめぐる」　群像54—6　平11・6・1　⑨
注「春昼」「春昼後刻」「河伯令嬢」「沈鐘」に言及。

神田由美子「〈作品の舞台8〉〈鹿鳴館〉というドラマ—鏡花・芥川・三島」　国語展望104　平11・6・1　③
注「貧民倶楽部」に言及。

加藤禎行「変奏される『草枕』—泉鏡花『春昼』『春昼後刻』からの射程」　（早稲田大学）国文学研究128　平11・6・15　⑪

堀部功夫「『お銀小銀』は鏡花の作にあらず」　日本古書通信64—6　平11・6・15　③

橘　正典「鏡花変化帖（二）—雛人形と蝋人形（続朱の色）」　あしかび56　平11・6・30　⑲
注「雛がたり」「日本橋」「三枚続」「式部小路」「菎蒻本」「国貞ゑがく」に言及。

Chiyoko Kawakami「Izumi Kyōka's Uta Andon Between Anachronism and the Avant-garde」　モニュメンタ・ニッポニカ　54—2　平11・夏　㉑
注 発行月日記載なし。

Angela Yiu「The Similitude of Blossoms : A Critical Biography of Izumi Kyōka（1873—1939）、Japanese Novelist and Playwright. By Charles Shirō Inouye」同　右　③

川村二郎「白山の水（七）—鏡花をめぐる」　群像54—7　平11・7・1　⑨
注「河伯令嬢」に言及。

下河部行輝「鏡花の『高野聖』にみる感性（2）」　岡山大学文学部紀要31　平11・7・8　⑪

「泉鏡花研究会会報」第十五号　平11・7・10

秋山　稔「『前田といふ書生』について」　①

田中励儀「泉鏡花主要参考文献案内（一九九六年）」　⑤

田中励儀「〝書評〟高桑法子著『幻想のオイフォリー—泉鏡花を起点として』」　①

鈴木啓子「〝書評〟田中励儀著『泉鏡花文学の成立』」　①

越野　格「平成九年度夏合宿の報告」　①

藤澤秀幸「〈第二十五回研究会発表要旨〉『化鳥』について」　①

田中励儀「〈第二十五回研究会発表要旨〉『峰茶屋心中』略注—摂州摩耶山をめぐって」　①

山口政幸「〈第二十六回研究会発表要旨〉『三人妻』と『由縁の女』」　①

高桑法子「〈第二十六回研究会発表要旨〉鏡花文学における〈三人の女〉」　①

東郷克美「〈第二十六回研究会発表要旨〉『春昼』の音風　①

景」 ①

市川祥子「〈第二十七回研究会発表要旨〉〈深沙（真蛇）大王〉伝承と『深沙大王』」 ①

松村友視「〈第二十七回研究会発表要旨〉鏡花文学の中の〈知〉と〈無知〉」 ①

早川美由紀「〈万華鏡〉」 ①
注 金沢の「夕山桜」に言及。

川村二郎「白山の水（八）―鏡花をめぐる」 群像54―8 平11・8・1 ⑨
注「沈鐘」に言及。

奥　眞祐「鏡花の作品に見る『職務と情の相克』」 罪と罰36―4 平11・8・1 ③
注「夜行巡査」「義血侠血」「海城発電」に言及。

美輪明宏「〈私の読書術5〉美輪明宏と泉鏡花に代表される耽美派の作品」 I feel 9―3 平11・8・1 ⑦
注「日本橋」「天守物語」に言及。

泡坂妻夫「〈金沢能登の夏休み〉鏡花と友禅」 アルカス12―8 平11・8・1 ④

島内景二「〈『源氏物語』の近代第6回―最終回〉泉鏡花『婦系図』を読み直す」 月刊国語教育19―7 平11・9・1 ④

川村二郎「白山の水（九）―鏡花をめぐる」 群像54―9 平11・9・1 ⑨
注「桜心中」に言及。

滝　和代「〝BOOK REVIEW ミステリー・ホラー・サスペンス〟嶋田純子『鏡花あやかし秘帖―鹿鳴館の魔女』」 活字倶楽部2―14 平11・9・5 ①

村松定孝「泉鏡花の幽艶物語―絵画的で鼓の調子に似たリズミカルな文体を基調とした鏡花の奇譚」 歴史と旅増刊号26―14 平11・9・10 ⑧
注「高野聖」「春昼」「春昼後刻」「歌行燈」「眉かくしの霊」に言及。

川村二郎「白山の水（十）―鏡花をめぐる」 群像54―10 平11・10・1 ⑨
注「桜心中」「歌行燈」に言及。

須田千里「〝書評〟高桑法子著『幻想のオイフォリー―泉鏡花を起点として』」 同志社女子大学日本語日本文学11 平11・10・1 ⑤

三品理絵「『化銀杏』についての一考察―同時代の衛生思想との関連において」 日本近代文学61 平11・10・15 ⑯

赤尾勝子「泉鏡花『爪びき』論―〈逗子もの〉に於ける新たなる位置」 実践国文学56 平11・10・15 ⑯

川島幸希「〈古書歴訪22〉稀覯本の参考古書価（小説明治編）」 日本古書通信64―10 平11・10・15 ③
注 鏡花本古書価の変遷に言及。

石堂　藍「〝新刊展望1999年4月～8月〟文芸評論」　幻想文学56　平11・10・31　①
注『鏡花幻創』評を含む。

藤澤秀幸「〈平成十年（自1月至12月）国語国文学界の展望（Ⅱ）〉泉鏡花」　文学・語学165　平11・10・31　②

笠原伸夫「〈偉大なる失敗作〉泉鏡花『高野聖』」　三田文学78―59　平11・11・1　②

川村二郎「白山の水（十一）―鏡花をめぐる」　群像54―11　平11・11・1　⑨
注「深川浅景」「袖屏風」「鴛鴦帳」「薬草取」に言及。

松田良一「作家と音楽―音楽小説という夢」　国文学44―13　平11・11・10　⑦
注「歌行燈」「爪びき」「祇園物語」ほかに言及。

伊藤秀雄「泉鏡花と黒岩涙香」　日本古書通信64―11　平11・11・15　②
注「活人形」に言及。

受川策太郎「読書の秋―名作映画、鏡花の思い出」　小松大和古書展2　平11・11・18　①
注 試写会での鏡花夫妻に言及。奥付なし。古書展開催日初日を発行日に想定。

橘　正典「〈「鏡花変化帖」外国篇二〉白鷺城天守」　英米文学手帖37　平11・11・30　⑬
注「天守物語」「春昼」「春昼後刻」に言及。

小出昌洋「荷風の報条その他」　図書608　平11・12・1　③
注「魚徳開店披露」に言及。

川村二郎「白山の水（十二）―鏡花をめぐる」　群像54―12　平11・12・1　⑩
注「深川浅景」「葛飾砂子」「辰巳巷談」「芍薬の歌」「五大力」に言及。

橘　正典「鏡花変化帖（三）―紅茸幻想譚」　あしかび57　平11・12・15　㉔
注「茸の舞姫」「小春の狐」「木の子説法」に言及。

中谷克己「鏡花『国貞ゑがく』論（下）」　青須我波良55　平11・12・15　⑬

泉　名月「和菓子と泉鏡花のこと」　アクタス12―1　平11・12・20　②
注「星女郎」「化鳥」に言及。

谷口佳代子「泉鏡花『照葉狂言』論―その構成と謡曲をめぐって」　福岡大学日本語日本文学9　平11・12・25　⑦

久保田淳「〈講演〉泉鏡花とうた・うたひ・音曲」　日本歌謡研究39　平11・12・30　⑩
注「由縁の女」を中心に諸作品の典拠を考究。

清水　潤「岡本綺堂の怪談」　論樹13　平11・12・31　⑮
注「眉かくしの霊」に言及。

●二〇〇〇（平成12）年

川村二郎「白山の水（十三）―鏡花をめぐる」
群像55―1 平12・1・1 ⑨
注「葛飾砂子」「五大力」に言及。

国本昭二「〈サカロジー54〉泉鏡花記念館のある坂―一月の坂『爪先上りの小路』」
おあしす362 平12・1・1 ②

三品理絵「『白鷺』泉鏡花―江戸前の花柳情緒日露戦争後の世相」
朝日現代用語知恵蔵2000別冊付録
朝日新聞連載小説の120年 平12・1・1 ②
注 巻号表記なし。

田中　聡「〈『中央公論』と20世紀の大家たち3〉泉鏡花―コレラ流行期は夏でも湯豆腐で通す、徹底した不潔恐怖症」
中央公論115―2 平12・1・1 ①

吾　八「〈文学界 百年前の今月今夜〉泉鏡花の悲恋と師・紅葉と『湯島詣』」
文学界54―1 平12・1・1 ①

金子國義「〈25人が選ぶ日本の美100〉江戸から昭和までの粋」
太陽471 平12・1・12 ③
注『田毎かゞみ』に言及。

須田千里「鏡花文学第二の母胎」
文学（隔月刊）1―1 平12・1・27 ⑰
注「蝙蝠物語」「黒百合」「窮鳥」「妖僧記」ほかに言及。森田思軒とその関係者宛書簡三通を紹介。

東郷克美「散策・地妖・音風景―『春昼』に夢の契はあったか」
国語と国文学77―2 平12・2・1 ⑰

大高知児「世紀末の『福音』としての『三尺角』―その〈風景〉と〈ドラマ〉について」
中央大学文学部紀要文学科85 平12・2・1 ㊱

川村二郎「白山の水（十四）―鏡花をめぐる」
群像55―2 平12・2・1 ⑨
注「海神別荘」「天守物語」に言及。

藤澤秀幸「〝新刊紹介〟三田英彬著『反近代の文学―泉鏡花・川端康成』」
国文学解釈と鑑賞65―2 平12・2・1 ①

嵐山光三郎「〈明治文学の愉しみ2〉明治の作家は、ダイナミックで、しょっちゅう喧嘩していて、まったく手に負えない不良であって、そこんとこがたまんなくいいのです」
ちくま347 平12・2・1 ⑤
注「婦系図」に言及。

小山秀司「〈カメラアングル〉泉鏡花『夜行巡査』」
建設月報53―2 平12・2・15 ③

柏木隆雄「太宰治とメリメ」
太宰治研究7 平12・2・20 ⑫
注「甲乙」に言及。

浅野敏文「『瓔珞品』覚書─魚服について」（中央大学）大学院研究年報文学研究科篇29　平12・2・20　⑬

佐伯順子「〝鏡花ブーム〟の現在─エロジーと女神崇拝と」本25─3　平12・3・1　③
注「義血侠血」「天守物語」ほかに言及。

川村二郎「白山の水（十五）─鏡花をめぐる」群像55─3　平12・3・1　⑨
注「毬栗」「妙の宮」「龍潭譚」「薬草取」「茸の舞姫」に言及。

（菊　池）「〈百万石の城下町金沢紀行2〉武家屋敷と鏡花と花街（浅野川コース）」歴史と旅27─4　平12・3・1　②
注グラビア「金沢城下町散歩」を付す。

佐藤　愛「『高野聖』─消された薬売り」昭和女子大学大学院日本文学紀要11　平12・3・5　⑪

山口晶子「泉鏡花『春昼春昼後刻』の構想─三つの漢詩『春昼』との関連」名古屋自由学院短期大学研究紀要32　平12・3・10　⑧

佐々木エツ子「鏡花の女とオフィーリア─水と死の意味をめぐって」富士大学紀要32─2　平12・3・10　⑬
注「眉かくしの霊」「春昼」「春昼後刻」「龍潭譚」「凱旋祭」ほかに言及。

越野　格「鏡花における語りの形式─その一人称小説の構造について（1）」（福井大学）国語国文学39　平12・3・20　⑬
注「雪柳」「外科室」「鐘声夜半録」「一之巻」「照葉狂言」「聾の一心」「蓑谷」「龍潭譚」に言及。

松井　崇「泉鏡花『貧民倶楽部』論─同時代へのまなざし」法政大学第一中・高等学校研究紀要36　平12・3・25　⑳

三品理絵「市場のブリコラージュ─泉鏡花の『古狢』試論」神戸大学文学部紀要27　平12・3・27　⑳

藪内　聡「泉鏡花『楊柳歌』論─《死》と《生》の道筋」（龍谷大学）蒼光1　平12・3・30　⑫

「鏡花研究」第九号（石川近代文学館）　平12・3・31

吉村博任「鏡花作品における秘数（三）─白山霊験譚」　⑲
注「山海評記」「銀短冊」「春昼」「春昼後刻」「由縁の女」ほかに言及。

秋山　稔「『照葉狂言』の背景─懐旧と離郷」　⑫

穴倉玉日「『婦系図』─二重化する主人公」　⑪

越野　格「鏡花小説における〈私〉語りの機能（1）

—『磯あそび』の場合」 ⑧

田中励儀 「『山海評判記』成立考—旅館・鉄道・井戸覗き」 ⑭

小林輝治 「『鏡花全集』未収新資料—『娘時代の身だしなみ』『芸術と修養』の二作」 ⑬

井口哲郎 「『無憂樹』校異」 ⑱

秦　恒平 「蛇—水の幻影・泉鏡花の誘いと畏れ」 ㉑

注 「龍潭譚」「南地心中」「海神別荘」「蛇くひ」ほかに言及。

野口哲也 「『幻想劇』の舞台機構—泉鏡花『夜叉ヶ池』論」 日本文芸論叢13・14合併 平12・3・31 ⑭

高橋佳子 「泉鏡花『化銀杏』論」 大東文化大学近現代文学研究 平12・3・31 ⑪

注 巻号表記なし。

井村俊義 「泉鏡花の言葉と時空間が提起する現代的な問題」（名古屋大学大学院） 言語と文化1 平12・3・31 ⑰

注 「龍潭譚」「春昼」「春昼後刻」ほかに言及。

（無署名） 「泉鏡花展—その新派劇と」 石川近代文学館ニュース14 平12・3・31 ②

（無署名） 「法政大学の話題、名物を訪ねてその1」 ここは牛込、神楽坂17 平12・春 ②

注 文中に、小見出し「法政大学校友会館は泉鏡花の旧居跡」がある。発行月日記載なし。

川村二郎 「白山の水（十六）—鏡花をめぐる」 群像55—4 平12・4・1 ⑨

注 「木の子説法」「茸の舞姫」「風流線」「星女郎」に言及。

辻原　登 「〈明治文学の愉しみ4〉一葉、柳浪、鏡花、荷風。あるいは美登利、吉里、菊枝、お糸。」 ちくま349 平12・4・1 ⑤

注 「葛飾砂子」に言及。

与呉日出夫 「〈春を謳う文芸と湯めぐりの山路〉夜叉ヶ池と泉鏡花の戯曲—奥美濃両白山地」 岳人別冊春山2000 平12・4・1 ④

注 巻号表記なし。

（無署名） 「〈湘南文学紀行その24〉逗子・葉山—鏡花から慎太郎まで」（かまくら春秋社） 季刊湘南文学29 平12・4・10 ⑦

注 グラビア

倉本四郎 「〈湘南と文学逗子・葉山編〉草迷宮のあと—泉鏡花『草迷宮』」 同　右 ④

本多鋼一 「〈湘南風土記稿逗子編4〉春の風に吹かれて」 同　右 ④

注 大崎公園鏡花句碑に言及。

野原広子 「文豪の華麗なる恋—鏡花、犀星、秋声、島清の愛の軌跡」 アクタス12—5 平12・4・20 ④

注 文中に小見出し「泉鏡花—恋心に潜む亡き母

への思慕」がある。

藤澤秀幸「鏡花文学における『作者』—或いは、『作者』の〈死〉をめぐって」
国語と国文学77—5　平12・5・1　⑫
注「朱日記」「義血侠血」に言及。

川村二郎「白山の水（十七）—鏡花をめぐる」
群像55—5　平12・5・1　⑨
注「夜叉ヶ池」「薬草取」に言及。

嵐山光三郎「〈美妙、消えた23〉紅葉死す」
一冊の本5—5　平12・5・1　⑤
注「婦系図」「紅葉先生逝去前十五分間」に言及。

吉田昌志「広津柳浪と泉鏡花—『親の因果』と『化銀杏』の関係」
日本近代文学62　平12・5・15　⑭

三品理絵「〃ブックレビュー〃泉鏡花研究会編『論集泉鏡花第三集』」
同　右　①

特集・金沢、三文豪を生んだ風土
北国文華5　平12・6・1

（無署名）「鏡花、秋声、犀星の風景を歩く」　⑤
注グラビア。

小林輝治「二つの川と百万石文化」　⑩
注「歌行燈」に言及。

秋山　稔「泉鏡花と『北国新聞』」　⑯
注「鐘声夜半録」「大和心」「予備兵」「醜婦を呵す」「黒猫」に言及。

森　英一「『北国新聞』への寄稿を読む」　⑭
注「千歳の鉢」に言及。

井口哲郎「所蔵品から見た三文豪」　⑩
注「義血侠血」原稿に言及。

安宅夏夫「金沢文学散歩—三文豪と島清」　⑫
注「照葉狂言」「義血侠血」「縷紅新草」ほかに言及。

水洞幸夫「名作の舞台をたずねて」　⑩
注「化鳥」「鐘声夜半録」に言及。

松田章一「泉鏡花と西田幾多郎—明治三十七年鏡花金沢帰郷」　⑩
注「左の窓」「紅葉先生逝去前十五分間」に言及。

川村二郎「白山の水（十八）—鏡花をめぐる」
群像55—6　平12・6・1　⑨
注「幻の絵馬」「由縁の女」「紫障子」「化鳥」に言及。

村谷　宏「〈日本列島まるごと歴史散歩6三重県の巻〉東海道と文学の旅／七里の渡しの宿場町桑名　泉鏡花の愛した町を歩く」
歴史と旅27—8　平12・6・1　④
注「歌行燈」に言及。

上田　渡「〃書評〃三田英彬著『反近代の文学—泉鏡花・川端康成』」
川端文学への視界15　平12・6・10　②

橘　正典「鏡花変化帖（四）―剃刀と眉」
あしかび58　平12・6・20　⑱
注「註文帳」「売色鴨南蛮」「眉かくしの霊」に言及。

清水　潤「泉鏡花『山海評判記』についての一展望―構成と主題性を巡って」
都大論究37　平12・6・30　⑬

川村二郎「白山の水（十九）―鏡花をめぐる」
群像55―7　平12・7・1　⑨
注「鎧」「黒百合」「龍胆と撫子」「伯爵の釵」に言及。

中条省平「〈反＝近代文学史第二回〉内面化されえぬ世界―泉鏡花の神秘神学」
文学界54―7　平12・7・1　㉒
注「春昼」「春昼後刻」「草迷宮」「山海評判記」に言及。

島内裕子「魚徳と『婦系図』」　図書615　平12・7・1　⑤

池内輝雄「作家の画像―似顔絵・肖像画をめぐって」
国文学45―8　平12・7・10　⑦
注　鏑木清方「小説家と挿絵画家」に言及。

種田和加子「偶像の逆襲―泉鏡花『外科室』の問題性」
藤女子大学国文学雑誌64　平12・7・31　⑧

永原孝道「言葉に立て籠ること―泉鏡花の西洋体験から『南洲残影』まで」
三田文学79―62　平12・8・1　⑪
注「一之巻」～「誓之巻」「名媛記」に言及。

高山鉄男、坂本忠雄、松村友視、武藤康史「《三田文学創刊九十年特別座談会》『三田文学名作選』のこと」
同右　㉝
注「朱日記」に言及。

川村二郎「白山の水（二十）―鏡花をめぐる」
群像55―8　平12・8・1　⑨
注「山海評判記」「河伯令嬢」「二、三羽―十二、三羽」に言及。

大野原護子「〝書評〟歌行燈・高野聖　泉鏡花著」
文学地帯97　平12・8・10　①

川村二郎「白山の水（二十一）―鏡花をめぐる」
群像55―9　平12・9・1　⑩
注「山海評判記」「千鳥川」「由縁の女」に言及。

橋本良一「〈鏡花の足音9〉浅野川畔すずろ歩き」
伝統文化12　平12・9・1　⑥
注「三之巻」「化鳥」「茸の舞姫」「卯辰新地」「義血侠血」「聾の一心」に言及。

立川直樹「〈教科書が教えてくれない日本文学デカダンの旅1〉金沢・泉鏡花の美しき毒に痺れる」
FRAU10―17　平12・9・12　⑥

西川貴子「慶應義塾図書館蔵『泉鏡花生母すゞの書簡』解題・翻刻（上）」

三田国文32　平12・9・30　⑭

特集・泉鏡花　ユリイカ32—13　平12・10・1

種村季弘、川上弘美「《対話》鏡花、彼岸の光明」⑯

池内　紀「鏡花と清方」③

白井さち子「虚空間のリアリティ」③

注「草迷宮」「春昼」「春昼後刻」に言及。

加納幸和「鏡花のロマンチック」②

注「草迷宮」「歌行燈」「日本橋」に言及。

岩井志麻子「尊い淫心」②

注「草迷宮」「高野聖」ほかに言及。

芳川泰久「欲望と表象」⑧

注「高野聖」「化鳥」「龍潭譚」ほかに言及。

城殿智行「鏡花の鸚鵡」⑭

注「琵琶伝」「外科室」「化鳥」「栃の実」「貴婦人」「印度更紗」に言及。

平野啓一郎、町田哲生「《インタヴュー》語りうる鏡花、語りえぬ鏡花」⑩

注「高野聖」「縷紅新草」「海神別荘」ほかに言及。

高山　宏「夢てふものは—『春昼』の風景」⑧

宇月原晴明「禁忌《タブー》への迂路—鏡花の言葉はなぜ迷宮化するのか」⑨

注「草迷宮」「雪柳」「売色鴨南蛮」「木の子説法」ほかに言及。

田中励儀「鏡花文学と〈土地〉の力—関西と東北の旅から」⑨

注「歌行燈」「祇園物語」「南地心中」「紫障子」「鎧」「龍胆と撫子」ほかに言及。

武村知子「不残紅—ちょっと冷えます」⑳

注「龍潭譚」「歌行燈」「照葉狂言」「風流線」「山海評判記」「沼夫人」「眉かくしの霊」「縷紅新草」に言及。

高田　衛「京伝・鏡花・卵塔場—江戸読本と近代小説」⑧

注「鶯花徑」「卵塔場の天女」に言及。

須田千里「鏡花文学の源泉—中国文学、江戸文学、民譚、挿画」⑩

注「星の歌舞伎」ほか多数の作品に言及。

伊東　乾「撚り紡ぐ声の白糸—夜語りの情報詩学」⑬

注「龍潭譚」「婦系図」「ロマンチックと自然主義」「天守物語」「海神別荘」「多神教」に言及。

小林昌廣「異界としての芸者—鏡花と新派」⑩

注「湯島の境内」「滝の白糸」に言及。

高遠弘美「鏡花遊記—駒下駄と人魚」⑪

注「赤インキ物語」「人魚」ほかに言及。

桑原茂夫「鏡花とその時代、そして現代へ」⑬

注 年譜。

東　雅夫「魔界瞥見—伝奇と怪異をめぐる鏡花幻想文学案　⑬

内」 ⑬

古閑　章「〈〈読み〉のレッスン16〉泉鏡花『龍潭譚』を読む―〝読みの共振運動論〟から見た世界」
月刊国語教育237　平12・10・1　④

小橋孝子「『草枕』論―鏡花文学との交響をめぐって」
国語と国文学77―10　平12・10・1　⑭
注「銀短冊」に言及。

佐伯順子「世紀末の〝純粋お化け〟たち―〝泉鏡花ブーム〟の背景」
ちくま355　平12・10・1　②
注「春昼」に言及。

（無署名）「倶利伽羅峠の今昔―歴史・文学・信仰・自然をたどる」
おあしす371　平12・10・1　①
注「星女郎」に言及。

赤尾勝子「泉鏡花『菊あはせ』試論」
実践国文学58　平12・10・15　⑰

種田和加子「〝書評〟泉鏡花論の現在―最新の論集・雑誌から」
日本近代文学63　平12・10・15　⑥
注「鏡花研究」第九号、『論集泉鏡花第三集』『論集大正期の泉鏡花』の書評。

大野隆之「〝ブックレビュー〟三田英彬著『反近代の文学』」
同　右　①

須田千里「〈池田文庫の近代文学関連資料（第二回）〉初期『サンデー毎日』の作家たち」
館報池田文庫17　平12・10・25　③

注 鏡花の写真に言及。

眞有澄香「教科書から見た泉鏡花」
横浜国大国語教育研究13　平12・11・1　⑮
注「教科書に載った鏡花作品一覧表」を掲載。

高井有一「〈Books in my life〉物語のうちそと」
新潮97―11　平12・11・1　④
注「草迷宮」「風流線」に言及。

西田成夫「泉鏡花が渡った木橋―中の橋（石川県金沢市）」
短歌47―12　平12・11・1　③

木田隆文「泉鏡花『蛇くひ』私註―〈お月様幾つ〉をめぐって」
京都学園高等学校論集30　平12・11・10　㉑

三谷憲正「〈近代・現代の手紙50選解題〉泉鏡花」
国文学45―13　平12・11・10　①
注 泉豊春宛書簡に言及。

石堂　藍「〝BOOK REVIEW 2000年5～8月〟文芸評論」
幻想文学59　平12・11・15　①
注 佐伯順子『泉鏡花』評を含む。

佐藤　愛「俗謡・西郷伝説・日清戦争―泉鏡花『予備兵』覚え書」
芸術至上主義文芸26　平12・11・25　⑪

田中励儀「〝書評・紹介〟三田英彬著『反近代の文学―泉鏡花・川端康成』」
同　右　②

外間真理子「泉鏡花『化銀杏』論―欲望の交錯」
（大阪教育大学）文月5　平12・11・30　⑪

清水　潤「模倣される『美』―泉鏡花『眉かくしの霊』とその周辺」　論樹14　平12・12・1　⑭

橘　正典「鏡花変化帖（五）―女の流離譚」　あしかび59　平12・12・15　㉖

注「雛がたり」「女仙前記」「龍胆と撫子」「幻の絵馬」「玉川の草」「山吹」「鷺花徑」に言及。

「泉鏡花研究会会報」第十六号　平12・12・20

眞有澄香「『通夜物語』と『横濱ッ子芝居』」　①

田中励儀「泉鏡花主要参考文献案内（一九九七年）」　⑤

田中励儀「泉鏡花主要参考文献案内（一九九八年）」　④

清水　潤「〝書評〟三田英彬著『反近代の文学―泉鏡花・川端康成』」　①

早川美由紀「〈第二十八回研究会発表要旨〉鏡花における〈見ること〉への欲望―『由縁の女』を中心に」　①

鈴木啓子「〈第二十八回研究会発表要旨〉『外科室』の位相―鏡花文学の身体性」　①

須田千里「〈第二十九回研究会発表要旨〉『歌行燈』論」　①

大高知児「〈第二十九回研究会発表要旨〉〈教材〉としての『三尺角』」　①

清水　潤「〈第三十回研究会発表要旨〉『眉かくしの霊』を読む」　①

眞有澄香「〈第三十回研究会発表要旨〉『夫人利生記』―その表現の問題」　①

小柳滋子「〈第三十一回研究会発表要旨〉母の雛から伊勢の人形へ―〈娘の時間〉の変容」　①

赤尾勝子「〈第三十一回研究会発表要旨〉泉鏡花『爪びき』論―〈逗子もの〉に於ける新たなる位置」　①

藤澤秀幸「〈第三十二回研究会発表要旨〉鏡花文学における『作者』」　①

越野　格「〈第三十二回研究会発表要旨〉鏡花の一人称小説の〈語り〉の類型―大正期を中心に」　①

中村哮夫「〈万華鏡〉」　①

注 折口信夫・久保田万太郎・福永武彦の鏡花観に言及。

橘　正典「〈「鏡花変化帖」外国篇三〉歯・片袖・髪―フェティシズムについて」　英米文学手帖38　平12・12・20　⑫

注「鷭狩」「革鞄の怪」に言及。

石井和夫「姦通の影―『化銀杏』『多情多恨』『われから』の三つ巴」　香椎潟46　平12・12・25　⑭

●二〇〇一（平成13）年

佐伯順子「豊饒なる泉鏡花―原作と映画・演劇のあいだ」　日本近代文学館179　平13・1・1　①

川村二郎「境界を越える鏡花」　本26―1　平13・1・1　③

注 自著『白山の水―鏡花をめぐる』に言及。

東　雅夫「〈伝奇入門第2回〉伝奇エンターテイメントの原点は、唐宋伝奇にあり!」
ムー23—1　平13・1・1　②
注「月夜遊女」に言及。

小平麻衣子「ニンフォマニア—泉鏡花『高野聖』」
国文学46—3　平13・2・10　③

進木豊子「『草迷宮』論—〈鬼〉の誕生」
国文目白40　平13・2・20　⑩

淺野敏文「泉鏡花『二世の契』論—媼の人物造形に関する分析」（中央大学）大学院
研究年報文学研究科篇30　平13・2・20　⑫

籔智子、長町有華「作家たちの愛した金沢」
KANAZAWA STYLE15　平13・2・20　㉕
注「卵塔場の天女」「滝の白糸」に言及。

嵐山光三郎「明治の恋愛小説バトル」
別冊本の雑誌14　平13・2・25　④
注〈新恋愛読本〉。「婦系図」「照葉狂言」に言及。

市川祥子「高峰の恋、宗朝の恋—『外科室』と『高野聖』との書かれない時間をめぐって」
群馬県立女子大学紀要22　平13・2・28　⑩

相澤修一「泉鏡花『由縁の女』における加賀騒動物の影響」　金沢大学国語国文26　平13・3・1　⑬

高橋源一郎「〝書評〟川村二郎をめぐる—『白山の水—鏡花をめぐる』」　群像56—3　平13・3・1　②

松浦寿輝「〝本〟秘儀と自由—『白山の水—鏡花をめぐる』川村二郎」　新潮98—3　平13・3・1　②

（無署名）「〈おあしす33周年特別企画〉『さすが!金沢』と言える場所をさがす13　泉鏡花記念館・橋場・尾張町界隈」　おあしす376　平13・3・1　①

三品理絵「鏡花文学における自然と意匠の背景—『草迷宮』の同時代的文脈をめぐって」
（神戸大学文学部）紀要28　平13・3・5　(79)

眞有澄香「泉鏡花と教科書—『七宝の柱』と読本《とくほん》」
相模国文28　平13・3・10　⑬

須田千里「川端康成と泉鏡花—その対照」
国文学46—4　平13・3・10　⑦
注「草迷宮」「春昼」「春昼後刻」ほかに言及。

浦島節男「浦島伝承をモチーフとした明治の作品」
（熊本大学）国語国文研究と教育39　平13・3・10　⑱
注「海戦の余波」に言及。

佐々木エツ子「滝の白糸とマクベス夫人—『悪女』をめぐって」　富士大学紀要33—2　平13・3・10　⑮

須永朝彦、山尾悠子「《対談》天使と両性具有」
幻想文学60　平13・3・10　⑪
注「龍潭譚」ほかに言及。

鈴村和成「〈幻想ベストブック1993〜2000〉アンケート私のベスト3」　同　右　①

注『白山の水―鏡花をめぐる』に言及。

田中励儀「〈幻想ベストブック1993～2000〉アンケート私の
ベスト3」　同　右　①
注『泉鏡花集成』『鏡花あやかし秘帖』に言及。

石堂　藍「″BOOK REVIEW 2000年9～12月″文芸評論」
同　右　①
注 川村二郎『白山の水―鏡花をめぐる』評を含
む。

中沼真一「泉鏡花『神鑿』考―作品世界の構造を中心に」
（金沢学院大学）
日本文学研究年誌10　平13・3・15　⑳

秋山　稔「〈日本文学科公開講座〉鏡花文学における夢―
『春昼』『春昼後刻』を中心に」同　右　⑨

市川祥子「『書上タイムス』「文芸」欄調査」
群馬県立女子大学
国文学研究21　平13・3・15　⑫
注「長さん」に言及。

木村美幸「泉鏡花『眉かくしの霊』―技巧の考察―」
（尾道短期大学）国文学報44　平13・3・16　⑧

中西由紀子「泉鏡花『酸漿』論―『人種改良学』との関わり
に於いて」
（九州大学大学院）
COMPARATIO5　平13・3・20　⑩

飯泉敦子「泉鏡花『縷紅新草』論（上）―二つの作品をめ
ぐり」（東海大学）湘南文学35　平13・3・25　⑬

菅　聡子「彼女たちの受難―表象としての〈女の学問〉」
（お茶の水女子大学）
ジェンダー研究4　平13・3・30　⑬
注「X蟷螂鰒鉄道」に言及。

高橋佳子「泉鏡花『凱旋祭』論―終わる事の無い戦いの中
で」　大東文化大学
近現代文学研究3　平13・3・31　⑥

松井崇、三浦卓「慶應義塾図書館蔵『泉鏡花生母すゞの
書簡』解題・翻刻（下）」
三田国文33　平13・3・31　⑩

井上　謙「坂をめぐる文士たち」「湯島幻影」
NHKカルチャーアワー〈東京文学探訪―明
治を見る、歩く（上）〉　平13・4・1　⑳
注「湯島詣」「婦系図」に言及。巻号表記なし。

武村知子「″味読・愛読文学界図書室″『白山の水―鏡花をめ
ぐる』川村二郎―そこを越えずに、自由で」
文学界55―4　平13・4・1　②

林　正一「昔の医王山」
いしかわ人は自然人15―1　平13・4・1　④
注「薬草取」に言及。

国本昭二「〈金沢街かどウオッチング12〉卯辰山三社の杜」
おあしす377　平13・4・1　②
注「由縁の女」に言及。

倉本四郎　「〈湘南の作家と文学50選〉草迷宮のあと―泉鏡花『草迷宮』」（かまくら春秋社）季刊湘南文学32　平13・4・15　④

吉田昌志　「魔界は現世にある―泉鏡花『高野聖』『歌行燈』」　週刊朝日百科世界の文学92　平13・4・29　④

佐伯順子　「泉鏡花のイコノロジー―『天守物語』の視聴覚的展開」　国文学46―6　平13・5・10　⑨

菅　聡子　「〝書評〟山田有策著『深層の近代―鏡花と一葉』」　同　右　①

橘　正典　「鏡花変化帖（六）―美醜の始原・叛乱の始原」　あしかび60　平13・6・20　⑱

注「沼夫人」「髯題目」「蛇くひ」「貧民倶楽部」に言及。

笠原伸夫　「鏡花の霊たち―情の色、なさけの色」　東洋インキニュース77　平13・6・20　②

注「眉かくしの霊」「白鷺」ほかに言及。

田中俊男　「泉鏡花『X蟷螂鰒鉄道』論―隠蔽／顕在化の力学」　国語と国文学78―7　平13・7・1　⑭

石田仁志　「〈オアシス〉都市空間の文学を読むということ」　東洋38―4・5　平13・7・1　③

注「夜行巡査」に言及。

石堂　藍　「〈ジャンル別・作家別究極の伝奇BEST 1000〉純文学（日本）」　ムー別冊伝奇Mモンストルム1　平13・7・1　⑧

注「風流線」「続風流線」に言及。

須永朝彦　「〈ジャンル別・作家別究極の伝奇BEST 1000〉泉鏡花」　同　右　④

注「草迷宮」「沼夫人」「星女郎」「神鑿」ほかを選出。

国本昭二　「〈探訪ふるさとの夏〉金沢の坂道を歩く」　アクタス13―8　平13・7・20　⑥

注「照葉狂言」に言及。

東　雅夫　「〈妖怪百家争鳴〉海妖異聞―妖怪文学渉猟」　怪11　平13・8・1　④

注「海異記」論。

南條竹則　「湯けむり読書日記」　本の話7―8　平13・8・1　②

注『泉鏡花集成10』に言及。

東　雅夫　「『怪談会』スペシャル」　幻想文学61　平13・8・20　②

注「怪談会」に言及。「一寸怪」「怪談会」を再録。

横山茂雄　「怪談の『位相』―水野葉舟、佐々木喜善と『遠野物語』の成立をめぐって」　同　右　⑱

注　鏡花と喜善の交友に言及。

東　雅夫　「百物語という呪い―『百物語の百怪』拾遺」　同　右　⑤
注「露萩」「吉原新話」に言及。

小林輝治　「『鏡花研究会』二百回を迎え」　石川近代文学館ニュース17　平13・8・25　①

渡辺圭二　「〈特別研究〉鏑木清方ノート（第三回）」　（弥生美術館）美術館だより66　平13・9・1　⑤
注 文中に小見出し「泉鏡花との出会い」「飛翔する鏡花・清方の名コンビ」がある。

小林輝治　「〈北陸わらべ唄の『心』その三 秋の章〉お月さまいくつ十三七つ」　北国文華9　平13・9・1　⑭
注「薬草取」に言及。

千街晶之　「霊界に通じる42冊―今夜、幽霊たちの呼び声に耳をすませませんか？」　ダ・ヴィンチ8―9　平13・9・6　③
注「沼夫人」「海異記」に言及。

伊藤潤二　「〈書き下ろし怪談その1〉『黒髪』泉鏡花」　同　右　②
注 コミック。

子母澤類　「〈北陸・悲恋伝説の地を行く第9回〉鏡花も聴いた湯女の寂しさ―太鼓の胴《たいこんど》（加賀市）」　アクタス13―10　平13・9・20　④
注「みさごの鮨」に言及。

（無署名）　「特別展泉鏡花と『天守物語』の世界」

川島幸希　「〈初版本講義①〉泉鏡花の巻」　（姫路文学館）手帖41　平13・10・1　②

越野　格　「〝書評〟山田有策著『深層の近代―鏡花と一葉』」　日本古書通信66―10　平13・10・15　②

（無署名）　「〝新刊案内〟佐伯順子著『泉鏡花』」　日本近代文学65　平13・10・15　④

（無署名）　「〝新刊案内〟眞有澄香著『泉鏡花―呪詞の形象』」　同　右　①

須田千里　「〈連載池田文庫の近代文学関係資料（第四回）〉演劇関係雑誌のなかの作家たち」　同　右　①

中谷克己　「鏡花『照葉狂言』考（上）」　館報池田文庫19　平13・10・25　③
注 脚本「玄武朱雀」に言及。

清水　潤　「泉鏡花『薄紅梅』を読む」　帝塚山大学人文科学部紀要7　平13・10・31　⑭

矢島裕紀彦　「〈文士の散歩みち2〉湯島・本郷」　論樹15　平13・11・1　⑬
注「婦系図」に言及。

（無署名）　「〈たうんタウン7〉桑名―東海道の賑わいを伝える400年目のまちへ」　文芸春秋79―13　平13・11・1　⑧
注「歌行燈」に言及。
近鉄ニュース658　平13・11・1　①

百瀬　久　「〝書評・紹介〟眞有澄香著『泉鏡花―呪詞の形象』」　芸術至上主義文芸27　平13・11・24　②

小林輝治　「茶屋街から茶屋街へ、文学の舞台装置を訪ねる」トランヴェール14―12　平13・12・1　⑧

注「絵本の春」「化鳥」「茸の舞姫」「義血侠血」に言及。

小林忠雄　「北陸と白色の民俗―色彩文化にみる精神風土」　北国文華10　平13・12・1　⑩

注「照葉狂言」に言及。

小林輝治　「〈北陸わらべ唄の『心』その四　冬の章〉川原の地蔵さま余計寒い」　同　右　⑭

注「北国空」に言及。

冨永絵美　「『註文帳』の場（一）―怪異の成立」　福岡大学日本語日本文学11　平13・12・10　⑫

魯　惠卿　「泉鏡花『黒壁』の変容―紅葉の添削を手がかりとして」　稿本近代文学26　平13・12・10　⑬

市川祥子　「〝書評〟眞有澄香著『泉鏡花―呪詞の形象』」　日本文学50―12　平13・12・10　②

橘　正典　「〈談話室〉鏡花論の連載を終えて」　あしかび61　平13・12・15　②

「泉鏡花研究会会報」第十七号　平13・12・20

秦　恒平　「蛇の鏡花」　①

田中励儀　「泉鏡花主要参考文献案内（一九九九年）」　⑤

山本知行　「〈文学館案内〉泉鏡花記念館」　①

小野めぐみ　「〝書評〟佐伯順子著『泉鏡花』」　①

佐伯順子　「〝書評〟川村二郎著『白山の水―鏡花をめぐる』」　①

出原隆俊　「〝書評〟山田有策著『深層の近代―鏡花と一葉』」　①

秋山　稔　「〝書評〟眞有澄香著『泉鏡花―呪詞の形象』」　①

市川祥子　「〈資料紹介〉『毘首羯摩』の中絶について」　①

田中励儀　「〈資料紹介〉『夜の大阪』改題再掲『冬ごもり』」　①

田中励儀　「〈資料紹介〉絵葉書『つや物語』」　①

森田健治　「〈第三十三回研究会発表要旨〉〈物語〉の複数性―泉鏡花『龍胆と撫子』をめぐって」　①

高　和政　「〈第三十三回研究会発表要旨〉『歌行燈』の世界―記憶・反復・物語」　①

西川貴子　「〈第三十四回研究会発表要旨〉『黒百合』論―〈見る〉ことをめぐって」　①

佐伯順子　「〈第三十四回研究会発表要旨〉泉鏡花作品の舞台化をめぐって」　①

市川祥子　「〈第三十五回研究会発表要旨〉『斧琴菊』の機構」　①

種田和加子　「〈第三十五回研究会発表要旨〉事件としての意匠―『縷紅新草』論」　①

ドミニク・ダヌザン・小宮山　「〝自著紹介〟旅の星の下に生まれた一冊の本」　①

注『義血侠血』フランス語訳版の紹介。

田中励儀　「〈万華鏡〉」　①

注 鏡花の展覧会を紹介。

石井和夫　「怪談のように―太宰治のスタイル」　香椎潟47　平13・12・25　⑭

注 折口・太宰・鏡花の関係。「龍潭譚」「山吹」「天守物語」ほかに言及。

村木佐和子　「三島由紀夫『金閣寺』論―欲望を映し出す『鏡』」（お茶の水女子大学）国文96　平13・12・29　⑫

注 文中に小見出し「『父』なる系譜―鏡花文学」がある。

●二〇〇二（平成14）年

杉田陽子　「〈学芸員メモ〉泉鏡花―幻想を生む自然」（姫路文学館）手帖42　平14・1・1　①

（無署名）「〈報告〉特別展泉鏡花と『天守物語』の世界」　同右　①

高田　宏　「雪の幻想性―泉鏡花『雪霊記事』『高野聖』ほか」NHKカルチャーアワー〈北国名作探訪（下）〉　平14・1・1　⑪

注 泉鏡花記念館の紹介を付す。巻号表記なし。

四方田犬彦　「泉鏡花と映画的想像力」　国文学47―2　平14・2・10　⑫

注「義血侠血」「婦系図」「陽炎座」に言及。

加藤禎行　「中村星湖『少年行』試論」　国文学研究資料館紀要28　平14・2・20　㉖

注「春昼」「通夜物語」に言及。

川島みどり　「『化鳥』論―偽装する〈語り手〉／仮構された《聖性》」（明治大学大学院）文学研究論集16　平14・2・28　⑰

岡田　豊　「泉鏡花『三尺角』小論―町のなかの異界」　駒沢国文39　平14・2・28　㉑

秋山　稔　「泉鏡花『夫人利生記』の周辺」　金沢学院大学文学部紀要7　平14・3・1　⑫

小原金平、リック・ブローダウェイ　「英語試訳『夜叉ヶ池』（泉鏡花作）（そのⅠ）」　同右　⑱

小林輝治　「〈北陸わらべ唄の『心』補遺編（上）〉犬つきばいに猿の顔」　北国文華11　平14・3・1　⑭

注「由縁の女」に言及。

村松友視　「〈小説〉暗がり坂」　同右　㉔

注「滝の白糸」に言及。

淺野敏文　「〝新刊紹介〟眞有澄香著『泉鏡花―呪詞の形象』」　国文学解釈と鑑賞67―3　平14・3・1　①

宇佐美毅　「〝新刊紹介〟山田有策著『深層の近代―鏡花と一葉』」　同右　①

佐藤　愛「千八百九十五年の『凱旋祭』―泉鏡花の怪獣」
昭和女子大学大学院
日本文学紀要13　平14・3・5　⑧

たつみ都志「〈文学の中の芸能8〉泉鏡花『南地心中』の演劇性」
上方芸能143　平14・3・10　③

赤石敦子「〈資料紹介〉石田家所蔵書簡―近代日本美術と放光堂」
野村美術館研究紀要11　平14・3・10　㉗
注 鏑木清方書簡中、九九九会に言及。

峪　光司「泉鏡花『山海評判記』考―鏡花と能登」
（金沢学院大学）
日本文学研究年誌11　平14・3・15　⑱

植木朋子「泉鏡花『化鳥』試論―間《あわい》に舞う囮《おとり》」
（跡見学園女子大学）国文学科報30　平14・3・18　⑲

石黒耕平「泉鏡花『高野聖』の構造と語り手」
（東京学芸大学）青銅31　平14・3・21　⑨

綾部　恵「イノセンスと成熟―『照葉狂言』考」
同　右　⑪

奥田久美子「這箇山田有策観―とかくムーミンの類いでいたい誰かのために」
同　右　⑥
注 山田有策著『深層の近代―鏡花と一葉』の書評。

飯泉敦子「泉鏡花『縷紅新草』の世界（下）―作風の転換」（東海大学）湘南文学36　平14・3・25　⑧

加藤松次「『高野聖』と『源氏物語』」
（栃木県高等学校教育研究会）
国語―教育と研究41　平14・3・25　⑦

（無署名）「〈姫路文学散歩報告〉『天守物語』の世界を訪ねて」
石川近代文学館ニュース18　平14・3・25　①

「鏡花研究」第十号（石川近代文学館）　平14・3・30

吉村博任「贖罪の軌跡―『白鷺』から『萩薄内證話』まで」　⑯

小林輝冶「『縷紅新草』覚書―贖罪意識の観点から」　⑫

秋山　稔「泉鏡花『桜心中』論―輻湊するモチーフ」　⑯

小林弘子「『鶯花徑』―〝松〟に込められた母恋いのけじめ」　⑭

田中励儀「『鏡花全集』未収録資料紹介―『子守役から筆を執るまで』」　③

井口哲郎「『歌行燈』校異」　⑨

国田次郎「『春昼』『春昼後刻』への和泉式部伝説、その他の民話の影響（遺稿）」　⑰

野口哲也「『観念小説』の時代の泉鏡花―『外科室』の位相」（東北大学）文芸研究153　平14・3・31　⑬

魯　惠卿「泉鏡花『お弁当三人前』論―紅葉の添削を手がかりとして」
東アジア日本語教育・

日本文化研究4　平14・3・31　⑱

上田正行「〈研究ノート〉『千歳之鉢』の校異」市史かなざわ8　平14・3・31　⑯

田中励儀「〈講演記録〉田中英光の文学―虚構への信頼」（高知県立文学館）流風余韻3　平14・3・31　⑲

注 文中に小見出し「田中英光と泉鏡花」がある。

久保田淳「〈ことばの休憩室152〉一本桜・七本桜」礫186　平14・4・1　②

注「な、もと桜」に言及。

矢島裕紀彦「〈文士の散歩みち6〉金沢」文芸春秋80―4　平14・4・1　⑧

注 泉鏡花記念館に言及。

小谷野敦「『いもせ』をめぐる覚書―『ピエール』と姉妹願望」ユリイカ34―5　平14・4・1　⑥

注「日本橋」に言及。

今日泊亜蘭「《サライ・インタビュー》今日泊亜蘭」サライ14―7　平14・4・4　⑤

注 泉鏡花に入門を志願した話を含む。

（無署名）「〈驚き、卯辰山寺院群その5〉泉鏡花の『心のふるさと』亡き母と訪れた寺々　憧憬つづる作品舞台に」アクタス14―5　平14・4・20　④

注「鷺花徑」「龍潭譚」「草迷宮」「夫人利生記」「縷紅新草」「五本松」に言及。

西川貴子「『冒険』を語り出す場―泉鏡花『黒百合』試論」日本近代文学66　平14・5・15　⑭

武田勝彦「〈松山乙女と歌人医博（三十四）〉鏡花に雪岱を紹介」公評39―5　平14・5・15　⑥

注「日本橋」に言及。

種村季弘「〈東京《奇想》徘徊録第16回〉伝通院の墓、小石川植物園の池」サライ14―10　平14・5・16　②

注「外科室」に言及。

小林輝治「〈北陸わらべ唄の『心』補遺編（下）〉遊びをせんとや生まれけむ」北国文華12　平14・6・1　⑮

注「をさなあそび」に言及。

渡辺圭二「〈特別研究（第六回）〉鏑木清方ノート」（弥生美術館）美術館だより69　平14・6・1　④

注「薄紅梅」「註文帳」に言及。

（無署名）「〈街道物語〉金沢名物ゴリや近江国を彩る自然など、北国街道の文化と自然に触れる」週刊日本の街道1―7　平14・6・11　②

注 文中に小見出し「泉鏡花、徳田秋声、室生犀星金沢が生んだ三文豪ゆかりの地を訪ねる」がある。

矢島裕紀彦「金沢『文士の散歩道』―『男川』と『女川』をそぞろ歩く」サライ14―12　平14・6・20　⑦

注 犀星・鏡花の文学散歩。

森井マスミ「『高野聖』におけるセクシュアリティ―『入れ子型』の再検討から」

横田　忍「水の精の文学―ハウプトマンの『沈鐘』をめぐって」（日本大学）語文113　平14・6・25　⑬
ATSUKO SAKAKI「"BOOK REVIEWS" Spirits of Another Sort : The Plays of Izumi Kyōka. By M. Cody Poulton」アカデミア文学・語学編72　平14・6・30　㉘
水原紫苑「鏡花のこわさ」モニュメンタ・ニッポニカ57―2　平14・夏　④
注 発行月日記載なし。
八本正幸「〈マニアも唸る！伝奇映画ベスト41＋原作　邦画〉『夜叉ヶ池』」季刊文科22　平14・7・1　②
注「山海評判記」に言及。
井辻朱美「〈大アンケートマイBEST伝奇5〉」ムー別冊伝奇Mモンストルム2　平14・7・1　②
須永朝彦「〈大アンケートマイBEST伝奇5〉」同　右　②
注「天守物語」に言及。
東　雅夫「〈大アンケートマイBEST伝奇5〉」同　右　①
注「草迷宮」に言及。
山田奈々子「梶田半古と口絵」同　右　①
注「高野聖」に言及。
山田奈々子「『文芸倶楽部』口絵総目録」浮世絵芸術144　平14・7・20　⑭
注 文中に小見出し「半古、薄氷、鏡花」がある。
出久根達郎「〈言の葉のしずく第84回〉そうですか」同　右　㉞
注「外科室」「梟物語」に言及。
浅岡邦雄「籾山書店と作家の印税領収書および契約書」諸君34―9　平14・8・1　①
注「さうですか」に言及。
渡辺圭二「〈特別研究〉鏑木清方ノート（第七回）」日本出版史料―制度・実態・人―7　平14・8・8　㉚
注「夕顔」原稿料領収証に言及。
吉村博任「〈方眼図〉『みなわ集の事など』」（弥生美術館）美術館だより70　平14・9・1　⑤
注「〈名作絵物語〉日本橋」に言及。
川島みどり「泉鏡花『註文帳』試論―変容する《物語》」森鷗外研究9　平14・9・10　④
小鮒涼子「鏡花幻想劇の異界構造」（明治大学大学院）文学研究論集17　平14・9・30　⑮
帆足正規「〈能と文学よもやま1〉能を題材にしながら能が感じられない小説と能が全く出て来ない」東京女子大学日本文学98　平14・9・30　⑫
注「山吹」「天守物語」に言及。

のに能が感じられる小説」能533　平14・10　②

注「歌行燈」「薬草取」に言及。発行日記載なし。

塚谷裕一「花のある小説」　本の窓25―8　平14・10・1　④

注「黒百合」「二、三羽―十二、三羽」に言及。

岡野宏文、豊﨑由美「《対談・百年の誤読連載第2回》ひょっとしてダメ男？明治を彩る文豪たちの素顔」　ダ・ヴィンチ9―10　平14・10・6　②

注「春昼」に言及。

吉田昌志「〝書評〟泉鏡花研究会編『論集 昭和期の泉鏡花』」　日本近代文学67　平14・10・15　④

中谷克己「鏡花『照葉狂言』考（下）」　帝塚山大学人文科学部紀要10　平14・10・31　⑯

長尾　剛「〈再発見！明治・大正文学11〉『高野聖』泉鏡花著」　ほんとうの時代145　平14・11・1　②

市川祥子「〈水ぐるま風ぐるま〉鏡花の魔物（1）―魔物はどこに」　俳句十代91　平14・11・10　②

注「草迷宮」に言及。

武田勝彦「〈松山乙女と歌人医博（四十）〉シベリア鉄道の旅」　公評39―11　平14・11・15　⑥

注 久保猪之吉・より枝夫妻と鏡花夫妻との交友に言及。

佐伯知紀「『瀧の白糸』の再生―甦るテクスト―」　文学（隔月刊）3―6　平14・11・26　⑧

市川祥子「〈水ぐるま風ぐるま〉鏡花の魔物（2）―魔物はどこに」　俳句十代92　平14・12・10　③

注「天守物語」に言及。

脇　明子「燃える城の記憶」　平14・12・20　①

注「天守物語」「鶯花徑」「朱日記」に言及。

「泉鏡花研究会会報」第十八号

田中励儀「泉鏡花主要参考文献案内（二〇〇〇年）」　⑥

杲　由美「〝書評〟東郷克美・吉田昌志校注新日本古典文学大系明治編『泉鏡花集』」　①

弦巻克二「〝書評〟石川近代文学館編『鏡花研究』第十号」　①

上田正行「〝書評〟橘正典著『鏡花変化帖』」　①

西川貴子「〝書評〟泉鏡花研究会編『論集昭和期の泉鏡花』」　①

井口哲郎「〈文学館案内〉石川近代文学館」　①

市川祥子「インターネット上の泉鏡花」　①

田中励儀「〈資料紹介〉『夜寒の爪びき』」　①

田中励儀「〈資料紹介〉市丸小唄集『鏡花選』」　①

野口哲也「〈第三十六回研究会発表要旨〉『薬草取』論―『修行』する主体の物語をめぐって」　①

高桑法子「〈第三十六回研究会発表要旨〉『海神別荘』の原理」　①

淺野敏文「〈第三十七回研究会発表要旨〉『きぬ〴〵川』攷―『鹿母伝説』及び『西遊記』について」　①

山田有策「〈第三十七回研究会発表要旨〉《とき》と《と

ころ》と物語」 ①

佐藤　愛「〈万華鏡〉鏡花の馬―花組芝居観劇記」 ①

（無署名）「〈驚き、卯辰山寺院群13〉小松城の鬼子母神まつる真成寺　利常のいとこ日条上人が開基　産育信仰のあつさ示す奉納品」 アクタス15―1　平14・12・20 ③

注「鶯花徑」に言及。

田中優子「文学における『影』―その多面性」 日本の美学35　平14・12・30 ⑪

注「歌行燈」に言及。

●二〇〇三（平成15）年

桐谷逸夫「〈東京の路地をめぐる第11回〉文京区湯島」 ネットウエイ57　平15・1・1 ④

注「婦系図」に言及。

中西由紀子「〈脇役たちの日本近代文学〉親仁―泉鏡花『高野聖』」 叙説Ⅱ5　平15・1・6 ③

長谷川雅雄、ペトロ・クネヒト、美濃部重克、辻本裕成「隠喩としての『虫』―泉鏡花『由縁の女』、川端康成『山の音』、安部公房『砂の女』」 アカデミア人文・社会科学編76　平15・1・31 ㊺

古閑　章「〝読みの共振運動論〟の試み―泉鏡花『龍潭譚』の世界」（鹿児島純心女子大学）国際言語文化研究9　平15・1・31 ⑲

野坂昭如「万化鏡花―泉鏡花にさらわれて」 文学界57―2　平15・2・1 ⑩

注「婦系図」「義血俠血」ほかに言及。

（無署名）「〈能開ウノバリ劇場第11回〉『高野聖』作・泉鏡花」 能力開発21　24―2　平15・2・1 ③

安藤　聡「〈連載読み物　観る心・読む空間第8回〉『高野聖』泉鏡花」 月刊国語教育22―12　平15・2・1 ②

（無署名）「〈女の視点　言葉を愛する本〉『春昼・春昼後刻』―夢よりも夢幻的な恋の話」 フィガロジャポン14―3　平15・2・20 ①

吉村佳美「〈気になる町・好きな町〉石川県金沢市―泉鏡花の世界を浅野川で楽しむ」 ウインズ43―3　平15・2・27 ①

注「義血俠血」に言及。

加藤禎行「泉鏡花『霊象』試論―島村抱月による鏡花称賛についての証言から」 国文学研究資料館紀要29　平15・2・28 ㉒

永野宏志「近代という名の島のクロニクル―文学の機械圏または泉鏡花とラフカディオ・ハーン」 武蔵野女子大学文学部紀要4　平15・3・1 ⑩

注「高野聖」に言及。

（無署名）「〈名作に登場する金沢〉泉鏡花『照葉狂言』『鶯

花徑』」　おあしす400　平15・3・1　②

小原金平、リック・ブローダウェイ「英語試訳『夜叉ヶ池』（泉鏡花作）（そのⅡ）」　金沢学院大学紀要文学美術編1　平15・3・1　⑥

渡辺圭二「〈特別研究〉鰭崎英朋ノート（第二回）」（弥生美術館）美術館だより72　平15・3・1　⑤

注「婦系図」「続風流線」「愛火」に言及。

穴倉玉日「『風流線』の初演」　金沢大学国語国文28　平15・3・10　⑧

石堂藍、東雅夫「《対談》幻想文学の研究と批評」　幻想文学66　平15・3・10　⑫

注 対談中に小見出し「泉鏡花」がある。

秋山　稔「〈公開講座〉泉鏡花の〈越中もの〉について―『義血侠血』『黒百合』『湯女の魂』を中心に」（金沢学院大学）日本文学研究年誌12　平15・3・12　⑨

三田英彬「『木の子説法』論―能狂言からの影響」　大正大学研究紀要88　平15・3・15　⑯

越野　格「『義血侠血』再論―文学空間としての〈金沢〉」（福井大学）国語国文学42　平15・3・20　⑫

助川徳是「鏡花の名古屋―『紅雪録』『続紅雪録』の世界」　愛知県史研究7　平15・3・25　⑮

Mark Jewel「Risks and Rewards : Reading Nihonbashi as a Gothic Novel」　比較文学年誌39　平15・3・25　㉓

角田旅人「『冠弥左衛門』覚書き―『物語の物語』断章」　いわき明星大学大学院人文学研究科紀要1　平15・3・31　⑫

格清久美子「『貧民倶楽部』の虚構と現実―泉鏡花と明治中期の貧民」（名古屋大学大学院）表現と創造4　平15・3・31　⑬

張　新民「劉吶鴎の『永遠的微笑』について」（大阪市立大学大学院）人文研究54―4　平15・3・31　㉑

注「義血侠血」「錦染瀧白糸」に言及。

下河部行輝「三島のオノマトペアと泉鏡花」　岡大国文論稿31　平15・3・31　⑩

注「高野聖」「日本橋」「婦系図」「夜叉ヶ池」に言及。

朝倉　摂「〈各界の読書家に聞く　とにかく面白かったこの小説〉白い行間が絵になると思いながら、いつも文章を読んできたようです」　サライ15―7　平15・4・3　①

注「義血侠血」に言及。

藪禎子、佐伯順子、菅聡子「《座談会》樋口一葉―これまでの、そしてこれからの」　国文学解釈と鑑賞68―5　平15・5・1　㉑

注 鏡花の文体に言及。

吾　八　「〈文学界　百年前の今月今夜〉尾崎紅葉が愛弟子泉鏡花と芸者桃太郎の仲を割く」　文学界57—5　平15・5・1　①

国本昭二　「〈金沢街かどウオッチング36〉幻のように消えた繁華街—一世紀前の卯辰山」　おあしす402　平15・5・1　②

注「由縁の女」に言及。

（無署名）「茶屋街から武家屋敷へ」　週刊奥の細道を歩く4　平15・5・8　③

注　文中に小見出し「茶屋街のはずれに泉鏡花の生家があった」がある。

高橋順子　「〈高橋順子の花巡礼35〉鏡花と紫陽花」　週刊四季花めぐり35　平15・5・29　②

注「高野聖」「紫陽花」「森の紫陽花」に言及。

志賀紀雄　「金沢の三文豪と記念館のこと」　北国文華16　平15・6・1　③

美濃部重克　「いざ〳〵伊勢路にかゝらむ—鏡花文学の『伊勢』」　瑞垣195　平15・6・10　⑩

注「由縁の女」「無憂樹」に言及。

渡辺圭二　「〈特別研究〉鰭崎英朋ノート（第三回）」（弥生美術館）美術館だより73　平15・6・10　⑥

注　文中に小見出し「泉鏡花『参宮日記』口絵と画集『うた姿』」がある。

清水　潤　「複製される『像』—泉鏡花『夫人利生記』論」　都大論究40　平15・6・17　⑭

森井マスミ　「『山吹』のマゾヒズム—幻滅のドラマツルギー」（日本大学）語文116　平15・6・25　⑭

藤沢秀幸　「饂飩」　国文学48—9　平15・7・10　②

注「歌行燈」に言及。

鈴木健一　「河豚料理」　同右　①

注「山海評判記」に言及。

揖斐　高　「焼蛤・蛤鍋」　同右　①

注「歌行燈」に言及。

伊藤玉美　「干鮭・塩鮭」　同右　②

注「雪柳」に言及。

藤沢秀幸　「蜆汁」　同右　①

注「眉かくしの霊」に言及。

山田有策　「煮豆」　同右　①

注「売色鴨南蛮」に言及。

久保田淳　「こんにゃく」　同右　②

注「雪柳」に言及。

藤沢秀幸　「煎餅」　同右　①

注「売色鴨南蛮」に言及。

三木紀人　「牡丹餅（萩の餅・かいもちひ）」　同右　②

注「夜叉ヶ池」に言及。

真銅正宏　「氷水」　同右　①

注「山海評判記」に言及。

木谷喜美枝「アイスクリーム」 同　右 ①
注「山海評判記」に言及。
海老原由香「鮨」 同　右 ①
注「山海評判記」に言及。
久保田淳「拾遺編・食材ノオト」 同　右 ㉕
注「玉造日記」「寸情風土記」「国貞ゑがく」「高野聖」「深川浅景」「眉かくしの霊」「木の子説法」に言及。
臨時増刊「『食』の文化誌」
川原塚瑞穂「泉鏡花『春昼』『春昼後刻』論―変転する物語」 （お茶の水女子大学）国文99 平15・7・23 ⑨
田中励儀「泉鏡花『神鑿』の周辺―小島烏水との関係を中心に」 国語と国文学80―8 平15・8・1 ⑭
（無署名）「耽美な怪奇ファンタジー&コミック20選」 MOE25―8 平15・8・1 ②
注「高野聖」「眉かくしの霊」に言及。
安部亜由美「泉鏡花『河伯令嬢』論」 国語国文72―8 平15・8・25 ⑲
水木しげる「〈神秘家列伝〉泉鏡花」 怪15 平15・8・30 (55)
注 コミック。
東　雅夫「妖しきカタリの系譜―妖怪と物語をめぐる文学史風ガイダンス」 同　右 ⑫
高田博厚、里見弴「《400号記念　幻の対談》『白樺』とその周辺（上）」 かまくら春秋401 平15・9・1 ⑨
注 文中に小見出し「泉鏡花」がある。
吉田昌志「鏡花を『編む』『集める』」 文学（隔月刊）4―5 平15・9・25 ⑯
注 泉鏡花の全集・選集の歴史。
中島千幸「泉鏡花『河伯令嬢』試論―成立背景と構想」 光華日本文学11 平15・10・1 ㉕
高橋昌子「〈シンポジウム報告『アニミズムと文学』〉泉鏡花『高野聖』を通して考える」 文学と環境6 平15・10・1 ⑧
井波律子「鏡花と金沢」 図書654 平15・10・1 ④
注「照葉狂言」「髯題目」「女仙前記」に言及。
佐伯順子「泉鏡花と水の想像力―『沈鐘』と『夜叉ヶ池』を中心に」 （関西外国語大学）伝承とコミュニケーション3 平15・10・10 ㉔
久保田淳「〈ことばの森7〉谺・木精」 日本語学22―11 平15・10・10 ②
赤尾勝子「『卯辰新地』論―『由縁の女』への序奏」 実践国文学64 平15・10・15 ⑯
注「三尺角」「三尺角拾遺」に言及。
田中励儀「〈研究ノート〉著作目録を作るために―泉鏡花・

田中英光の場合」　日本近代文学69　平15・10・15　⑧

眞有澄香「教材『高野聖』考―昭和三十年前後の『伝説』の反復」　横浜国大国語教育研究19　平15・10・16　⑬

金子國義「『〈各界の読書家に聞く　とにかく面白かったこの小説〉鏡花の文章はリズムがよくて、簡単に暗唱することができます』」　サライ15―21　平15・10・16　①

注「婦系図」「日本橋」に言及。

須田千里「〈池田文庫の近代文学関係資料（最終回）〉泉鏡花コレクションについて」　館報池田文庫23　平15・10・25　③

（無署名）「〈茶屋町の誘惑〉泉鏡花　主計町」　大人の金沢　平15・11・5　⑥

注 巻号表記なし。ムック。

（無署名）「〝Book〟『新編泉鏡花集』―鏡花の明治期14編を収録」　同　右　①

久保田淳「〈ことばの森8〉すだま・魑魅魍魎」　日本語学22―12　平15・11・10　②

注「高野聖」に言及。

中西由紀子「『山海評判記』を読むために―フォークロアの改訂再考」（日本近代文学会九州支部）近代文学論集29　平15・11・13　⑩

佐藤　愛「〝書評・紹介〟『近代文学作品論集成』第Ⅱ期全10巻　第十一巻　田中励儀編「泉鏡花『高野聖』」／第十五巻　竹内清己編「堀辰雄『風立ちぬ』」／第二十巻　石内徹編「遠藤周作『沈黙』」」　芸術至上主義文芸29　平15・11・29　③

野口哲也「〈物語〉の道行―泉鏡花『薬草取』論」（東北大学）日本文芸論稿28　平15・11・30　⑬

松田顕子「ふたつの過去をめぐる〈物語〉―泉鏡花『白花の朝顔』を中心として」（慶應義塾大学）芸文研究85　平15・12・1　⑲

秋山　稔「鏡花文学を見直す新たな試み―生誕百三十年を迎えて」　北国文華18　平15・12・1　⑪

注 日本近代文学会泉鏡花特集、『新編泉鏡花集』ほかに言及。

永井路子、伊藤玄二郎「《特集・里見弴を語る4―対談（下）―》人生をめぐる話」　かまくら春秋404　平15・12・1　⑧

注 泉鏡花と里見弴の逸話に言及。

弦巻克二「鏡花の描く『女優』」（奈良女子大学）叙説31　平15・12・1　⑮

注「月下園」「五大力」「伯爵の釵」に言及。

渡辺圭二「〈特別研究〉鈴木華邨ノート（第二回）」

（弥生美術館）美術館だより75　平15・12・5　⑤
注『なにがし』に言及。
冨永絵美「『註文帳』の場（二）―怪異の成立」
福岡大学日本語日本文学13　平15・12・20　⑮

「泉鏡花研究会会報」第十九号　平15・12・20
東　雅夫「鏡花の御加護」　①
田中励儀「泉鏡花主要参考文献案内（二〇〇一年）」　④
M・コーディ・ポールトン「北米における泉鏡花研究の現状（前編）」　①
田中励儀「〃紹介〃『泉鏡花「高野聖」作品論集』」　①
秋山　稔「〃紹介〃『読んでおきたい日本の名作　泉鏡花Ⅰ　照葉狂言・夜行巡査ほか』」　①
杉田陽子「〈文学館案内〉姫路文学館」　①
嶋田純子「〈創作〉夢幻胡蝶」　①
吉田昌志「〈資料紹介〉『偶感』『西園寺候の書簡幷びに諸文士のはがき』『精神修養六十訓』『全集未収録俳句（一句）』」　①
奥田久美子「〈第三十八回研究会発表要旨〉『紅玉』論」　①
小池正胤「〈第三十八回研究会発表要旨〉犬江親兵衛と鏡花の少年」　①
浅野敏文「〈第三十九回研究会発表要旨〉『遊行車』をめぐって―講談と泉鏡花」　①
北岡誠司「〈第三十九回研究会発表要旨〉鏡花の『鏡像』」　①
森井マスミ「〈万華鏡〉」　①
注　泉鏡花と喜多村緑郎との交友に言及。

Ⅱ　研究・評論・書評等（'25年5月～'97年12月のうち、前五回の目録で逸した文献）

服部愿夫「ラヂオ放送ひと昔」　新青年15―13　昭9・11・1　⑥
注　鏡花のラジオ放送の逸話に言及。
木村伊兵衛「泉鏡花氏と里見弴氏」　新風土2―10　昭14・11・1　②
注　写真。
久保田万太郎「泉さんの写真について」　同右　①
西川　満「〃文芸時評〃」　文芸台湾6―1　昭18・5・1　①
注　鏡花の「芸」「彫琢」に言及。
西川　満「〃文芸時評〃」　文芸台湾6―2　昭18・6・1　⑤
注「照葉狂言」「歌行燈」に言及。
鏑木清方「〈名作のヒロインをえがく〉泉鏡花作『婦系図』のお蔦」　月刊読売6―1　昭23・1・1　①
注　口絵。
（無署名）「〈四色刷絵小説〉怪談桔梗ヶ原―泉鏡花原作　野崎耕作画『眉かくしの霊』より」　マダム1―5　昭23・7・1　④

鏑木清方　「〈挿絵に描いた私の好きな女〉『三枚続』のお夏」　サンデー毎日別冊大衆文芸号　昭23・8・1　①
注　巻号表記なし。
伊藤晴雨　「〈其頃を語る（四）〉絵看板の咄」　奇譚クラブ7―9　昭28・9・1　⑤
注　「三味線堀」に言及。
勝田　哲　「鏡花回想―祇園物語」　洛味63　昭32・2・15　⑤
（無署名）　「〈おんなの情艶史〉湯島の白梅」　ユーモアグラフ42　昭37・5・1　⑨
注　ヌードグラビア。
水野　肇　「〈名作夫婦の寝室絵本4〉泉鏡花の『婦系図』」　夫婦生活7―10　昭38・6・1　⑥
巖谷大四　「〈明治・大正文壇酒話4〉雨声会のこと」　酒18―4　昭45・4・1　②
村松定孝　「日本語の美しさ」　浪漫3―2　昭49・2・1　⑧
注　文中に小見出し「泉鏡花の文体」がある。
鈴木敏夫　「〝鏡花奇談〟のマクラだけの話―『岡崎』のお栄さん」　銀座百点234　昭49・5・1　③
吉田　漱　「明治画壇中の清方―その資質と挿絵」　版画芸術4―16　昭52・1・1　⑤
注　鏡花と清方との出会いに言及。
延広真治　「〈講談速記本ノート（四十一）〉盲人米市」　民族芸能230　昭60・6・19　②
延広真治　「〈講談速記本ノート（四十二）〉振袖火事」　民族芸能231　昭60・7・19　①
注　「怪力」に言及。
注　「縁日商品」「怪異と表現法」「泉鏡花座談会」に言及。
今井一良　「泉鏡花と井波塾をめぐって―塾主井波他次郎と彫金師水野源六、鋳物師木越三右衛門のことなど」　石川郷土史学会々誌21　昭63・12・30　⑪
笠原伸夫　「都市流民の夢」　学叢46　平1・3・23　⑲
注　「風流線」に言及。
吉田俊彦　「『実験室』考」　岡山大学教養部紀要28　平2・12・27　⑳
注　文中に小見出し「『外科室』との比較から見た有島の認識特徴」がある。
司馬遼太郎　「〈街道をゆく第974回〉本郷界隈13湯島天神」　週刊朝日96―46　平3・11・8　⑤
注　「婦系図」に言及。
林えり子　「〈歴史に輝いた人たち／人間・28歳14〉泉鏡花―マザコンで不器用な文壇の幻視者」　BART14　平3・12・23　①
（無署名）　「〝文豪〟の妻子たちの『平成』―郷土が生んだ著名作家の光と影」　アクタス4―1　平4・1・5　⑥
注　文中に小見出し「鏡花世界を追い続ける旅―

泉鏡花養女・名月さん」がある。

三浦正雄「日本の近代文学と仏教（前編）」　緑岡詞林16　平4・3・31　⑭
注 文中に小見出し「泉鏡花」がある。

西　義之「〈世相曼陀羅〉泉鏡花ブーム？」　アクタス5―2　平5・2・5　②
注「照葉狂言」「婦系図」「義血侠血」に言及。

梅沢亜由美「田岡嶺雲の泉鏡花観」（法政大学大学院）日本近代文学原典研究報告集　1992年度田岡嶺雲とその時代―日清戦争前後　平5・3・31　⑩
注「琵琶伝」「化銀杏」ほかに言及。巻号表記なし。

唐　瓊瑜「泉鏡花の『琵琶伝』と『化銀杏』について」　同　右　③

千葉俊二「〈ブックガイド〉本で読む本郷」　東京人8―7　平5・7・3　②
注「湯島詣」「婦系図」に言及。

笠原伸夫「泉鏡花の色彩感覚―白のシンボリズム」　東洋インキニュース69　平5・7・30　④
注「草迷宮」に言及。

平林麗子「〈古里つれづれ3〉卯辰山芽吹きの季節」　アクタス6―3　平6・3・5　③
注「義血侠血」に言及。

崎山　保「田岡嶺雲の泉鏡花観」（法政大学大学院）1993年度西田ゼミ報告集　田岡嶺雲とその時代（2）―日露戦争前後　平6・3・31　⑤
注「風流線」「柳小島」「わか紫」「銀短冊」ほかに言及。巻号表記なし。

河野真理子「嶺雲の泉鏡花観」　同　右　⑥
注「夜行巡査」「化鳥」「化銀杏」ほかに言及。

橋本良一「〈鏡花の足音8〉一寸一息　鏡花サロン」　伝統と文化11　平6・11・1　②
注「縷紅新草」「高野聖」「さゝ蟹」に言及。

泉　名月「〈金沢ぶらり紀行16〉お徳利の音」　アクタス6―11　平6・11・5　③
注 鏡花の逸話を紹介。

尾崎秀樹「〈金沢ぶらり紀行17〉文学と歴史のある街」　アクタス6―12　平6・12・5　③
注 滝の白糸碑に言及。

嵐山光三郎「〈追悼の達人3〉追悼は死者のアリバイ崩しである」　小説新潮49―3　平7・3・1　⑥
注「芥川龍之介氏を弔ふ」に言及。

倉本四郎「〈妖怪の肖像『稲生物怪録絵巻』を読む第十七回〉縁の下の青入道に肝を冷やす事」

太陽407 平7・5・12 ⑤
注「高野聖」に言及。

嵐山光三郎「〈追悼の達人7〉立派な追悼は門下が滅びる」 小説新潮49―7 平7・7・1 ⑥
注「紅葉先生弔詞」「婦系図」に言及。

川村二郎「〈連載（四）和泉式部伝説〉岩殿寺の夢」 イロニア9 平7・7・20 ⑧
注「春昼」「春昼後刻」に言及。

倉本四郎「〈妖怪の肖像『稲生物怪録絵巻』を読む第二〇回〉蛍火吹き込み、みみず大頭に湧く事」 太陽411 平7・8・12 ⑤
注「峰茶屋心中」に言及。

嵐山光三郎「おとこくらべ」 オール読物51―4 平8・4・1 ⑭
注 小説。鏡花と一葉との関係に言及。

山梨絵美子「〝ポストブックレビュー〟挿し絵画家と作家の交遊情趣描く―星川清司著『小村雪岱』」 週刊ポスト28―17 平8・5・3 ①

近藤信行「荷風潤一郎（二十五）―大正震災」 図書564 平8・6・1 ⑥
注「葛飾砂子」に言及。

嵐山光三郎「〈追悼の達人17〉泉鏡花―名人は名追悼を生む」 小説新潮50―7 平8・7・1 ⑥
注「芥川龍之介氏を弔ふ」「紅葉先生逝去前十五分間」に言及。志賀直哉・谷崎潤一郎ほかの鏡花への追悼文を紹介。

美輪明宏「〈最高の本わが人生にかけがえのないこの一冊〉『鏡花小説・戯曲選第一巻』」 鳩よ！14―9 平8・9・1 ①

川村　湊「〝ポストブックレビュー〟渡部直己著『泉鏡花論―幻影の杼機』―注目すべき『批評』姿勢の変化」 週刊ポスト28―38 平8・10・11 ②

紀田順一郎「〈テーマ別古今東西『名著』案内9〉名作がいざなう〝架空都市への旅〟」 プレジデント34―11 平8・11・1 ②
注「高野聖」に言及。

川端俊英「〈明治三十年代の文学に現れた人間観（2）〉泉鏡花『照葉狂言』の世界」 部落問題―調査と研究125 平8・12・10 ⑦

新保千代子「鏡花が名づけた『きぬぎぬ川』―浅野川界隈の魅力」 FRONT9―4 平9・1・1 ①

島村　昇「城下町が育むアメニティ―都市再生への視点」 同右 ④
注「照葉狂言」に言及。

今坂　晃「泉鏡花作品における特異な漢字表記」 桜美林大学中国文学論叢22 平9・3・31 ㉑
注「冠弥左衛門」「高野聖」「歌行燈」に言及。

高畑暁子「〈学生論文〉泉鏡花の怪しさをめぐって」

（和光大学）エスキス1996 平9・3・31 ⑯
注「きぬ〴〵川」「沼夫人」「星女郎」「二世之契」ほかに言及。

宇多加寿子「〝BOOKS REVIEW 少女小説〟嶋田純子『鏡花あやかし秘帖 夜叉の恋路』」 活字倶楽部5 平9・5・25 ①

篠田節子「〈こんな本を読んだ〉艶な、そして冷たい、そしてにほやかな……―『眉かくしの霊』泉鏡花著」 毎日グラフアミューズ50―10 平9・5・28 ①

村松定孝「文学と教育のはざま（連載第一回）―わが自叙伝風に」 文学と教育33 平9・6・25 ⑥
注 自著『あぢさゐ供養頌』に言及。

村松定孝「文学と教育のはざま（連載第二回）―わが自叙伝風に」 文学と教育34 平9・12・20 ⑦
注「高野聖」に言及。

Ⅲ 劇評・映画評等（'98年～'03年）

●一九九八（平成10）年

（A）「泉鏡花の日本橋」 花組通信15 平10・1・15 ①

川本三郎「〈今日はお墓参り14〉美しき哀愁の面影を慕って―入江たか子」 太陽447 平10・2・12 ④
注「白鷺」に言及。

江原吉博「〈'97ベストワン・ワーストワン〉『月の岬』と『草迷宮』」 テアトロ666 平10・3・1 ②
注 蜷川幸雄「草迷宮」評を含む。

中河原嬌子「〈芝居をあるく東京散歩9〉坂の町、湯島・本郷・小石川」 演劇界56―4 平10・3・1 ②
注「婦系図」に言及。

（無署名）「〈演劇界情報〉四月国立劇場新派公演―『湯島詣』と『重ね扇』の二本立」 同右 ①

原 郁子「インドでの公演」 ク・ナウカニューズレター 創刊準備号 平10・4・11 ②
注「天守物語」に言及。

（A）「〈最新情報〉泉鏡花の日本橋」 花組通信16 平10・4・25 ①

（A）「座長、大いに対談す」 同右 ①
注「天守物語」に言及。

福本和生「〝劇評〟充実した古典と新作―国立劇場新派『湯島詣』『重ね扇』」 演劇界56―6 平10・5・1 ②

片岡孝太郎、加納幸和「《特別対談》現代女形論」 演劇ぶっく13―3 平10・5・9 ②
注「日本橋」に言及。

吉岡範明「〝劇場街〟」 テアトロ669 平10・6・1 ②
注 新派「湯島詣」評を含む。

横溝幸子「〝東京劇信〟練り上げられた完成品『レ・ミゼラブル』と『蜘蛛女のキス』」 演劇界56—8 平10・7・1 ③
注 大月みやこ「婦系図—お蔦ものがたり」評を含む。

遊佐保郎「泉鏡花作『天守物語』を9月に上演—おとなのための人形劇」 みんなとプーク183 平10・7・1 ②

清水邦夫「鏡花の魅力」 同右 ①

佐藤誓、水下きよし、桂憲一「《鼎談》立役から見た女形論—花組芝居『泉鏡花の日本橋』」 演劇ぶっく13—4 平10・7・9 ②

菅泰男、大川達雄、権藤芳一、喜志哲雄、水口一夫「〝関西の演劇時評第55回〟十三夜会・しばい合評」京都府立文化芸術会館友の会ニュース269 平10・8・1 ②
注 花組芝居「泉鏡花の日本橋」評を含む。

水落潔「〝劇評〟『おりき』『人間合格』の成果」 テアトロ671 平10・8・1 ③
注 花組芝居「泉鏡花の日本橋」評を含む。

加納幸和「〈エッセイことばの世界〉芝居の親」 すばる20—8 平10・8・1 ②
注「泉鏡花の草迷宮」に言及。

横道毅「晴屋激白！—俺に逃げ場は、もうない！」 花組通信17 平10・8・17 ②

（伊織）「泉鏡花の日本橋」 同右 ②

（無署名）「『泉鏡花の日本橋』に職人気質を見た！」 同右 ①

安住恭子「〝中京劇信〟鏡花の世界を堪能—『滝の白糸』」 演劇界56—11 平10・10・1 ①
注 佐久間良子「新版・滝の白糸」評を含む。

淀川長治、山田宏一「《インタビュー》淀川長治『邦画劇場』（上）」 中央公論113—12 平10・11・1 ㉓
注「葛飾砂子」「日本橋」に言及。

田辺誠一「《スタジオ・インタビュー》田辺誠一—文章はとっつきにくいけど、妖しげな世界観を感じられれば、僕はいいと思う。」 ダ・ヴィンチ5—11 平10・11・6 ②
注 蜷川幸雄「草迷宮」に言及。

●一九九九（平成11）年

栗山昌良「《スタッフ・インタビュー33》栗山昌良氏—『天守物語』は世界のオペラに名を連ねる一作だと信じています」 日本芸術文化振興会ニュース366 平11・1・1 ②

（無署名）「〈オペラ〉千歳百歳《ちとせももとせ》にただ一度、たった一度の恋だのに。—オペラ『天守物語』」

〈新国立劇場〉ステージノート13　平11・2・3　④

泊　篤志「ドキュメント『天守物語』小倉城への道程」
ク・ナウカニューズレター2　平11・3・25　②

美加里「実録・愚・那迂歌物語其之二」
同　右　①

中村優子「増上寺『天守』の思い出」
同　右　①

特集・鏡花万華鏡—鏡花名作に生きる女たち
演劇界57—5　平11・4・1

利根川裕「お江戸日本橋の名花二輪」　③

濱村道哉「『婦系図』—薄倖の女、お蔦と小芳」　③

堂本正樹「撚れ鏡・凍燃花の女神—『天守物語』『高野聖』のヒロインの居場所」　③

森　洋三「『通夜物語』『白鷺』のキーワード—画家と芸妓、花魁の悲恋物語」　③

福本和生「お三重と白糸の一途な思い」　③

（無署名）「鏡花美女群像」　②
注 舞台写真。

（無署名）「花柳章太郎鏡花ブロマイド帖」　②

野村　喬「鏡花戯曲の理想的表現」　②
注 玉三郎「天守物語」評。

上村以和於「〃劇評〃一世一代と時分の花—歌舞伎座夜」　②
注 玉三郎「天守物語」評を含む。

永井　潤「〈見物席〉幽艶、玉三郎の『天守物語』」　①
注 読者投稿。

大笹吉雄「〃劇評〃文化としての鏡花物—三越劇場『日本橋』」
演劇界57—6　平11・5・1　②

小川順子「〈試論〉映画『歌行燈』比較」
〈神戸女学院大学〉文化論輯9　平11・9　㉑
注 発行日記載なし。

（無署名）「『泉鏡花の天守物語』ついに再演！」
花組通信21　平11・9・20　①

宮城　聰「チベットの『天守物語』」
ク・ナウカニューズレター4　平11・12・10　①

大高浩一、中村優子、本多麻紀、野村佳世「《座談会》中国公演を終えて」
同　右　②

●二〇〇〇（平成12）年

加納幸和「〈Message〉花組芝居が描き出す泉鏡花の夢幻世界—『泉鏡花の天守物語』」
シアターメイト通信46　平12・1　①
注 発行日記載なし。

（無署名）「〈新春初夢情報〉『泉鏡花の天守物語』」
花組通信22　平12・1・1　②

水谷八重子、葛西聖司「《特別対談》三月新派公演『滝の白糸』によせて」
日本芸術文化振興会ニュース378　平12・1・1　①

蜷川幸雄、唐十郎「《対談》唐版・滝の白糸」　シアターガイド96　平12・1・2　⑤

林　尚之「〝東西の舞台から〟ほとばしるせりふと抒情感—唐版・滝の白糸シアターコクーン」　演劇界58—3　平12・2・1　③

岸脇じゅん「〈開幕直前！10〉加納幸和さん—泉鏡花の夢幻世界が妖艶によみがえる。」　東京人15—2　平12・2・3　①
注 花組芝居「泉鏡花の天守物語」に言及。

大原　薫「『泉鏡花の天守物語』—千歳百歳にただ一度、たった一度の恋だのに」　花組通信23　平12・3・27　①

（無署名）「たたかう花組芝居！—『泉鏡花の天守物語』裏話」　同　右　①

岩崎万里「新派三月公演『滝の白糸』を観劇して」　石川近代文学館ニュース14　平12・3・31　①

濱村道哉「〝劇評〟八重子、会心の演技—国立劇場新派『滝の白糸』」　演劇界58—5　平12・4・1　③

林　尚之「〝劇評〟典雅な輝き—日生劇場『海神別荘』」　同右　②

田原浩二「〈見物席〉輝く白糸」　同　右　①
注 読者投稿。

門脇長子「〈見物席〉異次元の恍惚」同　右　②
注 読者投稿。日生劇場「海神別荘」評。

香川良成、今村忠純「《演劇時評5》」　悲劇喜劇53—4　平12・4・1　㉓
注「唐版・滝の白糸」評を含む。

横溝幸子「〈ベテランの味と魅力〉英太郎—新派女形の孤塁を守る心意気」　演劇界58—6　平12・5・1　①

森　洋三「〈ベテランの味と魅力〉花柳武始—円熟期迎えた万年青年」　同　右　①

吉岡範明「〝劇場街〟」　テアトロ694　平12・5・1　②
注 新派「滝の白糸」、玉三郎「海神別荘」評を含む。

寺尾健一「シネマに見る三文豪の文学世界—水谷八重子、京マチ子、若尾文子も演じた『滝の白糸』」　アクタス12—6　平12・5・20　⑧

坂東玉三郎、市川新之助「《対談》魅惑の『かさね』へ」　レプリーク1—3　平12・6・1　②
注「天守物語」「海神別荘」に言及。

（無署名）「パパ・タラフマラ『春昼《はるひる》—菜の花の森から』—魅惑的なダンスオペラ泉鏡花の幻想世界を大胆に舞台化」　アートスフィア21　平12・7・1　①

（無署名）「泉鏡花の海神別荘」　花組通信24　平12・7・10　①

山田誠二「特集厳選！妖怪・怪談映画20」　怪9　平12・9・1　⑬
注「夜叉ヶ池」「天守物語」に言及。

（無署名）「『泉鏡花の海神別荘』―いよいよ明かされる新作の実体！」　花組通信25　平12・10・15　②

加納幸和「〈座長のお出まし〉佐藤誓という役者―惜別」　同　右　①

注「泉鏡花の日本橋」に言及。

浅丘ルリ子「〈女優―非日常の棲み心地〉人生上手・芝居上手・化粧上手」　婦人公論85―20　平12・10・22　④

注　帝劇「鏡花幻想―恋女房すゞという女」に言及。

津田　類「〝劇評〟鏡花と恋女房―帝国劇場『鏡花幻想』」　演劇界58―15　平12・11・1　②

佐伯順子「〈泉鏡花と視聴覚芸術1〉『天守物語』」（京都造形芸術大学）瓜生通信16　平12・11・10　④

注　玉三郎、花組芝居、ク・ナウカ「天守物語」に言及。

吉岡範明「〝劇場街〟」　テアトロ701　平12・12・1　②

注　帝劇「鏡花幻想―恋女房すゞという女」評を含む。

●二〇〇一（平成13）年

（無署名）「〈演劇界情報〉四月国立劇場は新派古典―久里子、団十郎共演の『婦系図』」　演劇界59―2　平13・1・1　①

（無署名）「〈演劇界情報〉四月博多座は『滝の白糸』―初代八重子二十三回忌追善の二代目」　同　右　②

原田芳雄、孫家邦「《インタビュー》妖術使い、清順」　リトルモア15　平13・1・25　⑤

注　映画「陽炎座」に言及。

（無署名）「泉鏡花の婦系図」　花組通信26　平13・1・31　②

大原　薫「泉鏡花の海神別荘」　同　右　②

各務立基、加納幸和、大原薫「《座談会》是屋に聞け！―with二子玉屋」　同　右　①

注「泉鏡花の海神別荘」に言及。

林あまり「〝劇評〟新しいエロスの誕生」　テアトロ704　平13・2・1　②

注　花組芝居「泉鏡花の海神別荘」評を含む。

佐伯順子「〈泉鏡花と視聴覚芸術2〉『海神別荘』」　瓜生通信17　平13・2・15　④

注　玉三郎、花組芝居「海神別荘」に言及。

各務立基「花組芝居『泉鏡花の海神別荘』」　演劇ぶっく16―2　平13・3・9　①

大楠道代、孫家邦「《インタビュー》大楠道代―場面」　リトルモア16　平13・4・10　⑤

注　映画「陽炎座」に言及。

（無署名）「『泉鏡花の婦系図』着々と進行中！」　花組通信27　平13・4・26　①

濱村道哉「〝劇評〟波乃久里子会心の演技―国立劇場新派

『婦系図』」　演劇界59―7　平13・5・1　②
羽野菜摘「〝九州劇信〟水谷八重子のさまざまな〝顔〟―
博多座『時の白糸』」　同　右　②
佐伯順子「〈泉鏡花と視聴覚芸術3〉『夜行巡査』『高野
聖』」　瓜生通信18　平13・5・15　④
注 座の詠み芝居に言及。
波乃久里子「〈追悼六世中村歌右衛門〉偲び草」
演劇界59―8　平13・6・1　②
注「婦系図」に言及。
岡崎　文「〈私の演劇史―俳優を中心とした　第十五回〉初代
水谷八重子」　上方芸能140　平13・6・10　③
注「滝の白糸」に言及。
小川陽子「この広い舞台を感動でいっぱいにしたい。
全身全霊を込めて…―浅丘ルリ子」
エラン4　平13・7・1　⑥
注「夜叉ヶ池」に言及。
佐伯順子「〈泉鏡花と視聴覚芸術4〉『婦系図』―新派／花組
芝居」　瓜生通信19　平13・8・10　④
大原　薫「泉鏡花の婦系図」　花組通信28　平13・8・28　③
（無署名）「花組芝居的SHOW MUST GOON―『泉鏡花
の婦系図』」　同　右　①
松田章一「〈地域演劇と鏡花劇場その二〉『絵がたり滝の白
糸』から『白梅《うめ》は匂へど……』まで」
北国文華9　平13・9・1　⑫

林あまり「〝劇評〟観客のいらだち」
テアトロ712　平13・9・1　②
注 花組芝居「泉鏡花の婦系図」評を含む。
森川理文、加納幸和、各務立基「《座談会》男が演じる、
『婦系図』―『泉鏡花の婦系図』」
演劇ぶっく16―5　平13・9・8　②
坂東亜矢子「〝関西劇信〟隙のない好舞台『滝の白糸』」
演劇界59―14　平13・10・1　②
注 新派「滝の白糸」評を含む。
佐藤忠男「〈作品研究〉鈴木清順の映画世界―『ツィゴイネ
ルワイゼン』と『ピストルオペラ』」
シナリオ57―11　平13・11・1　④
注「陽炎座」に言及。

●二〇〇二（平成14）年

佐伯順子「〈泉鏡花と視聴覚芸術5〉『天守物語』―ク・ナウ
カ」　瓜生通信21　平14・2・10　④
佐伯順子「〈泉鏡花と視聴覚芸術〉水谷八重子朗読『義血
侠血』」
（京都造形芸術大学）雲母0　平14・5　④
注 発行日記載なし。
三浦雅士「凜とした美女―玉三郎と鏡花」
演劇界60―10　平14・7・31　⑤
注「日本橋」「白鷺」「天守物語」「海神別荘」に

言及。

泉　名月「坂東玉三郎丈と泉鏡花の作品」　同　右　②

（無署名）「鏡花上演メモ」　同　右　①

安住恭子「〝中京劇信〟吉の〝アホぼん〟芸」　演劇界60—11　平14・8・1　②
注　藤あや子「滝の白糸」評を含む。

田之倉稔「『天守物語』—人形劇の魔術」　みんなとプーク201　平14・10・15　①

ペトル・ホリー「『天守物語』—人間よりにんげんらしく」　同　右　①

（無署名）「〈21世紀の顔8〉水谷八重子」　北国文華14　平14・12・1　⑤
注　「恋女房」に言及。

●二〇〇三（平成15）年

水谷八重子、林真理子「《マリコのここまで聞いていいのかな151》水谷八重子—メールって、年齢の差を感じません。二枚目ですよ、私のメル友は」　週刊朝日108—3　平15・1・24　⑤
注　「恋女房」に言及。

佐伯順子「〈泉鏡花と視聴覚芸術〉朗読劇とオペラの『天守物語』」（京都造形芸術大学）雲母3　平15・2　⑦
注　鈴々舎馬桜、関西二期会「天守物語」に言及。発行日記載なし。

太田耕人「〝劇評〟曲がり角にいる作家たち—12月の関西」　テアトロ732　平15・2・1　③
注　遊劇体「紅玉」評を含む。

横溝幸子「〝東京劇信〟成果をあげた八重子演出・主演の『恋女房』」　演劇界61—5　平15・3・1　②

保田　晃「〈見物席〉八重子の『恋女房』再演」　同　右　①
注　読者投稿。

（無署名）「いよいよ間近に！『夜叉ヶ池』」　花組通信33　平15・3・10　①

藤井康生「〈映像の中の芸能2〉『歌行燈』—花柳章太郎と柳永二郎」　上方芸能147　平15・3・10　④

越川道夫「〈寺山修司ガイド　FILM〉草迷宮」　KAWADE夢ムック　文芸別冊　没後20年寺山修司　平15・3・30　②
注　巻号表記なし。

（無署名）「〝舞台〟岡本健一、佐藤アツヒロ—グローブ座第4作は幻想的作品『夜叉ヶ池』」　POTATO19—4　平15・4・1　①

吉永小百合「《インタビュー》五代目坂東玉三郎—女の私も覗いてみたくなる色っぽさ」　アエラムック歌舞伎がわかる　平15・4・10　③

注 映画「外科室」に言及。巻号表記なし。

佐伯順子「〈泉鏡花と視聴覚芸術〉遊劇体『紅玉』」 瓜生通信26 平15・4・25 ④

（無署名）「〝グローブ座通信3〟佐藤アツヒロ&岡本健一 舞台『夜叉ヶ池』プレスコール」 Wink up16—5 平15・5・1 ①

武藤康史「日本の文芸朗読ベスト100」 文学界57—5 平15・5・1 ㉒
注 水谷八重子朗読「義血侠血」に言及。

（無署名）「〝舞台〟岡本健一、佐藤アツヒロ—泉鏡花の怪しい世界が東京グローブ座に蘇る—『夜叉ヶ池』」 POTATO19—5 平15・5・1 ①

佐藤アツヒロ、加納幸和、岡本健一「《ジャニーズ meets グローブ座》夜叉ヶ池—台詞の魅力をひも解いて」 演劇ぶっく18—3 平15・5・9 ②

中村哮夫、高橋豊「《演劇時評1》」 悲劇喜劇56—6 平15・6・1 ㉗
注 花組芝居「夜叉ヶ池」評を含む。

（無署名）「〝PICK UP STAGE5〟夜叉ヶ池—怪しくも美しく描かれた泉鏡花の世界に酔う！」 LOOK at STAR！2 平15・6・18 ①

（無署名）「『夜叉ヶ池』」 花組通信34 平15・6・25 ③

（無署名）「〈『夜叉ヶ池』こぼれ話〉『夜叉ヶ池』原川—鹿見宅膳—メイク集」 同 右 ①

佐伯順子「〈泉鏡花と視聴覚芸術〉新派21『恋女房』」 瓜生通信27 平15・7・10 ④

小松秀茂、阪本洋三「《対談》こども芸術大学の現在—創設理念の深化をめぐって」 瓜生通信28 平15・10・10 ⑫
注「天守物語」に言及。

佐伯順子「〈泉鏡花と視聴覚芸術〉花組芝居『夜叉ヶ池』」 同 右 ④

藤浦 敦「〈心に残るせりふ〉湯嶋発箱根廻り静岡行—静岡って箱根より遠いんですか」 演劇界62—2 平15・12・31 ②
注「婦系図」に言及。

Ⅳ 劇評・映画評等

（'78年1月〜'97年12月のうち、前四回の目録で逸した文献）

郡司正勝「〝日本映画〟女形の映像美学—『夜叉ヶ池』と玉三郎」 優秀映画305 昭54・11・1 ①

山本恭子「女形玉三郎の妖美の世界—鏡花文学にうってつけの虚構の美を具現」 優秀映画306 昭54・12・1 ①

（無署名）「〈event〉これぞ顔あわせの妙—唐・蜷川・松坂の組合せで見せる『唐版滝の白糸』」 フォーカス9—6 平1・2・10 ②

（無署名）「〈STAGE〉蜷川＋唐の舞台の魔術師が話題のふたりをどう魅せるかに、期待！—『唐版滝の白糸』」　アンアン20—9　平1・3・3　①

（無署名）「〈今週の顔〉49歳で25歳の美人芸者役に挑む—浅丘ルリ子さん」　週刊読売48—50　平1・11・12　①
注 帝劇「日本橋」に言及。

（無署名）「〈family〉『来秋はNYで演じます』—8年ぶりの新作人形芝居に挑む辻村ジュサブロー父娘」　フォーカス10—39　平2・10・5　②
注「註文帳」に言及。

松田政男「花組芝居—歌舞伎とカブキの間で」　アビタン56　平3・1・25　①
注「泉鏡花の夜叉ヶ池」に言及。

（無署名）「〈STAGE〉泉鏡花の幻想世界がハードロックのリズムに舞う。—スタジオライフ『DOMINO LOVE from 泉鏡花「海神別荘」』」　アン・アン23—30　平4・8・7　①

佐藤友紀「〈STAGE〉舞台美術家、朝倉摂が演出する泉鏡花の幻の名作『星女郎』」　MORE17—1　平5・1・1　①

直島正男「大人気！『花組芝居』引っ張る—作・演出・女形の加納幸和座長」　毎日グラフ46—33　平5・8・8　⑥
注「泉鏡花の草迷宮」に言及。

神田紫、佐塚潤子「《インタビュー》神田紫—女講談師のひとり芝居—泉鏡花作『紫版滝の白糸』」　週刊文春35—39　平5・10・14　①

（無署名）「女優・宮沢りえが演じる『魔性』の美」　女性セブン32—8　平6・2・24　②

山根貞男「市川雷蔵全出演作品」　アサヒグラフ別冊〈決定版市川雷蔵〉　平6・9・20　(91)
注「歌行燈」「婦系図」に言及。巻号表記なし。

（無署名）「〈ステージ〉独自のアプローチでつむぎだす鏡花の華麗で幻想的な世界—東京国際舞台芸術フェスティバル'95—花組芝居『泉鏡花の夜叉ヶ池』」　毎日グラフアミューズ48—18　平7・9・27　①

カトリーヌあやこ「〈カトリーヌが行く〉花組芝居『泉鏡花の夜叉ヶ池』」　週刊朝日100—48　平7・10・6　①
注 イラスト。

鶴橋康夫「〈劇情中継〉寅さん憧れの恋人《マドンナ》、浅丘がしっとりと泣かせる三役を」　ザ・テレビジョン15—26　平8・9・6　②
注 帝劇「芍薬の歌」に言及。

（無署名）「〈イベント〉絢爛たる〝純愛物語〟の舞台裏—

けっこうキビシイ野外劇『天守物語』の上演」
フォーカス16―43　平8・10・30　②
注「ク・ナウカ「天守物語」に言及。

（無署名）「〈Play〉野外劇場で、祝祭としての演劇体験を―維新派ヂャンヂャンオペラ『ROMANCE』、ク・ナウカ『天守物語』」　太陽428　平8・11・12　①

佐藤友紀「〈WHO'S NeW〉加納幸和―創立10周年『花組芝居』の主宰。泉鏡花『天守物語』の富姫に挑戦」
MORE21―2　平9・2・1　②

加納幸和、沢美也子「《インタビュー》加納幸和―高校以来の思いを込め、泉鏡花の最高傑作に挑戦！」
SPA！46―5　平9・2・5　①
注「泉鏡花の天守物語」に言及。

扇田昭彦「〞ミュージカル時評142〞花組芝居版『天守物語』の魅力」ミュージカル146　平9・3・1　②

伊達なつめ「初舞台の注目株・田辺誠一 VS 絶好調の蜷川幸雄対談―『草迷宮』」
Hanako10―9　平9・3・6　①

（無署名）「〈STAGE〉官能的で幻想的な泉鏡花の『草迷宮』で、魔界の女との禁断の愛にはまる青年役に挑戦。―田辺誠一さん」
アン・アン28―9　平9・3・7　①

（無署名）「〈event〉マカ不思議『ルリ子さんと田辺クン』の恋―蜷川演出『草迷宮』異色顔合わせ」
フォーカス17―13　平9・3・26　②

佐藤友紀「〈WHO'S NeW〉田辺誠一―初舞台『草迷宮』で、浅丘ルリ子扮する魔性の女に魅入られる青年役に挑戦」
MORE21―4　平9・4・1　①

（無署名）「藤あや子―〞明治の女太夫〞はハマリ役！?」
週刊女性41―17　平9・4・29　①
注「滝の白糸」に言及。

岡崎　香「浅丘ルリ子―蜷川演出でさらに開花する妖艶さ！」
宝石25―5　平9・5・1　③
注「草迷宮」に言及。

あとがき

昭和五十九（一九八四）年に活動を始めた泉鏡花研究会は、本年で発足二十二年目を迎えた。二十年目に当る平成十五年の十一月には、樋口一葉研究会との合同開催も実現したが、個人作家の研究会としての高い質を維持するために、他の作家、異なる分野の研究から不断の刺戟を受けつつ、これを活性化する必要があるのはいうをまたない。おりしも、鏡花生誕百三十年を機に、同年末から『新編泉鏡花集』全十巻の刊行が始まり、現在はその別巻（資料編）の刊行を残すのみとなっている。選集の公刊による基礎資料の整備と拡充が、今後の研究に新たな展開をもたらすのは確実であろう。

本『論集』が、自由なテーマで書きおろされた論文九篇と、研究の動向を如実に伝える「参考文献目録」とにより構成されていること、前三集と変わりがないし、収録論文の多くが本研究会での口頭発表に基づいて成ったことを慶びたいと思う。またこれは企んだわけではないが、論及の対象が明治期ではなく大正期以降の作品に集中した点に、鏡花研究の現勢の反映がみられるのかもしれない。

第三集を出版してから、すでに六年が経つ。論文募集の告知後、直ちに意欲的な論考をお寄せいただいたにもかかわらず、刊行が今に至ったのはひとえに編集委員の責である。深くお詫びしたい。

なお、泉鏡花の作品中には、今日の人権意識に鑑みて不適切な社会的差別にかかわる表現がみられる。本研究会では、歴史的事実を正確に捉え、不当な差別を克服してゆくことが重要な課題であるという認識のもとに、それらの表現を原文のまま収録したことをお断りしておきたい。

最後に、厳しい出版事情のなか、こころよく刊行をお認めいただいた和泉書院の廣橋研三社長に厚く御礼を申し上げる。

平成十八年一月

「論集泉鏡花」第四集　編集委員
秋山　稔
鈴木啓子
田中励儀
吉田昌志

執筆者一覧（五十音順）

淺《あさ》野《の》敏《とし》文《ふみ》	中央大学大学院文学研究科博士課程満期退学
市《いち》川《かわ》祥《しょう》子《こ》	群馬県立女子大学文学部専任講師
川原塚《かわはらづか》瑞《みず》穂《ほ》	お茶の水女子大学大学院人間文化研究科博士後期課程
清《し》水《みず》潤《じゅん》	東京都立大学大学院人文科学研究科博士課程満期退学
田《た》中《なか》励《れい》儀《ぎ》	同志社大学文学部教授
野《の》口《ぐち》哲《てつ》也《や》	東北大学大学院文学研究科博士後期課程
杲《ひので》由《ゆ》美《み》	京都女子大学文学部非常勤講師
松《まつ》田《だ》顕《あき》子《こ》	慶應義塾大学大学院文学研究科博士後期課程
森《もり》井《い》マスミ《ますみ》	日本大学文理学部ポストドクター
吉《よし》村《むら》博《ひろ》任《とう》	日本病跡学会理事

論集　泉鏡花　第四集

平成十八年一月二十五日　初版第一刷発行©

編　者　泉鏡花研究会
発行者　廣橋研三
発行所　和泉書院
〒543-0002　大阪市天王寺区上汐五―三―八
電話　〇六―六七七一―一四六七
振替　〇〇九七〇―八―一五〇四三

印刷・製本／亜細亜印刷㈱

ISBN 4-7576-0345-2　C1395